图书在版编目（CIP）数据

后现代主义质疑历史/［加］麦考勒姆，谢少波选编；蓝仁哲，韩启群译．—北京：中国社会科学出版社，2008.7

（知识分子图书馆）

书名原文：The Postmodern Problematizing of History

ISBN 978-7-5004-6703-8

Ⅰ.后… Ⅱ.①麦…②谢…③蓝…④韩… Ⅲ.文学研究—加拿大—文集 Ⅳ.Ⅰ711.06-53

中国版本图书馆 CIP 数据核字（2008）第 003944 号

责任编辑	史慕鸿
责任校对	韩天炜
封面设计	每天出发坊
版式设计	李 建

出版发行	中国社会科学出版社		
社　　址	北京鼓楼西大街甲 158 号	邮　编	100720
电　　话	010—84029450（邮购）		
网　　址	http://www.csspw.cn		
经　　销	新华书店		
印　　刷	北京君升印刷厂	装　订	广增装订厂
版　　次	2008 年 7 月第 1 版	印　次	2008 年 7 月第 1 次印刷
开　　本	640×960　1/16		
印　　张	16	插　页	2
字　　数	198 千字		
定　　价	27.00 元		

凡购买中国社会科学出版社图书，如有质量问题请与本社发行部联系调换
版权所有　侵权必究

THE POSTMODERN
PROBLEMATIZING OF HISTORY

后现代主义质疑历史

选编 [加]帕米拉·麦考勒姆(Pamela Mccallum)
　　　谢少波

译　蓝仁哲　韩启群

中国社会科学出版社

《知识分子图书馆》编委会

顾　　问　弗雷德里克·詹姆逊
主　　编　王逢振　J.希利斯·米勒
编　　委　(按姓氏笔画为序)
　　　　　J.希利斯·米勒　王　宁　王逢振
　　　　　白　烨　弗雷德里克·詹姆逊　李自修
　　　　　刘象愚　汪民安　张旭东　罗　钢
　　　　　章国锋　谢少波

总　序

　　1986—1987年，我在厄湾加州大学（UC Irvine）从事博士后研究，先后结识了莫瑞·克里格（Murray Krieger）、J. 希利斯·米勒（J. Hillis Miller）、沃尔夫冈·伊瑟尔（Wolfgang Iser）、雅克·德里达（Jacques Derrida）和海登·怀特（Hayden White）；后来应老朋友弗雷德里克·詹姆逊（Fredric Jameson）之邀赴杜克大学参加学术会议，在他的安排下又结识了斯坦利·费什（Stanley Fish）、费兰克·伦屈夏（Frank Lentricchia）和爱德华·赛义德（Edward W. Said）等人。这期间因编选《最新西方文论选》的需要，与杰费里·哈特曼（Geoffrey Hartman）及其他一些学者也有过通信往来。通过与他们交流和阅读他们的作品，我发现这些批评家或理论家各有所长，他们的理论思想和批评建构各有特色，因此便萌发了编译一批当代批评理论家的"自选集"的想法。1988年5月，J. 希利斯·米勒来华参加学术会议，我向他谈了自己的想法和计划。他说"这是一个绝好的计划"，并表示将全力给予支持。考虑到编选的难度以及与某些作者联系的问题，我请他与我合作来完成这项计划。于是我们商定了一个方案：我们先选定十位批评理论家，由我起草一份编译计划，然后由米勒与作者联系，请他们每人自选能够反映其思想发展或基本理论观点的文章约50万至60万字，由我再从中选出约25万至30万字的文章，负责组织翻译，在中国出版。但

1989年以后，由于种种原因，这套书的计划被搁置下来。1993年，米勒再次来华，我们商定，不论多么困难，也要将这一翻译项目继续下去（此时又增加了版权问题，米勒担保他可以解决）。作为第一辑，我们当时选定了十位批评理论家：哈罗德·布鲁姆（Harold Bloom）、保罗·德曼（Paul de Man）、德里达、特里·伊格尔顿（Terry Eagleton）、伊瑟尔、费什、詹姆逊、克里格、米勒和赛义德。1995年，中国社会科学出版社决定独家出版这套书，并于1996年签了正式出版合同，大大促进了工作的进展。

为什么要选择这些批评理论家的作品翻译出版呢？首先，他们都是在当代文坛上活跃的批评理论家，在国内外有相当大的影响。保罗·德曼虽已逝世，但其影响仍在，而且其最后一部作品于去年刚刚出版。其次，这些批评理论家分别代表了当代批评理论界的不同流派或不同方面，例如克里格代表芝加哥学派或新形式主义，德里达代表解构主义，费什代表读者反应批评或实用批评，赛义德代表后殖民主义文化研究，德曼代表修辞批评，伊瑟尔代表接受美学，米勒代表美国解构主义，詹姆逊代表美国马克思主义和后现代主义文化研究，伊格尔顿代表英国马克思主义和意识形态研究。当然，这十位批评理论家并不能反映当代思想的全貌。因此，我们正在商定下一批批评家和理论家的名单，打算将这套书长期出版下去，而且，书籍的自选集形式也可能会灵活变通。

从总体上说，这些批评家或理论家的论著都属于"批评理论"（critical theory）范畴。那么什么是批评理论呢？虽然这对专业工作者已不是什么新的概念，但我觉得仍应该略加说明。实际上，批评理论是60年代以来一直在西方流行的一个概念。简单说，它是关于批评的理论。通常所说的批评注重的是文本的具体特征和具体价值，它可能涉及哲学的思考，但仍然不会脱离文本价值的整体观念，包括文学文本的艺术特征和审美价值。而批评理论则不同，它关注的是文本本身的性质，文本与作者的关系，文本与读者的关系以及读者的作用，文本与现实的关系，语言的作用和地位，等等。换句话说，它关注的是批评的形成过程和运作方式，批评本身的特征和价值。由于批评可以涉及多种学科和多种文本，所以批评理论不限于文学，而是一个新的跨学科的领域。它与文学批评和文学理论有这样那样的联系，甚至有某些共同的问题，但它有自己的独立性和自治性。大而化之，可以说批评理论的对象是关于社会文本批评的理论，涉及文学、哲学、历史、人类学、政治学、社会学、建筑学、影视、绘画，等等。

批评理论的产生与社会发展密切相关。60年代以来，西方进入了所谓的后期资本主义，又称后工业社会、信息社会、跨国资本主义社会、工业化之后的时期或后现代时期。知识分子在经历了60年代的动荡、追求和幻灭之后，对社会采取批判的审视态度。他们发现，社会制度和生产方式以及与之相联系的文学艺术，出现了种种充满矛盾和悖论的现象，例如跨国公司的兴起，大众文化的流行，公民社会的衰微，消费意识的蔓延，信息爆炸，传统断裂，个人主体性的丧失，电脑空间和视觉形象的扩展，等等。面对这种情况，他们充满了焦虑，试图对种种矛盾进行解释。他们重新考察现时与过去或现代时期的关系，力求找到可行的、合理的方案。由于社会的一切运作（如政治、经济、法律、文学艺术等）都离不开话语和话语形成的文本，所以便出现了大量以话语和文本为客体的批评及批评理论。这种批评理论的出现不仅改变了大学文科教育的性质，更重要的是提高了人们的思想意识和辨析问题的能力。正因为如此，批评理论一直在西方盛行不衰。

我们知道，个人的知识涵养如何，可以表现出他的文化水平。同样，一个社会的文化水平如何，可以通过构成它的个人的知识能力来窥知。经济发展和物质条件的改善，并不意味着文化水平会同步提高。个人文化水平的提高，在很大程度上取决于阅读的习惯和质量以及认识问题的能力。阅读习惯也许是现在许多人面临的一个问题。传统的阅读方式固然重要，但若不引入新的阅读方式、改变旧的阅读习惯，恐怕就很难提高阅读的质量。其实，阅读方式也是内容，是认知能力的一个方面。譬如一谈到批评理论，有些人就以传统的批评方式来抵制，说这些理论脱离实际，脱离具体的文学作品。他们认为，批评理论不仅应该提供分析作品的方式方法，而且应该提供分析的具体范例。显然，这是以传统的观念来看待当前的批评理论，或者说将批评理论与通常所说的文学批评或理论混同了起来。其实，批评理论并没有脱离实际，更没有脱离文本；它注重的是社会和文化实际，分析的是社会文本和批评本身的文本。所谓脱离实际或脱离作品只不过是脱离了传统的文学经典文本而已，而且也并非所有的批评理论都是如此，例如詹姆逊那部被认为最难懂的《政治无意识》，就是通过分析福楼拜、普鲁斯特、康拉德、吉辛等作家作品来提出他的批评理论的。因此，我们阅读批评理论时，必须改变传统的阅读习惯，必须将它作为一个新的跨学科的领域来理解其思辨的意义。

要提高认识问题的能力，首先要提高自己的理论修养。这就需要像经济建设那样，采取一种对外开放、吸收先进成果的态度。对于引进批评理论，还应该有一种辩证的认识。因为任何一种文化，若不与其他文化发生联系，就不可能形成自己的存在。正如一个人，若无他人，这个人便不会形成存在；若不将个人置于与其他人的关系当中，就不可能产生自我。同理，若不将一国文化置于与世界其他文化关系之中，也就谈不上该国本身的民族文化。然而，只要与其他文化发生关系，影响就是双向性的；这种关系是一种张力关系，既互相吸引又互相排斥。一切文化的发展，都离不开与其他文化的联系；只有不断吸收外来的新鲜东西，才能不断激发自己的生机。正如近亲结婚一代不如一代，优种杂交产生新的优良品种，世界各国的文化也应该互相引进、互相借鉴。我们无须担忧西方批评理论的种种缺陷及其负面影响，因为我们固有的文化传统，已经变成了无意识的构成，这种内在化了的传统因素，足以形成我们自己的文化身份，在吸收、借鉴外国文化（包括批评理论）中形成自己的立足点。

今天，随着全球化的发展，资本的内在作用或市场经济和资本的运作，正影响着世界经济的秩序和文化的构成。面对这种形势，批评理论越来越多地采取批判姿态，有些甚至带有强烈的政治色彩。因此一些保守的传统主义者抱怨文学研究被降低为政治学和社会科学的一个分支，对文本的分析过于集中于种族、阶级、性别、帝国主义或殖民主义等非美学因素。然而，正是这种批判态度，有助于我们认识晚期资本主义文化的内在逻辑，使我们能够在全球化的形势下，更好地思考自己相应的文化策略。应该说，这也是我们编译这套丛书的目的之一。

在这套丛书的编选翻译过程中，首先要感谢出版社领导对出版的保证；同时要感谢翻译者和出版社编辑们（如白烨、汪民安等）的通力合作；另外更要感谢国内外许多学者的热情鼓励和支持。这些学者们认为，这套丛书必将受到读者的欢迎，因为由作者本人或其代理人选择的有关文章具有权威性，提供原著的译文比介绍性文章更能反映原作的原汁原味，目前国内非常需要这类新的批评理论著作，而由中国社会科学出版社出版无疑会对这套丛书的质量提供可靠的保障。这些鼓励无疑为我们完成丛书带来了巨大力量。我们将力求把一套高价值、高质量的批评理论丛书奉献给读者，同时也期望广大读者及专家学者热情地提出建议和批评，以便我们在以后的编选、翻译和出版中不断改进。

王逢振
1997年10月于北京

目 录

导言：弗莱之后的当代文学批评 …………………………（1）
后现代主义质疑历史 ………………………………………（13）
另一种观点：后现代主义与对抗历史 ……………………（40）
为本质主义与总体性喝彩：论马克思的思想波动及其局限性
　　——兼论后现代主义的禁忌 …………………………（63）
作为危机与批评的"加拿大比较文学"：迈向比较
　　文化研究 ………………………………………………（89）
"还有魁北克"：加拿大文学及其魁北克问题 ……………（101）
但是谁为我们说话呢？
　　——传统女性主义范式中的经验与动力 ……………（122）
女性主义话语/翻译的理论化 ……………………………（160）
知识的建构和带有显著主体性的认识论 …………………（173）
光明的红色道路：土著女性写作的归家之旅 ……………（183）
拯救：当代女性主义创作中对主流文化的颠覆 …………（200）
"踏上北去之路"
　　——论黑人散居族裔话语的局限 ……………………（216）
超越民族主义：序言 ………………………………………（234）

CONTENTS

Introduction: Contemporary Canadian Criticism
 after Frye ········ By Pamela McCallum & Shao bo Xie (1)
The Postmodern Problematizing ········ By Linda Hutcheon (13)
Otherwise Engaged: Postmodernism and the Resistance
 to History ···························· By Len Findlay (40)
Two Cheers for Essentialism and Totality: On Marx's
 Oscillation and Its Limits (As Well As on the
 Taboos of Post-Modernism) ············ by Darko Suvin (63)
"Comparative Canadian Literature" as Crisis and
 Critique: Towards Comparatrive
 Cultural Studies ···················· by Richard A. Cavell (89)
"And Quebec": Canadian Literature and its
 QuebecQuestions ······················ by Frank Davey (101)
But Who Speaks for Us? Experience and Agency in
 Conventional Feminist
 Paradigms ························ by Himani Bannerji (122)
Theorizing Feminist Discourse/
 Translation ·························· by Barbara Godard (160)
The Construction of Knowledge and Epistemologies of
 Marked Subjectivities ············ by Pamela McCallum (173)

The Good Red Road: Journeys of Homecoming in Native Women's Writing .... by Beth Brant (183)

Savlvaging: The Subversion of Mainstream Culture in Contemporary Feminist Writing .... by Daphane Marlatt (200)

"Going to the North": The limit of Black Diasporic Discourses .... by Rinaldo Walcott (216)

Beyond Nationallism: A Prologue ... by Robert Kroetsch (234)

导言:弗莱之后的当代文学批评

稍事回顾便知,中国在20世纪80年代早中期译介当代西方文论的热潮中,诺思洛普·弗莱是被介绍到中国的首批西方文学理论家和批评家之一。他的著述对中国的许多文学之士产生了巨大的影响,激发起他们终生对文学和批评的理论思考热情。到80年代末期,弗莱的原型批评理论同其他批评方法一道,成了人们孜孜以求的文学研究课题。经历1966—1976年的"文化大革命"之后,文学与政治分离的趋势日益明显,人们努力寻求以新的宏大叙事来阐释一切。正是在这种背景下,弗莱的原型批评及其结构主义的理论原则,与此同时还有俄国的形式主义批评、法国的结构主义批评以及控制论,"自然地"满足了中国的知识渴求,被当作有用的理性工具去突破从苏联传承过来的限定性的教条主义批评的牢笼。

形成有趣对照的是,正当中国人热情执著地翻译弗莱的理论并用于文学批评的时候,加拿大的年轻一代却在女性主义批评、后现代主义批评、后殖民主义理论和新马克思主义理论的影响下,竭力突破和超越弗莱的形式主义疆界。他们发现弗莱对文学的结构主义剖析和对意象、象征以及主题的系统归类,尽管很有见地和益处,却成了一个障碍,妨碍他们对产生文学的多元思想、政治和历史进行探索时的批评思路;因为弗莱的文学观表明，文学是一个自有自足的世界，受制于布莱克式的永恒愿望，将大自然变成人世间的形态，把感官和美感的世界依其象征加以归类（《批评的剖析》，第77—128页）。在他的历史框架里，文学只能衍生出带普遍性的结构形态，索然无味的探讨，形式规整的关联，这就使想象的世界与现实的世界分割开来，令文学疏离其社会—历史语境，令批评家脱离政治。于是，弗莱的批评理论让人觉得与后现代主义运动格格不入，因为后者的批评关注是以性别、阶级、种族、民族特征、历史、知识与权力的政治为特征的。后现代主义的作品，用琳达·哈钦的话来说，"类似这部小说的后现代作品旨在抗争艺术的权力，凸显永恒的普遍价值，而且它们往往通过强化与那些价值相关的主题乃至形式风格而得以实现"（《后现代主义质疑历史》，第368页）。在一个后现代主义者眼里，绝不存在不带偏见的知识，知识的结构总是随权力的结构不断演进。文学如同社会一样，是一个由各种势力、话语和团体组成的场所，"在这些场所里，我们采取不同的（不断调整变化的）权力和抵制权力的立场"（第376页）。弗莱之后的加拿大文学批评密切关注历史与架构、知识与权力、美学与政治等等之间的联系。按照诸如莱恩·芬德利这一类的批评家的观点，语言和文学同样是社会产品，或者用雷蒙德·威廉斯的话来说，是物质生产的社会进程的组成部分。历史之外无架构，架构之外无历史。

　　弗莱之后的加拿大文学批评，首先必须探讨国家的身份问题和面临去殖民化的任务。在白人男性、英国人或欧洲人的模式内来定义加拿大文化和文学的传统做法显然已经不再有效，而这种危机意识在加拿大的文化和文学批评里反映得尤为突出。加拿大是一个移民国家，移居者取代土著居民，成了一个具有所谓双重殖民现象和多元化民族特征的最显著的例子之一。正如本内特·李指出的，英语加拿大在其后殖民范式里扮演一个"奇怪的双重角色"：在隶属一个欧洲帝国（其后又处于美国的经济控制）的同时，又作为该帝国的代理人对加拿大疆域内的民众实行控制（第175页）。因此，加拿大既是"英国的附庸，又是魁北克、土著民族和他者群体的控制者"（第173页）。在加拿大文学的早期构造成分里，少数民族及其作品往往被边缘化，排斥在经典作品之外，而后现代主义则挑战传统的加拿大文学观念，对处于非中心地位的文学予以关注。阿伦·慕克吉这样评论道：

> 带连字符的加拿大人……已经对由于国家身份的单一观念而使他们沦为他者地位提出异议，断言"不同"绝不等于非加拿大。占少数的种族和民族作家，尤其是土著作家，在加拿大作为一个民族国家的含义时应当首先给予重新考虑和定位。定位的方面之一是要迫使那些治加拿大文学者重新考虑加拿大文学经典的范畴。（Xiii—Xiv）

探讨种族地位可以使文学研究形成多样化的研究领域，"诸如种族语境下的双重意识、反讽、对话特征、文学范畴的建构以及特别关注语言、关注论证主体性建构的研究"（Siemerling，18）。加拿大创作常常凸显出所谓的分裂主题或"混杂的隐性矛盾心理"（Wah，73）。弗雷德·瓦赫（Fred wah），在他的《混血的诗学》一文里认为，连字符空间为许多"多种族和多文化的作家"的诗学提供了据点，是探讨文化混杂性和矛盾心理的"极为重要的处所"（第72页）。满足白人与他者二元对立的传统美学，总是把民族和文化差异纳入到它自身的名家叙事框架。越过白人与他者二元对立结构，才能使有色的和土著的作家"通过重新定位他们在自己内部的自主责任的对话而获得富有意义的社会授权"（Wah，72）。

在罗伊·三木这样的日裔加拿大批评家眼里，民族主义一旦扮演了强加和使单一的加拿大身份合法化的角色，无异于改头换面的帝国主义。在此语境下，文化批评家需要"关注那些对地域和民族差别予以抹除的行为"，比起外来的殖民化，要更加警惕来自内部的殖民化（Bennett, 194）。作为一个例子，正如理查德·卡维尔指出的，传统的加拿大比较文学的民族主义模式（隐含在英法双语制里），已经与殖民主义精神和满足于寻找相似与类同传统的比较方法论会合在一起，基本上没法让"他者"问题上升到理论高度（第10页）。要改变民族主义的、形式主义的或结构主义的比较文学模式，就得解构内部与外部、自我与他者的二元对立论，突破试图在总体框架内确立"一个基于差别的比较诗学的理论基础"（第11页）的构想。事实上，文学研究的民族特征模式顽固地无视民族之间的差异，这种漠视不仅可以在传统的方法论中找到，也反映在当前设立的批评课题里。按照本土小说家、批评家托马斯·金的判断，甚至"后殖民主义"这个术语已经成了"民族特征论的抵押品"（第243页），因为当代的后殖民主义研究，不仅没有为本土文学大张旗鼓和建立理论提供有效而确切的策略，反而由于对主流文学的研究不期而然地忽视了差异，加强了殖民化。金争辩说，加拿大的后殖民主义研究具有讽刺意味地让我们回到了种族中心主义，因为它想当然地认为，"（讨论本土文学）在欧洲人到达北美后早已开始"（第242—243页），而且"当今的本土创作在很大程度上是压抑的产物"（第243页）。为了抵制这类欧洲中心主义的种种批评模式，他提倡采用这样一些词语，诸如"部落的、融合的、论争的、学术团体的"来描述本土文学（第243页），因为这些词语不会设定一个"民族主义的中心"，也不"依赖欧洲人的到达来说明他们存在的理由"（第248页）。按照这些批评家的观点，要去除加拿大文学研究的殖民化色彩，就得明确承认、大肆张扬和竭力维护民族差异，以承认和包容民族、种族和文化的差异的方式来建构加拿大民族特征的理论。这些课题一直在进行，反映在下列著述里，诸如乔恩·克茨尔的《令国家困扰：想象一种民族文学出现在英语加拿大》（1998）、斯马诺·卡蒙波雷利的《丑恶的躯体：英语加拿大的散居在外文学》（2000）、辛西娅·苏加斯的《家庭作业：后殖民主义、教育学和加拿大文学》（2004）。苏加斯编选的论文选集《非常国度：英国加拿大的后殖民主义理论生成》（2004），足以说明文论在当代发展的概况。

另外一些批评家则表示，文学批评应当完全绕开国家身份问题，以便真正超越"表征的政治而走向负责任的政治"（Brydon，51）。戴安娜·布赖登争辩道：将任何一个历史时段定位为后殖民时期，就是去寻找在诸多民族和社区内尚存的殖民主义的种种表现。她进一步论述说，"后殖民主义的'后'字不是指殖民主义的终结，而是指殖民主义时期形成的并且在殖民主义被抛弃、殖民主义开始被视为现代性的一大组成因素之后还残存的事物"（第 56 页）。在这种模式内争论加拿大身份的进程，就不只是在寻找走向新的多元文化的民族身份的开放性，而是一个更大的政治和文化策略的有机组成部分。

如果不把过去二十年左右女性主义研究领域去殖民化的努力包括进去，任何对加拿大当代文学批评实践的概述都是不全面的。因此，非常有必要指出，"'殖民化'这个术语在当今女性主义和左派写作里基本上是指该现象的繁复性"，于是便有了钱德娜·塔尔帕特·莫汉蒂所称的"离题的殖民化理论"存在于北美女性主义写作之中的说法（第 333 页）。"离题的殖民化理论"是指在某些女性主义研究中单一地使用"女人"概念，而未意识到这样做压制了女人内涵的丰富多样性；更有甚者，还把一种欧洲中心普遍论错误地用于有色妇女的经验。在希曼妮·班纳吉看来，老套的女性主义常常忽略种族和阶级问题。四分之一世纪以前，无论是加拿大的女性主义或社会学都不理会有色妇女的"经历、历史和世界观"(第73页):"老套的研究模式,包括左派与'资产阶级'的和激进派的社会学或女性主义研究",都几乎没有或只是略微涉及(有色妇女)(第73页)。批评家必须致力于打破习见:"全球的女人都是一样的,不论处于什么社会和历史时代,甚至不论个体区别。"(第79页)此外,一个更有效能的女性主义,还必须生气勃勃地斡旋于帝国主义的资本主义与各种社会的和文化的经验之间。同样,要在加拿大境内除去女性主义话语的殖民化色彩,采用同一种通用语言的同时得以另一种形式来表现传统的概念和词语,替换掉它通常的含义,使之呈现出新的意义(Godard)。尽管国家的文化是同一的,有多少不同的社会境遇和主体地位就会赋予多少不同的含义点。这样,由主体产生的知识"总是置于某种特定的历史和社会的境遇",这种境遇知识与其说是否认"真知"的概念,不如说揭示了所谓"真知"都是"局部的和暂时性的"(MeCallum,432)。当代各种名目的女性主义都持有共同立场:女性主义理论和批评都必须拒绝普遍性,并使其探讨的对象具有历史真实性。

正像我们所简述的那样,加拿大的文学批评已形成与弗莱为代表的结构主义的人文批评明显决裂的态势,因为当代批评家都以"相关的挑战经典"的立场,"把他们自己和他们研究的文学置于不仅是文学的而且是历史、社会和文化的语境,挑战被认为是带有文学'普遍性'的惯例,但实则可以证明只代表了某个特定群体的价值——某个阶级、种族、性别和性别取向"(Hutcheon, *Canadian Postmodern*, 108)。为了把这些新近发展有益地呈现给我们的中国读者和学者,我们编选了这本包括十二位领先的加拿大批评家的文论集。琳达·哈钦质疑历史,对历史声称的真实提出了疑问,揭示了历史的构建性,凸显了我们理解过去的意义系统。确有"真实"事件(发生在我们经验的时间和具体环境),但除非通过"文本",它们是无法知晓的,而可以理解并通常认为是对"真实"的可信表述的历史,实际上是经过选择和叙事的定位或重组而构建的产物。重要的是必须指出,这里所指"文本"应当广泛地包括文字记载、口头传述、照片和影视。哈钦认为,后现代的历史概念最有效地表现为"史述元小说",即作者有意识地把历史的构建性突出出来或挑个明白的叙事。莱恩·芬德利的论文是对哈钦的立场"形式与历史并存但其间没有辩证联系"的回应。他驳斥哈钦强制性地把形式与历史分开,在他看来,语言和历史是思维的两大互补要素。他引述马克思的评论,语言作为一种实用的自觉意识,出于与他人交流的真实需要。按芬德利的观点,语言和意识都是社会的产物,或如雷蒙德·威廉斯所说,是社会的物质生产过程的组成部分。既有以形式出现的历史也有以历史出现的形式,因此,形式和历史是辩证相关的。达科·苏文的文章追随了马克思的同一立场,他争辩说,马克思除去社会现象的神秘或神话性,并拒绝主体与客体的划分。对于马克思和苏文来说,"本质呈现于表现结构之中",因此,人性或人的本质随着社会关系的改变而改变。苏文称赞女性主义理论家所说的"战略的本质主义"。按他的观点,只要我们把本体和整体视为"认识的工具"而不当作"本体论的现实",我们就可以把它们从利奥塔论争中拯救出来。然而与此同时,我们应当记住"在每个探讨的具体事例里"本体和整体的限度。

理查德·卡维尔怀疑比较文学的民族主义模式,称赞哈米·巴巴对把内部和外部作为"一种理论基础去探寻差异的比较诗学"所做的解构;他申辩道:"加拿大的比较文学应当从加拿大内部寻找差异。"卡维尔提出,"比较文化研究可以作为一种可行的替代模式,让处于魁北克或加拿大独霸天地之外的少数民族"发出自己的声音。加拿大比较文学的这一新模式承认民族的多元性,是一个"去殖民化的标志"。弗兰克·达韦的文章循着类似的批评路子,对加拿大文学经典采取封闭的递减模式提出疑问,这一模式把法语加拿大的作品排斥在外。加拿大大学里传统的英文系课程设置和研究项目以及加拿大出版业推出的各种选集,都把法语魁北克文学边缘化,在加拿大经典著作里没有它的地位。"英语加拿大文学独霸加拿大的意愿"(Davey,11)一直存在,法语加拿大文学作品有时被视为"补遗",在"一个有必要的章节"(13)里讨论或者降格为一则附录(15)。达韦在文章结尾时庆幸地说,越来越多的人意识到那表明"有几个加拿大的和几类加拿大人的文学"。希曼妮·班纳吉则从另一个角度来谈论多元性问题。她不赞成老套的女性主义批评模式,这种模式既不能又不愿意承认和表现种族和阶级的差异。她还批评传统的马克思主义把整个生产活动归纳为经济,她所主张的是一种文化分析的葛兰西模式,在此模式里我们发现理论阐述可以证实经验或主观性。班纳吉争辩说,种族主义不完全是"黑人的"经验,而在加拿大这样的国家里是一种普遍经验,尽管涉及种族主义问题存在多种不同的主体立场。

在对女性主义话语和翻译活动进行理论阐释时,芭芭拉·戈达德认为两者都在以人们工作的语言分享同一关联。女性主义话语和女性主义翻译都通过替换、改变语境和转换生成来进行操作。在两个活动领域里,都涉及创造性的和操控性的能动作用。按戈达德的理论,翻译这个概念可以扩大为包括各种形式的阐释和论证作品,因为它们都在有意识或无意识地施展替换、改变语境和擅自转换生成等方法,这些尤其对女性主义写作很有用处。隐含在戈达德论文中的是由社会历史决定的能动作用,而这种作用是在女性主义或通常变换使用语言的过程中激活的。帕米拉·麦考勒姆在她的文章里进一步探讨这种由社会历史决定的特殊主观能动性,该文审视了境遇知识和显明主观性——产生于特定社会环境的知识和带有具体经验和社会关联的主观生。麦考勒姆对知识和主观性的系统阐释得益于由某些女性主义观点生成的卢卡克斯理论。她的境遇知识和主观性观念最终指向具有活力的集体性，即尽管年龄和国籍不同，具有类似社会经历的妇女会联合到一起，会持共同的世界观、认识和价值。妇女的集体性也是贝丝·布兰特一文的主题，它认同土著妇女写作的许多方面，诸如尊重妇女的智慧、女性诗篇、双语制、土地观、幽默感、土著女同性恋作品中的色情想象、康复写作、社区意识以及混杂写作。达夫妮·马拉特倡导在当代女性主义写作中颠覆主流文化，讨论了性别化的殖民主义版本，以及男性的称霸欲望。据她的判断，女性主义写作旨在打破读者对常规语言运用的期待，形式和体裁可以视为对根置于那种种期待的家长制现实的解构。

里纳尔多·沃尔科特的文章，对于被边缘化了的集体性的探讨，转移到了散居在加拿大的黑人社区。沃尔科特让人们关注在全国上下话语中无视"黑人凡近500年在加拿大的存在事实"。他在论述移民社群的同时，强调了警惕公共机构权力的必要性；在论述他们跨越国界的理由时，他谈到了"在一个国家内不同群体关注不同的事物"，因为对跨国移居的政治认定可以用来取消特定黑人社区的权利。依沃尔科特的观点，黑人文化研究需要广阔的视野才有可能"探讨差异、黑色作为一个标志和理念中心，移居人群沟通融洽时会遇到的矛盾和紧张关系"。在这里，国家身份问题显然没有被抛开，而是从不同的观点以各式各样的方法论来进行探讨。在《超越民族主义：序言》一文里，批评家兼小说家罗伯特·克罗茨提到，70年代的多部重要的谱系小说呈现出"繁复叙事结构"的特征，比如处于各种境况的故事和叙事声音，表明了"对一种向我们撒谎、侵犯了我们甚至把我们抹掉的历史的不满"。克罗茨追随福柯的观点，认为有必要寻找这类事件，"在情感、爱意、良知、本能里去感知——我们倾向于置身历史之外去体认"。

1972年，由结构主义和后结构主义激发的欧洲文学批评理论开始在北美各大学引起广泛讨论的时候，玛格丽特·阿特伍德出版了《幸存：加拿大文学主题指南》，她原是诺思洛普·弗莱在多伦多大学维多利亚学院教过的学生，当时已是崭露头角的小说家。阿特伍德提出，文学在民族文化中的作用可以说是一幅地图，"一本思想的地理书"。她进而评论说："我们的文学就是这样一幅地图，如果我们学会如此读我们的文学，把它作为我们由此知道我们是谁和曾经到过那里的产物。"（引自苏加斯编《非常国度》，第24页）。《幸存》在加拿大研究兴起的20世纪70年代是一本意义重大的著作，尽管其影响随着更开放的各种理论方法的出现而有所减弱。即使如此，阿特伍德指明了弗莱批评留下的一份不同的遗产，比起弗莱的"独立自治的文学世界"观念来，其更宽阔的社会视野里充满着张力和矛盾。弗莱在《批评的剖析》的最后一章里谈到了文学的道德效用，他称文学研究是人文学科教育的中心，会令人看到一个"自由的没有阶级的"乌托邦前景（第347页）。他继续说道，这种道德批评的目标是培养"观察当代社会价值观念的能力，以一种超脱的能够在某种程度上将这些价值与文化所呈现的无限可能的景象相比"（第348页）。弗莱的批评实践，如果这样去阅读的话，在这本著作以及诸如《批评之路：论批评的社会语境》的其他著作里，都是深刻地与批评家的解放的视野连在一起的，这些批评家不仅挑战了文学批评的种种局限，而且挑战了构成所有社会的控制模式和思想框框的樊篱。

我们从大量而又多样的论文中只挑选了少数论文编入这本集子，但是我们希望，这本精挑细选的论文集能让我们的中国读者对弗莱之后的加拿大文学批评有个大致的了解。

帕米拉·麦考勒姆　谢少波

引用作品:

Bannerji, Himani. "But Who Speaks for Us? Experience and Agency in Conventional Feminist Paradigms." *Unsettling Relations: The University as a Site of Feminist Struggles*. Ed. Himani Bannerji et al. Toronto: Women's Press, 1991. 67—107.

Bennett, Donna. "English Canada's Postcolonial Complexities." *Essays on Canadian Writing* 51—52 (1993—94): 164—210.

Brydon, Diana. "Canada and Postcolonialism: Questions, Inventories, and Futures." *Is Canada Postcolonial? Unsettling Canadian Literature*. Ed. Laura Moss. Waterloo: Wilfrid Laurier UP, 2003.

Cavell, Richard. "Comparative Canadian Literature as Crisis & Critique: Towards Comparative Cultural Studies." *Textual Studies in Canada* 5 (1994): 7—14.

Godard, Barbara. "Theorizing Feminist Discourse/Translation." *Translation, History and Culture*. Ed. Susan Bassnett and Andrè Lefevere. London: Pinter, 1992. 87—96.

Frye, Northrop. *Anatomy of Criticism: Four Essays*. Princeton: Princeton UP, 1957.

——. *The Critical Path: An Essay on the Social Context of Literary Criticism*. Bloomington and London: Indiana UP, 1971.

Hutcheon, Linda. *The Canadian Postmodern: A Study of Contemporary English-Canadian Fiction*. Toronto: Oxford UP, 1988.

——. "The Postmodern Problematizing of History." *English Studies in Canada* 14.4 (1988): 365—382.

Kamboureli, Smaro. *Scandalous Bodies: Diasporic Literature in English Canada*. Toronto: Oxford UP, 2000.

Kertzer, Jonathan. *Troubling the Nation: Imagining a National Literature in English Canada*. Toronto: U of Toronto P, 1998.

King, Thomas. "Godzilla vs. Post-Colonial." *New Contexts of Canadian Criticism*. Ed. Ajay Heble, Donna Palmateer Pennee, and J. R. (Tim) Struthers. Peterborough, ON: Broadview, 1997. 241—248.

McCallum, Pamela. "The Construction of Knowledge and Epistemologies of Marked Subjectivities." *University of Toronto Quarterly* 61. 4 (1992): 430—436.

Mohanty, Chandra Talpade. "Under the Western Eyes: Feminist Scholarship and Colonial Discourses." *Dangerous Liaisons: Gender, Nation, and Postcolonial Perspectives*. Ed. Anne McClintock et al. Minneapolis: U of Minnesota P, 1997. 255—277.

Mukherjee, Arun. *Oppositional Aesthetics*. Toronto: Tsar Publications, 1994.

Sugars, Cynthia. *Home-Work: Postcolonialism, Pedagogy and Canadian Literature*. Ottawa: U of Ottawa P, 2004.

——. *Unhomely States: Theorizing English Canadian Postcolonialism*. Peterborough: Broadview, 2004.

Siemerling, Winfried. "Writing Ethnicity: Introduction." *Essays on Canadian Writing* 57 (Winter 1995): 1—32.

Wah, Fred. "Half-Bred Poetics." *Faking It: Poetics and Hybridity*. Edmonton: NeWest, 2000. 71—96.

后现代主义质疑历史*

一

> 不是每一种文化都能承受和接纳现代文明的震惊的。于是便有了这样一个悖论：如何成为一个现代人而又返回源头。
>
> ——保罗·里克尔

在贬低后现代主义的人中（如詹姆逊，《后现代主义者》；纽曼；伊格尔顿）存在一些共同特征；无论如何界定，其中有一种观点认为后现代主义是反历史的，这虽然令人吃惊却是普遍认同的。这是马克思主义者和传统主义者一致发起的熟悉的攻击，矛头不仅指向当代的艺术，而且针对当今从阐释学到解构主义的各种理论。最近，多米尼克·拉卡普拉（LaCapra，1985：104—105）站出来支持保罗·德曼的论点而反对弗兰克·伦特里基亚，声称德曼事实上强烈地感到了探究历史的可能条件的必要性，以及这些条件在历史的实际进程中如何得以实现。然而，

---

* 本文选自《加拿大的英语研究》（*English Studies in Canada*）第 14 卷第 4 期，1988 年 12 月。

引起我兴趣的，不是争论的细节而是事实的本身：历史现在又一次成为一个文化问题——而且这一次还是一个具有争议的问题。看来，它无可避免地与造就了我们对当今艺术和理论的观念的整个受到挑战的文化与社会的种种假定连在一起：对源头与终结、统一与完整、逻辑与理性、意识与人性、进步与命运、表征与真理等的信仰，更不用说因果说、时间等质论、直线延续性和连贯持续性等诸多概念了（Miller，1974：460—461）。

这些质疑性的挑战从某种意义上讲并不新颖，其思想根基早在几个世纪前已十分稳固，只是它们在当今的许多论述里受到格外关注而使我们不得不重新面对。只有到了1970年，知名的历史学家才会如此论述："小说家、剧作家、自然科学家、社会科学家、诗人、预言家、学术权威和具有多种信念的哲学家，都强烈地表现出对历史观念的敌视。我们许多同代人特别难于接受过去时代和往昔事件的真实性，顽强地抵制种种对历史知识的可能性或实用性的论断。"（Fisher，1970：307）几年之后，海登·怀特宣称："当代文学的鲜明特征之一在于执著地坚信：历史意识必须抛在脑后，如果作家想严肃地审视人类经验中那些现代艺术特别要揭示的层面。"（White，1978：30）而他引述的例子很说明问题，他引的都是大名鼎鼎的现代主义人物——乔伊斯、庞德、艾略特、曼等——而非后现代主义者。然而今天，我们自然必须对这类的声称进行根本性的修正，因为有了迈克尔·格雷夫斯和保罗·波尔托盖西的后现代主义的建筑，有了像《马丁·盖尔的归来》和《雷德尔中尉》这样的电影，有了我们称做"史述元小说"（historiographic metafiction）的作品，如《G》、《羞耻》和《异想天开》。当今似乎有一种进行历史性思考的新愿望，但是历史性的思考便意味着批判性的和语境性的思考。

无疑，这种质疑性的返回历史，在一定程度上，是对封闭的排斥历史背景的形式主义文论（如艺术至上主义）的响应（即那些赋予所谓现代主义时期的艺术理论以众多特征的主张)。假若要诉诸过去,就得排除其"现时性",或者在追求某种更牢固、更具普遍性的价值体系过程中确保其超然性,无论那是神话、宗教还是心理学体系(Spanos,1972:147—168)。当然,从文化历史的角度看,现在不难看出这是对传统负担的反拨。尤其在观赏艺术和音乐领域(参见 G. Rochberg,1984:327),常常嘲讽式地引用审美的过去以彻底审视西方文明(如乔伊斯、艾略特)。现代主义的"历史噩梦"恰好是后现代主义执意要探究的内容。艺术家、听众、批评家——无一能置身历史之外,甚至连这样设想也办不到(Robinson & Vogel,1971:198)。福尔斯的小说《法国中尉的女人》,绝不允许读者忽视有关过去之过去的教训,或者这些教训对于历史的现时的种种含义。当然会有人反对,说现代主义者布莱希特和多斯·帕索斯不也曾同样教导过我们吗?在芭芭拉·弗利(Barbara Foley,1986:195)称为"元历史小说"的《押沙龙,押沙龙!》和《奥兰多》之类的小说里,历史不也受到过质疑吗?问得有理,答案却既是又非。似非而是的后现代主义对现代主义既持有恋母情结式的叛逆立场,又维系着恪守孝道的忠诚。指出历史知识的暂时性和不确定性,自然不是后现代主义的发展。同样,责问历史"事实"的本体和认识的真实地位或质疑历史叙述的貌似公允与客观,也并非后现代主义的发明。然而,我们却绝不可忽略后现代主义艺术中对这些质疑问题的关注。

虽然如此,谈及暂时性和不确定性并不是要否认历史知识。杰拉德·格拉夫之言显然存在误解,他说:"要是认为历史是难解现象的集合体,缺乏内在的结构和意义,那么,种种规范的审视努力,只不过是存心避开真相、寻找庇护而已。"(Gerald Graff,1973:403)其实,有关历史和文学的后现代写作已经教导我们:历史和小说同样是话语,两者同样在建构种种使我们对过去产生意义的机制（即"种种规范的审视"）。换句话说，意义和形式不在**事件**之中，而在使这些事件成为历史事实的**机制**里。这并不是"存心避开真相，寻找庇护"，而是承认人类建构意义的功能。

于是，后现代在同时实践两项行动：重新将历史语境设定为有意义的甚至是决定性的因素，而这样一来，便使历史知识的整个概念成为问题。这就构成了当今整个后现代话语特征的另一大悖论，其含义便是：不再可能存在任何单一的本质的超然的"历史真实"概念（借用詹姆逊的术语），无论马克思主义者或传统主义者会如何追求它而缅怀往昔。后现代历史主义者在对往昔的价值、语境和形式进行评判时对怀古之情毫不在乎。只消举一个例子就可以说明这点。詹姆逊断言，多克托罗的《雷格泰姆》是"历史指涉消失之后所产生的审美情境中最奇特最令人惊愕的丰碑"（Jameson, "Postmodernism", 1984: 70）。可是，同样容易辩解：历史指涉是当前的事——直白地说。在《雷格泰姆》里既有对20世纪初是某个特定时期的美国资本主义的具体呈现（包括各个阶层的适当反映），也有虚构情节中的历史性人物。当然，詹姆逊反对的正是这种混淆和篡改正史里的"事实"的做法。但是，在小说策略与这种历史建构、重构与政治之间不存在冲突（Green, 1975—1976: 842）。如果多克托罗真地采用了怀古手法，其实那也总是反其道而行之，并不是让我们去怀古。

该小说一开始便建立了这种模式。小说的叙事者在描述1902年情形的同时便引入了潜在的怀古幽思，但很明显带上了反讽意味。"夏天，每个人都穿着白色衣衫。网球拍沉重，形状呈椭圆形。有许多人看不出性别。没有黑人。没有移民。"（p.4）仅在一页之后，我们却得知，爱玛·哥德曼在讲述一个截然不同的美国："随处可见黑人，到处是移民。"（p.5）当然，小说有不少内容涉及远离社会中心和排斥在社会之外的阶层。我认为，詹姆逊把这部小说视为凸显历史真实性问题，存在危机是正确的，但他作出的否定判断却令人吃惊。这种容许批评距离的反讽意味在这里恰好表明拒绝怀旧之情。《雷格泰姆》中的义务消防人员是不折不扣的带有感伤情调的人物，而美国社会的许多"理想品性"——比如正义感，由于不能适用到诸如科尔豪斯·沃克尔这样的黑人身上而令人产生疑问。小说中描写的种族主义、种族优越偏见或阶级仇恨，绝不存在千篇一律和多愁善感的毛病。

类似这部小说的后现代主义作品旨在抗争艺术的权力，凸显永恒的普遍价值，而它们往往通过强化与那些价值相关的主题内容乃至形式风格而得以实现；它们还以多样化和陌生化的名义挑战小说叙述的单一性和严整结构。通过挑战叙事策略，它们提供了想象的真实来代替抽象的叙述；但与此同时，它们往往显得支离破碎，使传统的具有个性和主体意识的人物变得反复无常，难以捉摸。我在这里采用福柯的语言绝非偶然（Faucault, "Nietzsche", 1977: 139—164），因为福柯描述的由尼采式的"谱系"所引起的对历史的传统观念的挑战，恰好与后现代小说对抗历史编纂小说的陈规旧习的情形合拍。后现代的追求跨越理论与实践的界限，往往由此及彼，而历史常常成为它质疑挑剔的领域。

当然，这种情形在其他时期也有过，因为历史和小说通过它们叙事的共同特征，总是显示它们的自然属性：目的论、因果论和连续性。列夫·布罗蒂已经表明，18世纪历史著述中的连续性和连贯性问题在同时代的小说中如出一辙。虽然，当今令后现代的历史、理论和艺术共同关心的主要不是如何描述时代的问题，而更多是我们关于过去知识的性质和地位的问题。在海登·怀特、米歇尔·德塞尔托、保罗·贝内、路易·明克、莱昂内尔·戈斯曼等人的作品里，我们可以看见一种对历史著述行为的极端怀疑。

然而，请后现代主义的反对者们见谅，我们看不到他们不关心历史，或者缺乏彻底的相对意识或主体意识（Lentricchia，1981：XIV）。相反，我们所看到是一种既很遥远，又近在眼前的有关过去的观点，同时考虑到了当代的权力和撰写过去的诸多局限。这样一来，常常会看到一种公开表示的暂时性和反讽口吻。

用翁贝托·埃科的话来说："后现代对现代主义的回答即承认必须返回过去。既然过去是完全无法消除的，解构它将导致沉寂（现代主义的发现）；但却不是单纯地返回过去，而是带着嘲讽。"（Econ，1983，1984：67）符号学表明，所有的符号都随时间的演进而改变其意义，这便阻止了怀旧情调和好古癖；而此种天真情感的丢失不是可悲而是可喜的事。弗兰克·克莫德就可以把托马斯·品钦在《第49号拍卖区的呼叫》里，描写1864年美俄军舰在加利福尼亚沿海的一场历史上实有其事却无记载（可直接称为虚构）的似非而是的对峙叫做"一次严肃的历史编纂练习"。克莫德这一由衷的叫法，其理由便是后现代的：那样的描写"表明了我们能对遥远的事产生怀疑……仅仅基于新近的更清醒的历史主义。事实上，我们不再能认定自己可能对历史做没有价值的判断或者认为存在某种特许，构成历史文本的符号可以凭此指涉世间发生的事件"（Kermode，1978：108）。这种怀疑为我们带来的不仅是历史学科的变化，而且带来了文学研究中的"新历史主义"，现在人们都如此标示它。

二

我们近些日子看到的新历史与旧历史几乎很少共同之处，而这饶有趣味的变化是有其历史原因的。新历史的编撰者成长于20世纪70年代的理论氛围，在这段年代，具有个性的文学作品逐渐失去了有机整体性，文学作为知识的组合体抛弃了一向束缚它的疆界，甚至到了抛弃许诺提供知识的地步。于是，历史开始显得不连贯，有时甚至成了另一种小说。难怪，我们追逐的学问不再采用旧日文学史的形式或表述的语言。

——赫伯特·林登伯格

这种新型的文学史不再试图维系和传达某种经典或传统的思想，它对历史和文学批评都持疑问和反诘的态度。最近加州大学出版社有一则关于"新历史主义：文化诗学研究"丛书的广告，竟谈到历史研究要批判地"回到文学生产的历史底层"，即要同时对"象征的建构现实做出创新的象征诠释"。由于有了诸多流派的理论家的开拓性努力——马克思主义、女性主义、黑人和少数民族主义等，在彼此的领域里都有一种新的觉悟：受不了意识形态和社会体制的分析，包括撰写本身。作为一个文学家或历史学家，单有怀疑和游戏的心态还不够，尽管这在往日是绝对不存在的；理论家和批评家无可避免地要涉及意识形态和社会体制。勒鲁瓦·拉迪里一类的历史学家拒绝采用第三人称的客观口吻来进行阐述，令他们"功成名就"的同行们十分震惊，而这在历史和文学的批评文字里却是司空见惯的事。在《罗马人的欢宴》里，拉迪里不是以一个隐喻的目击者或参与者，而是以一个学者面目出现在1580年的事件中；他站在所讲的故事之外，从一个毫不隐瞒的热情支持者的角度进行报道，将欢宴的价值和盘托出，让读者自己去做判断（Carrard，1985：9—30）。这种公开违背历史编纂惯例的写法，恰好是后现代主义将两种不同类别的阐述文体合而为一、被艾米莉·本维尼斯特称为历史的和散漫的写作手法（Benveniste，1971：206—208）。陈述历史，无论是在历史著述或现实主义小说里，都避免用语法结构去表达要陈述的散漫情境（传达人、接受者语境、意图），力图达到讲述往事时宛若往日的事件在呈现自身。后现代的历史著述——还有小说，如《午夜的孩子》、《白色的旅馆》、《第五号屠宰场》等——有意带上一种历史的却又夹杂着说教与情景散漫的叙述，以此挑战历史叙述的不言而喻的常规：客观、公允、非个性和表征的简洁透明。

随着这种抗争的消退，无论在历史著述或在小说里，都有了可以树立表述和叙事方式的可靠地盘。然而，在大多数后现代作品中，这地盘既被凸显又遭颠覆：勒鲁瓦·拉迪里的作品具有影响是因为它隐含着与传统第三人称史述进行的互文对话；《雷格泰姆》的魅力来自它既**让人想起**多斯·帕索斯作品又来自它对该作品的**颠覆**。正如大卫·卡罗尔指出的，新型的批判性的"重返历史"，势必与"各个系列、各种语境、任何构成肌质或肌质的建构过程彼此渗透而产生对立"（Carroll，"The Alterity"，1983：66）。但是，我要补充一句：在后现代主义的历史和文学著述里，这种做法是先予以设置然后批判地与那些肌质和构成肌质的过程相对立。这便是后现代做法自相矛盾之处。

正是这一自相矛盾之处将两种"历史"区分开来，一是默里·克里格曾称为"自然呈现的原初经验现实"的历史，一是作为方法或著作的"历史"："批判地审视和分析过去的记录和遗留物即是……**历史的方法**。而从那建构过程获得资料加以想象地重构过去，便称为'**历史编纂**'。"（Gottschalk，1969：48）无论哪种方式适合你——"想象的重构"也好，理性的梳理也罢，这便是后现代主义思辨问题以获得过去知识的关注焦点。这正如保罗·里克尔向我们表明的，撰写历史实际上是"建构理解历史的方式"（Paul Ricoeur，1984：162）。历史编纂对过去事件的解释和阐述便构成了我们认为的历史事实，这就是后现代的历史感所寄寓的语境：不同于启蒙运动的进步或发展的联想，理想主义或黑格尔派的世界—历史进程，或马克思主义的历史观念。后现代主义回过头去面对往昔的可疑性，乃是为了我们在当代获取知识。在萨曼·拉斯迪或伊恩·沃森的小说里，或者在彼得·格里纳韦的电影里，绝没有无止境的倒退以至到达空白或无稽之谈的地步。过去真真实实地存在过。问题是：我们今天**如何**了解过去以及我们所了解的过去是**什么**？《耻辱》、《水地》、《福楼拜的鹦鹉》之类的小说以明显的元小说特征出现，承认自己进行了建构、梳理和种种选择，但这些都是执著的历史行为。在采取这类行动的同时，将过去认为是真实的历史知识的理由置于可疑的地位。因此，我称这类后现代小说为"史述元小说"。它通常会展现历史写作中的问题而转用叙事策略以致使之元小说化；这样，便对历史知识的同源地位提出同样的问题，这些问题也正是当代历史哲学家要努力解决的。历史文献的本体性是什么？它们是不是过去的代替物？过去的痕迹？用意识形态的术语来说，我们对历史诠释的"自然"理解意味着什么？

　　史述元小说拒绝通常意义的历史事实与小说之间的区分方法，拒绝只有历史才具真实性的观点，一方面通过责问那种说法的依据，另一方面坚持两者都是话语（人类赋予事物意义的体系），而且两者都从同一的本体获得"真实"。这类后现代小说还以艺术的自主生成的名义拒绝把超文本的过去降为历史范畴。《群情激昂》和《脚腿》这样的小说，坚持认为过去事实上在它被"文本化"为历史或小说之前就存在，并且表明这两类文本都无可避免地在将过去文本化的同时建构自己。它们语言的"真实"指涉曾经存在过，但今天只能以其文本化形式——文献、目击者的叙述和档案资料——才能为我们接受。过去成了"文物遗迹"（Lemaire，1981：XIV），但它的可寻资料的汇集只有通过文本化之后才会被承认。

　　于是，后现代之"返回历史"不是恢复历史、缅怀往昔或复古主义（Kramer，1984：352）。至少从一个非马克思主义者的角度看，伊哈布·哈桑是正确的，他据保罗·波尔托盖西式的建筑斥责詹姆逊关于历史和后现代义的见解不得要领（Hassan，1986：507；517—518）。我还要补充说，从斯托克豪森、贝里奥和罗克贝里等人的音乐看，从福尔斯、富恩特斯、格拉斯和邦维尔等人的小说看，也同样可以说明。文化批评家喜欢说，美国人在20世纪70年代转向历史是因为他们恰逢建国两百周年之际。但是，如何来解释加拿大、拉丁美洲、英国和欧洲大陆在同一时期对历史的探索呢？具有反讽意味的是，我认为也是詹姆逊准确地指出了一项最重要的解释：60年代的人（他们事实上是后现代主义的开创者）出于明显的历史原因，倾向于"比他们的前代人更历史地思考问题"（Jameson，"Periodizing"，1984：178）。60年代见证了一场"越轨"运动（Sukenick，1985：43）进入当代世界历史（从和平进军到新新闻主义），进入物质实体（在艺术方面，乔治·西格尔用石膏制品反映"现实"）。我们当今的甚至遥远的过去为我们所共享，今天有大量的历史小说和非小说创作出来并且为人们阅读，也许表示出一种愿望，多克托罗曾经称这一阅读为"社团行为"（Trenner，1983：59）。正如一位后现代评论家说的，"历史无论作为公众对过去的集体认识或是个人对公众经验的修正，甚至是将个人经验上升到大众意识，构成了当代诸多小说行为迸喷爆发的中心点"（Mantin，1980：42）。然而这并不是说后现代小说"贬低"了历史。比如，后现代小说可能由于运用或滥用，使原为达到特定目的的种种规范受到质疑，但却不是要把它们"逐出"舞台。事实上，从逻辑上说这是不可能的，因为它得依靠它们。

在后现代的史述元小说中将"个人经历上升到大众意识"，不是要扩大主观性，而是要使大众的和历史的、个人的和传记的内容变得繁复难解。我们如何理解《午夜的孩子》中萨利姆·

西奈告诉我们的话：是他一个人引起了尼赫鲁的死亡或印度爆发语言骚乱这类的事件；或者当小奥斯卡告诉我们：他在自己的铁皮鼓上"敲出了急速古怪的节奏，从而指挥了每个人在1914年8月之后的很长一段时间里的行动"。从后现代的自相矛盾处不是可以学到东西吗？一方面从其暗自嘲讽的夸大口吻，一方面从拒绝为了公共历史而放弃个人责任的态度。这类小说公开地思量历史的错位及其造成的思想意识后果，公开揣测该如何把往事写"真"，是什么构成了任何特定事件的"为人所知的事实"，这些便是当今后现代艺术质疑历史的方面。当然，理论话语对这些方面也没有表示沉默。

三

> 今天我们从各个方面听到越来越紧急的呼唤：我们必须重返回历史。不错，我们的确应该，问题是如何返回历史，追回到什么形式的历史。通常发出这种呼唤出于绝望，出于回应各种各样的似乎仍统治着知识市场的形式主义，回应这样一个事实：形式主义老是不去，无论多么经常呼唤历史，多么用力驱赶它，把它至少摆到一个适当位置（历史指派它的位置）。
>
> ——大卫·卡罗尔

史述元小说公开争夺历史的权利来消除形式主义。元小说的冲击力量阻止了形式和虚构的任何封闭，直接与大多数（后期现代主义）艺术自足论相对抗，从而使小说重新获得历史语境。比如，用罗纳德·苏肯尼克的令人难忘的话来说，"除非画出一道线（在艺术与'真实生活'之间），否则一大群牵强附会者便会撞入，手里挥动着写上'实有其事'的旗子"（Sukenick,

1985：44)。但是，不因为写了"实有其事"就实有其事的。正像什么是文学的要素的种种定义过了几年就发生改变一样，是什么使历史写作具有历史性的定义，从利维到兰克再到海登·怀特也大不相同（Fitzsimmos et al., 1954)。关于定义以及如何搜集、记录和叙述历史证据的策略，史学界一直争论不断。许多人都注意到，这些论争者普遍认定历史是可以准确记载的，问题仅在于记载的最佳方法。根据这种观点，作为经验真实的历史，通常被视为全然不同于文学；文学的"真实"，无论视为短暂有限的或特殊超脱的，皆基于其主体性地位。这种观点致使历史和文学在学术界泾渭分明。

20世纪的历史学科一直遵循传统，接受实证主义和经验主义的打造，竭力将任何带有"丁点文学"意味的东西分隔开来。历史通常以"真实"定位，理所当然地可以重复或重构而不失其真，可现在却乞求解构以质疑历史写作本身（Parker, 1981：58）。用海登·怀特有意发人深思的话来说：

> （历史学家）必须做好准备来接纳这一概念：当今意味的历史是一种历史偶然，某一特定历史环境的产物。这种历史的本身，随着对产生该环境的误解的消失，有可能丧失其作为自主、自认为可信的思维模式的地位。应当明白，当代历史学家将被赋予的最艰难的任务是提示历史学科的历史有限性，亲自撤销历史在诸学科中的可以自主自律的断言。(White, *Tropics*, 1978：29)

不用说，近几年来几乎在全球范围内，历史的撰写方式都受到相当密切的关注。历史作为过去的政治反映（帝王故事、战争风云，朝臣阴谋诡计之类）受到了法国安纳尔学派的挑战，他们提出要重新考虑历史学科的参照系和方法论（Le Goff

& Nora，1974)。这导致了历史编纂重新聚焦于以往被忽视的研究目标：社会、文化和经济，这反映在雅克·勒戈夫、马塞尔·德蒂恩内，让－保罗·阿龙等人的著作里；这一转变还巧合了女性主义转向历史方法以凸显被排挤出中心地位的过去（不仅女性，还有男同性恋、劳动阶层、少数民族等）。当然，同样的冲击也可以在史述元小说里见到。克丽斯塔·沃尔夫的小说《卡珊德拉》，以讲述女人和日常生活中鲜为人知的故事的方式，重述了荷马史诗里的战争、男人及其政治纠葛。在卡洛·金兹伯格的《奶酪与虫子》里，则采用讲述奇闻轶事的方式，来表现而非分析 16 世纪农民大众看待世界的文化观，以代表了那个时代的一种基本文化，如此基本以致常常被历史学家忽视（D. LaCapra，1985：46—69)。历史编纂中的时间概念已经成为问题。费尔南·布罗代尔的作品便质疑"事件的历史"，质疑以长时期和集体精神的名义来对孤立事件和个别人物进行一段时期的传统式的历史叙述。保罗·里克尔的三卷本《时间与叙事》详尽地研究了由历史叙述和虚构历史造成的时间构型与变型。

阿瑟·凡托和莫顿·怀特所实践的历史分析哲学为现代历史的编纂提出了不同的——主要是认识论的——问题。但是大多数历史学史家仍然觉得这门学科大体上还是经验性和实用性的（Adler，1980：243)，完全不信任抽象和理论；正像后结构主义和女性主义所挑战的类似认识今天仍然支持着许多文学研究。然而，受到刺激的历史理论家正着手抵制由于一些历史学家不愿辩护自己的研究方法而造成的历史边缘化。最近的历史著述理论化的重点有三：叙事策略、修辞技能和理论依据（Struever，1985：261—264)，其中，叙事策略显然与后现代的小说及其理论的关注点有共同之处。

四

我们对历史要负的唯一责任是重新撰写历史。
——奥斯卡·王尔德

海登·怀特认为,当今历史学家的主导观点已逐渐趋同于这样的认识:以叙事表征过去的形式来撰写历史是十分常见的,实际上成了文学写作。这并不是说他们不相信过去的事件出现过:"一桩特定的**历史的**考究并不是因为有确认某些历史事件的必要性,而主要出于要弄清那些历史事件对某一特定的人群和社会意味着什么,或者对现时的任务和未来的前景有什么样的文化含义。"(White,"Historical Pluralism",1986:487)转向事件的意义,话语系统如何赋予过去以意义,意味着一种多元的——也许会是令人不安的——历史编纂观点,包含了不同的但同样有意义的对过去的现实的建构,或者不如说对那段过去的文本化遗物(文献资料、档案实证、目击者证词)的建构。这种转向的表达词语常常令人想起后结构主义文学的语言:"(一种特定历史的)现象是如何进入能称为历史的体系的?而这历史体系又是如何获得散漫的文体力量的?"(Cohen,1972:206)在这里,知识与权力的结合表明了福柯作品所产生的影响的重要性;在某种程度上,也表明了德里达的影响,无论是在小说、历史著述或在我们后现代重新思考过去与如何撰写过去的关系方面。他们两人都竭力指出,过去已经被"符号化"了或者被侵蚀了,即是说,用话语定型了,因此"总是已经"被诠释过了(即使是仅仅选择了记载下来的某部分,插入叙述的某部分)。史述元小说自身敏感地提醒我们,尽管事件的确在经验的过去出现过,我们谈及和指认那些作为历史事实的事件仍是有选择的,叙述的时候点到为止。甚至可以进一步说,我们只是通过对它们的散淡描述,通过它们的蛛丝马迹,对那些事件才有所了解而已。

启用"蛛丝马迹"一词,为了让人记起德里达式的争辩,他所指的历史编纂的形而上理论基础是什么。德里达对历史是线性的暂时性的观点所提出的挑战也许比福柯认为的断裂模式更彻底一些:他提出了一个复杂的重复与改变、重述与改动的混合操作概念(LaCapra, 1985: 106)。这是一个历史的概念"环":"一个巨大、分层次的矛盾的"历史,也是一种含有**重复**与**轨迹**的新逻辑历史,因为没有它便难以称为历史(Derrida, *Positions*, 1981: 57)。这注定要与任何的企图反映、重构或重现"过去中的现在"并视之为理所当然的现在的努力相抵触(Carroll, "History", 1978: 446)。德里达认为,历史编纂总是有目的性的:以此把某种意义强加于过去,并往往通过假设一种后果或起因来实现。大多数小说也是这样做的,包括后现代小说。不同之处在于那种使之具有暂时性的强加的自我意识。正如米歇尔·德塞尔托争辩的那样,历史写作是对真实过去的错位行为,一种有限的和限制性的行动,不让人们明白地点、学科和文本建构之间的关系(M. de Certeau, 1978: 55、64)。

同德里达一样,福柯迫使我们以不同的眼光看待事物,使我们的分析视角脱离传统的学科模式而转向话语模式。因此,我们不再如艾略特所期待的,要么面对"传统",要么考虑"个人的才能"。非个性化的放浪取代了个人"标记"的事件,并以内省式叙事使之首尾一致;矛盾百出代替了整齐划一;不连贯性、破裂和缺口保留下来以反衬连贯性、演进和发展;一旦从普遍的和超然的眼光看,特殊与差异便具有同等价值。在福柯看来,话语的特征就在于其无序性,并决定了话语的许多在文化意义上可能出现的散漫交错的网络状态。对于后现代历史、理论和艺术,这便意味着一种语境、文本性、整合力以及连贯性历史模式的新设想。

福柯的著述同马克思主义者与女性主义者的著述一起，坚持历史语境所构成的压力，这在先前的形式主义文论和历史诠释里常常是被忽略的。现在，历史学家在进行无可避免的解释行为时总是被迫考虑当时的语境：写作、接受、历史叙事的"批判阅读"，并非与权力无关，无论是在学理方面或在体制方面（LaCapra, 1985: 127）。福柯这样论述道："社会"是各种势力角逐的场所，是话语及其依附机构实践话语的场所，在这些场所里，我们采取不同的（不断调整变化的）权力和抵制权力的立场。社会镶嵌在某一文化的各种有意义的实践之中。用特雷莎·德劳蕾蒂的话来说："社会的结构成分和表征形式，要求并将个人定位为其臣民，在定位过程中我们才有了思想意识这一名目。"（Lauretis, p. 12）

福柯著作里的话语关注，不仅受益于德里达的思想文本化的模式（比较 F. Lentricchia, 1980: 191），还有德里达之前的尼采和马克思。福柯并不是一个单纯的"泛文本主义者"（White, "Historical", 1986: 485），视真物为唯一的文本。用他自己的话来说，话语不是"一个理想的又拥有历史的永恒形式"，而"自始至终是历史的——历史的片段，既统一又断裂地存在于历史本身，向自身的局限、分割和变形提出问题，从自身的暂时性而非在与时间共谋中出现的突然大肆繁殖里，造就特别的模式。"（Foucault, *Archaeology*, 1972: 117）说到散漫的话语文体实践，并不是要使所有文本都降低到尽人知晓的程度，而是要坚持既有针对特定的又要有适合多数人的话语，既要有特别的，又要有分散多样的话语，福柯攻击理论和实践中所有统一和持续的中心化势力（影响、传统、进化、发展、精神、著作、书籍、声音、源头、言语、各种学科）（Foucault, 同上, 1972: 21—30），这便向一切形式的集权思想提出了挑战，这种种形式的思想不承认自己在所研究的体制中应发挥什么作用，而在把异质变成同质、问题性变成超然性的过程中应起什么作用。批评家很快就从福楼拜的《布法与白居谢》里注意到他最早采用戏拟手法来整合特别的与分散多样的不同话语的风格，通过集中化和普遍化的手法来赋予意义（Gaillard，1980：139—164）。而萨曼·拉什迪们的叙事者就是其后现代的继承人。

他挑战的第四个领域，即连贯性和传统，在这里理论与实践再次交叉。史述元小说与福柯揭露连贯性的观点是一致的，而在西方叙事传统里连贯性则被视为理所当然；揭露的手法是先运用然后又滥用同样的连贯手段。爱德华·赛义德论道：福柯凸显不连贯性的概念是通过"假设理性知识是可能的，无论其生成和累积的条件多么复杂——甚至多么缺乏吸引力"（Said，1975：283）。结果便有了一个很具后现代性的悖论，因为在福柯的非连贯性体系理论里，"现代知识话语总在渴求什么，不可能充分地把握或完全表达"（同上，p.285）。无论是历史的、理论的或文学的著述，话语都是不连贯的，然而却又被规则绑在一起，虽然不是超常的规则（Foucault，*Archaeology*，1972：229）。一切连贯都被发现是"伪装的"。特别的代替了一般的，局部的代替了普遍的，特定的代替了永恒的。海登·怀特评论道：

> 这样的历史编纂概念对于估价人类对"人性"的信仰——以为它无所不在，一成不变，即使在不同的时间地点以不同的形式表现均具深刻的含义。这就使普遍人性的概念本身成为问题，而历史学家正是依赖普遍人性来担保自己有能力"理解"任何有关人类的事物。（*Tropics*，1978：257）

福柯绝不是第一个让我们明白这类论点的人。他常常指认尼采为自己的先驱。尼采既拒绝复古情怀又否认无所不包的普遍性，也就否认了过去具有个性和特殊性；他在《历史的运用与滥用》一书中，论证一种批判性的历史，这种历史将把过去带上审判台，无情地予以拷问（p.20—21）。他还清楚地表明了唯一有效的评判标准将来自何处："唯有依据现时中的强势力量，才能解释过去。"（p.40）福柯正是将此种信念带到了他称谓的新历史主义（Archaelogy，10—11）而他自己版本的这种历史，从来不与事物而只与话语相关，还有"术语、范畴和技巧，通过这些技巧某些东西在一定的时候就会变成一整块论述和规程的关注点"（Rajchman，1985：51）。

于是，很明显就出现了对历史学家的重大攻击，攻击他们一向崇拜历史事实和仇视理论。怀特一直激烈争辩以解除历史编纂中对制约意义生成的"概念体系"的钳制（White，"The Fictions"，1976：33），他与凯瑟琳·贝尔这样的后结构主义者一道，声称没有理论就没有实践，尽管那种理论尚未形成或被视为"自然的道理"，甚至遭到否定。怀特认为，今天历史学家面临的问题不是"事实是什么"，而是"事实该如何被描述以便支持一种解释模式而非另一种模式"（Whtie，"The Fictions"，1976：44）。在20世纪80年代自我理论意识很强的新环境里，文学评论家也面临着同样的问题。在上述两门学科，要把历史与历史哲学，或把批评"本身"与批评理论区别开来，日益变得困难。历史叙述和文学诠释都取决于某些重要的理论预设。同样，在后现代小说里，历时性已嵌入共时性，但绝不是以简单的方式：历史知识已成问题的概念，作为社会约定的语言符号观念，已深入元小说中自我意识、自我控制并赋予小说意义的文学肌体。这是后现代主义的悖论，无论在理论、历史或艺术实践中都一样。

五

当问到20世纪里她认为什么最了不起时,玛格丽特·米德提到TV(很可能这是有感于看到了历史学家面临的问题)。

——摘自约翰·凯奇的日记

在历史、艺术和理论三大领域里,不仅有平行或交叉的关注点,还有彼此之间直接受益的交流。正像他之前的海登·怀特所做的那样,多米尼克·拉卡普拉一直为历史编纂和批评理论的兴趣具有共性的观点辩护,而他心目中的目标是一个"同源性的富有责任感的历史编纂"。这就涉及带着疑问重新思考——譬如说,历史文献的本质。从这个观点看,历史文献会变成"补充或重塑'现实'的文本,而非仅仅是泄露有关'现实'的事实的源泉"(LaCapra, 1985: 11)。他对当代历史研究的危机状况的描述,从事文学研究的人听来很熟悉:挑战种种主导地位的人文主义假定("统一性,连续性,熟悉全部文献")(同上,p.32);辩驳过去的意义是超然的存在,过去能为历史学家客观接纳的似是而非的观点(p.137);赋予历史进程以新的概念,既包括文本和语境的关系,又涉及阅读与写作的关系(p.106)。历史编纂也对文学研究产生了影响,不仅对新历史主义,甚至对其他领域,比如符号学。在这些领域,历史被正式逐出了。在符号学家眼里,正像历史不是现象事件而是"一个生成意义的实体"那样(Haidu, 1982: 188),意义的符号生成和接受,现在被认为只有在历史语境里才有可能。像埃科的《玫瑰的名称》这样的史述元小说,如同任何理论观点,同样给我们启示。当然,这并不等于否认其他人的著作产生的影响,如弗兰克·伦特里基亚、弗雷德里克·詹姆逊、特里·伊格尔顿、汉斯·罗伯特·尧斯、特雷莎·德劳雷蒂、凯瑟琳·贝尔西以及其他许多女性主义批评家。理论和艺术实践两者都致力于使自己的话语在经济、社会、文化、政治和历史等领域处于适当的地位。

今天，查明或识破所谓"自然的"、"特定的"以及维系历史编纂理论和艺术的种种假定的基本愿望，与巴特式的解构神话、马克思主义和女性主义的语境化努力，甚至还有德里达的解构主义——尽管有时候表面上有异，都是相通契合的。德里达早期把解构主义定义为一个对各种含义和我们所用语言的历史沉淀都很敏感的问题（"Structure"，271），甚至保罗·里克尔在其三卷本巨著《时间与叙事》里所提出的论点——时代一经叙述就变成了人的时代，后来都纳入了后现代的彼此交会受益的总体进程，一齐导致疑问的产生，历史学编纂和小说两者都被视为是在一起进行重塑的活动，互为补充，通过情节的调配再造我们的时间经历。

但是，后现代主义的核心里存在着矛盾，这在史述元小说里表现得最清楚：形式主义与历史主义共存，且彼此间没有辩证关系。还像我们现在发现的那些熟悉的批评悖论——熟练地否认德里达式的熟练，或者整体地否定福柯式的整体，我们也发现后现代美学实践中未解决的种种涵延仍然是一个个悖论式矛盾。巴特文本理论的乌托邦梦想——既是形式的又是历史的——除非我们愿意接受成问题的双重文本才是可能的（Barthes, 1981: 11）。马赫金·梅德韦杰夫表明，形式与历史是彼此联系又相互制约的，但这对于后现代主义却不是真实的，除非不作任何努力去把两者统一或合在一起。记住巴赫金的对话模式是有用的。权力和权威的独白话语，承认我们时代的人类状况丧失了确定性，不是唯一可能的回应（Reiss, 1983: 194）。先设置然后加以颠覆，比起解决两者之间的对立来也许不那么令人满意，但却是唯一可能的非整合性的办法。

建筑理论家曼弗雷多·塔富里争辩说,今天重要的是对"当前的种种矛盾进行历史的评估"(Tafuri,1980:2)——而不一定要加以解决。现代主义的建筑和视觉艺术,比如文学,必须同现代主义置身历史*之外*的企图抗争——通过纯形式、抽象主义或者神话;不然,便通过封闭的理论模式加以**控制**。只是在最近,艺术史作为一个例子,才看出自身像是"一个虚构式的乌托邦,十分严整,整齐划一"(Preziosi,1985:22)。而在文学,恰好是史述元小说的强烈自我意识才对历史写作和历史理论化赋予了理论与实践的含义。在后现代元小说里,艺术与历史编纂总是融合在一起,而且通常带来不稳定的后果,更不要说会使人紧张不安。

最后举个例子:安格拉·卡特的小说《霍夫曼医生阴森恐怖的欲望机器》里的主人公,发现自己被医生家里的各种绘画弄得迷迷糊糊:

> 这些都是浓墨重彩的油画,按19世纪经院派的风格和R码制作而成,画的全是人物情景。这些我在老照片里见过,从古色古香的书里那些深褐茶青色的旧名画复制品中见过;那时我还是个孩子,在晚餐后的夜晚,在表现很听话的时候,修女嬷嬷才给我们看。我浏览每个画框下面金属牌上刻写的标题,发现它们描绘的画面中有"列昂·托洛斯基在谱写英雄交响曲";那金丝眼镜,希伯来人浓密的头发,还有炯炯发光的眼神,这一切都很熟悉。他双眼闪烁着灵感的光亮,四分音符和八分音符从他笔尖涌向稿纸,流淌在华贵的红木桌面;他像一个天才在狂乱地工作着。梵高在霍沃思牧师寓所的客厅为《呼啸山庄》作画,耳上缠着绷带,活灵活现的。我印象特别深的是一幅大油画,弥尔顿瞎着眼

在西斯廷大教堂墙壁上作神学题材的湿壁画。（p.197—198）

医生的女儿看见他迷惑不解，这样解释道："我父亲重写历史书时，感到有些事每个人都突然觉得原本该是那样的。"

琳达·哈钦

引用作品

Adler, Louise. "Historiography in Britain: 'une historire en construction." *Yale French Studies* 59 (1980): 243—253.

Bakhtin, M. M. (P. N. Medvedev). *The Formal Method in Literary Sscholarship: A Critical Introduction to sociological Poetics.* Trans. Albert. J. Wehrle. Battimore and London: The Johns Hopkins UP, 1978.

Barthes, Roland. "Theory of the Text." *Untying the Text: A Post-Structuralist Reader.* Ed. Robert Young. Boston, London, Henley: Routledge and Kegan Paul, 1981. 31—47.

Belsey, Catherine. *Critical Practice.* London and New York: Methuen, 1980.

Benveniste, Emile. *Problems in General Linguistics.* Trans. Mary Elizabeth Meek. Coral Gables, Fla.: U of Miami P, 1971.

Braudel, Fernand. *On History.* Trans. Sarah Matthews. Chicago: U of Chicago P, 1980.

Braudy, Leo. *Narrative Form in History and Fiction: Hume, Fieldig and Gibbon.* Princeton: Princeton UP, 1970.

Carrard, Philippe. "Writing the Past: Le Roy Ladurie and the Voice of the New History." *Studies in Twentieth Century Literature*

10. 1 (1985): 9—30.

Carroll, David. "History as Writing." *Clio* 7. 3 (1978): 443—461.

——. "The Alterity of Discourse: Form, History, and the Question of the Political in M. M. Bakhtin." *Diacritics* 13. 2 (1983): 65—83.

Carter, Angela. *The Infernal Desire Machines of doctor Hoffman.* Harmondsworth: Penguin, 1972.

Cohen, Sande. "Structuralism and the Writing of Intellectual History." *History and Theory* 17. 2 (1978): 175—206.

De Certeau, Michel. *L' Ecriture de l' histoire.* Paris: Gallimard, 1975.

Derrida, Jacques. "Strcture, Sign, and Play in the Discourse of the Human Sciences." *The Strcturalist Controversy: The Languages of Criticism and the Ssciences of Man.* Ed. Richard Macksey and Eugenio Donato. Baltimore: The Johns Hopkins UP, 1970, 1972. 247—265.

——. *Positions.* Trans. Alan Bass. Chicago: U of Chicago P, 1981.

Doctorow, E. L. *Ragtime.* New York: Random House, 1975.

Eagleton, Terry. "Gapitalism, Modernism and Postmodernism." *New Left Review* 152 (1985): 60—73.

Eco, Umberto. *Postscript to the Nature of the Rose.* Trans. William Weaver. San Diego, N. Y., London: Harcourt, Brace, Jovanvich, 1983, 1984.

Fischer, David Hackett. *Historians' Fallacies: Toward a Logic of Historical Thought.* New York: Harper and Row, 1970.

Fitzsimmons, Matthew A., Alfred G. Pundt, Chrales E. Nowell, eds. *The Development of Historiography.* Harrisburg, Penn. :

Stackpole, 1954.

Foley, Barbara. *Telling the Truth: The Theory and Practice of Documentary Fiction*. Ithaca and London: Cornell UP, 1986.

Foucault, Michel. *The Archaeology of Knowledge and the Discourse on Language*. Trans. A. M. Sheridan Smith; New York: Pantheon, 1972.

——. "Nietzsche, Genealogy, History." *Language, Counter-Memory, Practice: Selected Essays and Interviews*. Trans. Donald F. Bouchard and Sherry Simon. Ithaca: Cornell UP, 1977. 139—154.

Gaillard, Françoise. "An Unspeakable (Hi) story." Trans. Timothy J. Reiss. *Yale French Studies* 59 (1980): 137—154.

Gottschalk, Louis. *Understanding History: A Primer of Historical Method*. 2nd ed. New York: Knopt, 1969.

Graff, Gerald. "The Myth of the Postmodernist Breakthrough." *TriQuarterly* 26 (1973): 383—417.

Green, Martin. "Nostalgia Politics." *American Scholar* 45 (1975—76): 841—845.

Haidu, Peter. "Semiotics and History." *Semiotica* 40. 3—4 (1982): 187—228.

Hassan, Ihab. "Plluralism in Postmodern Perspective." *Critical Inquiry* 12. 3 (1986): 502—520.

Jameson, Fredric. "Postmodernism, or The Cultural Logic of Late Capitalism." *New Left Review* 146 (1984): 53—92.

——. "Periodizing the 60s." *The 60s Without Apology*. Ed. Sohnya Sayres, Anders Stephanson, Stanley Aronowitz, Fredric Jameson. Minneapolis: U of Minnesota P, 1984. 178—209.

Kermode, Frank. *The Genesis of Secrecy: On the Interpretation of Narrative*. Cambridge, Mass., and London: Harvard UP, 1979.

Kramer, Jonathan D. "Can Modernism Survive George Rochberg?" *Critical Inquiry* 11. 2 (1984): 341—354.

Krieger, Murray. "Fiction, History, and Empirical Reality." *Critical Inquiry* 1. 2 (1974): 335—360.

LaCapra, Dminick. *History and Criticism.* Ithaca: Cornell UP, 1985.

Le Goff, Jacques, and Pierre Nora, eds. *Faire de l' historie.* 3 vols. Paris: Gallimard, 1974.

Lemarir, Gerard-Georges. "Le Spectre du post-modernisme." *Le Monde Dimanche* 18 Oct. 1981: xiv.

Lentricchia, Frank. *After the New Criticism.* Chicago: U of Chicago P, 1980.

Le Roy Ladurie, Enmanuel. *Carnival in Romans.* Trans. Mary feeney. New York: Braziller, 1979.

Martin, Richard. "Clio Benused: The Uses of History in Contemporary American Fiction." *Sub-Stance* 27 (1980): 13—24.

Miller, J. Hillis. "Narrative and History." *ELH* 41 (1974): 455—473.

Newman, Charles. *The Post-Modern Aura: The Act of Fiction in an Age of Inflation.* Evanston, Ill. : Northwestern UP, 1985.

Nietzsche, Friedrich. *The Use and Abuse of History.* Trans. Adrian Collins. Indianapolis and New York: Liberal Arts Press/Bobbs-Merrill, 1957.

Parker, Andrew. " 'Taking Sides' (On History): Derrida Re-Marx." *Diacritics* 11. 3 (1981): 57—73.

Preziosi, Donald. "That Obscure Object of Desire: The Art of Art History." *Boundary 2* 13. 2—3 (1985): 1—41.

Rajchman, John. *Michel Foucault: The Freedom of Philosophy.*

New York: Columbia UP, 1985.

Reiss, Timothy J. "Critical Environments: Cultural Wilderness or Cultural History?" *Canadian Review of Comparative Literature* 10. 2 (1983): 192—209.

Ricocur, Paul. *Time and Narrative: Volume I*. Trans. Kathleen McLaughlin and David Pellauer. Chicago and London: U of Chicago P, 1984.

Robinson, Lillian S., and Lise Vogel. "Modernism and History." *New Literary History* 3. 1 (1971): 171—199.

Rochberg, George. "Can the arts Survive Modernism? (A Discussion of the Characteristics, History, and Legacy of Modernism)." *Critical Inquiry* 11. 2 (1984): 317—340.

Said, Edward W. *Beginnings: Intention and Method*. New York: Basic, 1975.

Spanos, William V. "The Detective and the Boundary: Some Notes on the Postmodern Literary Imagination." *Boundary 2* 1. 1 (1972): 147—168.

Struever, Nancy S. "Historical Discourse." *Handbook of Discourse Analysis: Volume I: Disciplines of Discourse*. Ed. Teun van Dijk. London and New York: Academic P, 1985. 249—271.

Sukenick, Ronald. *In Form: Digressions on the Act of Fiction*. Carbondale and Edwrdsville: S. Illinois UP, 1985.

Tafuri, Manfredo. *Theories and History of Architecture*. London: Granada, 1980.

Trenner, Richard, ed. *E. L. Doctorow: Essays and Conversations*. Princeton: Ontario Review P, 1983.

White, Hayden. "The Fictions of Factual Representation." *The Literature of Fact*. Ed. Angus Fletcher. New York: Columbia UP, 1976.

21—44.

——. *Tropics of discourse: Essays in Cultural Criticism*. Baltimore and London: The Johns Hopkins UP, 1978.

——. "Historical Pluralism." *Critical Inquiry* 12. 3 (1986): 480—493.

另一种观点：后现代主义与对抗历史[*]

琳达·哈钦的论文详尽论及一些重要的问题和文本。我不能自诩如她一样见多识广，熟悉后现代主义的主要的以及次要的文献，也不能在我所允许的篇幅内论述她出色地提出的许多问题。我只想按我的理解概括她论文涉及的范畴、方法和目标，表明我与她之间的广泛一致和分歧之处；然后就我和她共同感兴趣的一些问题进行深入的探讨。在几个明显的方面，我将超越琳达·哈钦讨论的文本的语境。然而，我希望这不会被视为节外生枝，没对她的论文做出切实而具体的回应；相反，对阅读中不可避免要产生的不协调和不一致的见解作了适当的整合。在涉及我们交流的所有问题上，我们双方都没把话说得很绝对，而愿意共同探讨以得出结论。这正是学术界的和更广泛的社会风气，总是通过特定的理论和典范的文本来达成赞同与否定的评判。

---

[*] 本文译自《加拿大的英语研究》（*English Studies in Canada*）第 14 卷第 4 期，1988 年 12 月。

说明：译文中凡成段成句地引用马恩著述，为了慎重起见，均引自国内《马克思恩格斯全集》各有关卷本，中共中央马克思恩格斯列宁斯大林著作编译局译，人民出版社，文内各处不一一注明。

一

十分明显,《后现代主义质疑历史》一文主要在为后现代主义受到的广泛而共同的指控进行辩护,即后现代主义"反历史"之说。琳达·哈钦发现这一明确的"共同特性",先是感到"令人吃惊",随后又觉得虽指谓不当倒也实有所指。仔细审视"马克思主义者和传统主义者一致"的令人吃惊的认同事实,表明那是两者共谋的结果,由于刻板与执著,故意误读了后现代主义对"真实"的立场及其盲目热衷于历史的指涉或美学的关联。抵制后现代主义的观点被表述为一种基于对历史充满问题而浑然不觉的认识,严重地与历史的过去和现在的理论与实践相对立;或者被视为求助于一系列尚能适用于现代主义经典作品的美学标准,而这些标准显然是经不起后现代艺术提出的挑战的。琳达·哈钦感兴趣的不是有关后现代主义与历史之间的争论"细节",而是"事实的本身:历史现在又一次成了一个文化问题——而且还是一个具有争议的问题"。这个"事实"引发了一系列对当前指涉危机的思考,以及"新历史主义"和"史述元小说"对那种危机作出的种种回应。历史话语和小说话语被认为在相互暗示和仿效,以至在一种欢迎(如果不是要求)多元的、越界的和对话的语境里,同时在"运用和滥用"传统的范畴。质疑历史或诸如此类,不是要随意地拒绝历史而是要认清和利用交流情景中的种种反讽,这种情景的构成成分"既被凸显又遭颠覆……既是大众的和历史的……又是个人的和传记的内容"。后现代主义的种种旨趣要在散漫的语篇里才可能领会和展示,却谁也不可能对它拥有永久的无可争辩的资格;在那样的语篇,意义的生成总是传递的,绝不是超验的或超越历史的。我们不可能脱离历史如同不可能超乎形骸一样，但我们要做其中之一或两桩"事情"都做的愿望，便足以持续和有力地产生种种反讽，即其文中所谓的"后现代主义的种种悖论"。

该文的主要论点精确细微，引证文献丰富，既穿梭于理论与实践之间，又以此拆除两者间的界限，此即后现代主义的累赘部分。哈钦教授借助题词、分析、归类、列举，以"整套"的理论嘲讽弗洛伊德（"既持有恋母情结式的叛逆立场，又维系着恪守孝道的忠诚"），加强尼采/福柯和德里达的权威地位；伊哈布·哈桑帮着证实各种艺术之间存在一致性，而埃科符号学的指代过程的反讽意味和本维尼斯特的历史散漫的特征又有助于作为"悖论"的修辞弥补。我们被告知，要警惕各种各样的虚假的安慰和整体的回应，包括传统的题材体例和传统的时间操作，而且还邀请我们"接受有问题的和双重的文本"，此类文本带有"高度自我意识"的特征。于是，负面的功能说不定就被默许了。末了，文章得体地以一个"最后的例子"结束，该例子富有期望却摇摆不定，倒恰好与文中各处的题引合拍（无论在琳达·哈钦或别的任何人的情形），也证实了解释的局限（无论是霍夫曼医生的女儿，或别的任何人的情形）。① 这样，后现代主义有效地防御了，免遭其诋毁者的攻击，然而却可能继续令它的一些拥护者感到不安。

---

① 有关引证的复杂性，请参看文末"引用作品"中如：Derrida, "Limited Inc abc"。我没有读过安格拉·卡特的小说，但她很聪明的带有解释性的对医生"反历史"的绘画的写法，历历在目的直接描述，仿佛将历史表征的产生归于其家长之手，也许据此就可以做出合理的评判。我相信，大众的历史感的突然改变出现在奥威尔的小说《1984》的做法里。

二

从研究艺术或理论的话语中某些创新观点的接受可以学到不少东西；琳达·哈钦表明，这种"令人吃惊"之感可以使人对貌似一致、实则相互抵牾的观点产生警觉。可以打开思路，对原已认同和习以为常的东西做文化的和思想观念的重新解读。她以例示的方式驳斥了后现代主义的诋毁者，我对她的大多数方法和例证是赞同的，尤其是她认为理论与实践是连在一起的看法，以重复刻画作为颠覆手段的重要性，以及要想在艺术或理论与（其他）社会因素建立明确的联系会遇到的许多困难，要区别一个阶段与另一个阶段的文化产品之不易。琳达·哈钦对形而上事物的魅力很敏感，她竭力争辩的是后现代主义诸多特征鲜明的"集中表现"而不太在乎其个别的本质特性，这与我自己对作为既是传统的又是暂时的文学史分期和诸多流派的认识是一致的。她使用"后现代主义"这个术语的各种经济的暗指方式，诸如自我意识地渐次表征、隐含指谓、部分涉及，我也能够接受，因为那毕竟是可能的，因为第一次提到它时总是赋予其某些词义预设，在作某论证时必然会排斥其他含义。正像一个人必须先占据某个地位然后才可能移动或迁至另一个位置；遇到语言的某些含义不为大家所确知，你得一步步地阐释。

然而，我对《后现代主义质疑历史》一文的其他一些特征不甚赏识。比如，依赖一些简明扼要的例证——一位知识渊博的作者写这类论文如此这般是可以理解的——简则简矣，却说服力不强，颇有以面代点、不容歧见之嫌。一篇文章要是想竭力排除关联与合并的障碍，却又引述同类而不等属的例证，会出现不仅可能彼此雷同而且根本无法相比的结果，从而令读者对其间的差异不甚了然——比如把"马克思主义者与传统主义者"摆在一起——而采用一种特定的修辞手段则更令人对反复调和其间的差异难以接受,"马克思主义传统"还不够久远和为人所知吗?①难道悖论不是形而上学之士惯用的盾牌吗!② 我看这里存在着过于宽泛的多元论,我倒想知道:在后现代主义具有的各种可能的混乱中间,琳达·哈钦究竟置身何处?一种答案似乎是:站在"形式主义者和历史主义者并存而又缺乏辩证关系"的地带。这地方是不是伦特里基亚与德曼妥协的场所?我们可不可能把这称为平均信息量、"别的什么",或"什么别的"?③

我将在本文最后的结语部分回到上述问题。但是,首先来看看琳达·哈钦是如何预设形式与历史之间辩证关系的终结的也许不无益处。在这个问题上,她争辩说某些理论和小说总是与历史相关的,可它们并不打算依循传统规范,而出于某种需要或愿望有意独树一帜。在论争过程中,她偶尔会描述这种后现代主义的历史参与(及对其抵制),但说法却与我自己对历史的认识相左,我对她引证的作品也有不同看法。在下面的文章里,我将仔细审视其关于"一种进行历史性思考的新愿望",进而考察其"游离于……马克思主义历史观念之外"的可能性,然后对照我对哈钦教授引述的两部范例作品的看法《奶酪与虫子》和《雷格泰姆》,最后谈谈辩证法的命运。我将尽可能简明地阐述这些复杂问题,为此,会有意地认定一套易懂、乍看却显得幼稚的观念,完全与后现代主义的旨趣大相径庭。这并不是说,我以简明为尚,追求卡纳式的明澈界定;以我的观点而论,这恰好表明

---

① 倘有人不信,只消去浏览一下随处可见的《马克思主义思想辞典》便会明白。

② 琳达·哈钦开篇题引的保罗·里克尔一段话不经意地表明,基督文明有可能是与悖论连在一起的。

③ 参看,诸如博德里亚论"交流的狂喜",见福斯特、克罗克尔和库克等人的文章,尤其克罗克尔的文章总是大胆却难解读,虽时有真知灼见。翻看一页,任何一页均可。

"执著的自我意识"确有可能;有时甚至会不必要地使问题变得模糊,使自己沉溺于过分(有时是难以自拔)的个人主义,以致妨害与人交流,为大众理解,甚至事与愿违。"历史"不断演进,从相反角度去看待它,不总是适当的或者就能够自圆其说。

三

在《后现代主义质疑历史》一文的起始部分,我们得知"似乎当前有一种进行历史性思考的新愿望,但是当今历史性的思考便意味着批判性的和语境性的思考"。琳达·哈钦却又立即巧妙地否认其含义:历史性思考在成为后现代主义之前既不是批判性的也非语境性的。她争辩说,当今之不同,在于历史性思考的执著性,具有鲜明的自我批判和语境意识。但是,我对她的论断持有不同看法。比如说,究竟什么是"历史性思考"?我相信如果思维不可能避开语言,那么顺理成章它早就一直是社会性的和历史性的。因此没有任何选择,思考总是历史性的,尽管会有采用什么样的历史性思考的选择;而这类选择很明显,可以部分地加以判定,是个人的或是集体的"愿望"。让我先论证思维的语言性观点以及与之相随的历史性,然后再论述有关愿望的问题。

在柏拉图的《诡辩家》(262d,263e)中,埃利亚的陌生人这样定义话语:

> 因为他说,他在陈述某物是什么、正变成什么、已变成什么或将成为什么的时候,他不仅仅指称其名目,而且通过把名词和动词连在一起得出一个结论。因此,我们说他在谈论而不是仅仅在指称名目。于是,我们称名词与动词连用为谈话……好啦,这样一来,思想和谈话同为一物:唯前者是

心灵在内部与自己无声地交谈，而被给予了思想这个特别的名字。

这位陌生人使用同一个词（logos）来称言语和话语，而且断定两者与思想（dianoia）同为一物（tauton），跟前两者唯一的差别在谈话的情景：内省的而又无声的，而非相互的并且出声的。柏拉图始终坚持这个观点：除非谈话的成分是由某些特定方式组成，否则不可能有谈话（显然不是"并存而又缺乏辩论关系"）。看来，谈话是有目的性的，受规则制约的，从而引导出结论，因此绝不是后现代的。也许柏拉图对后现代主义不具阐释力——除了遭受德里达式的解构而露出负面意义，因为他的命运是与辩证法紧密相连的（至少是与某一种辩证关系）。

然而，很有趣的是，内在的谈话——思想被描述成一个悖论，按字面意思便是"不出声的谈话"。也许在出现这一比喻的时候才有了后现代主义的积极征兆。为了赋予个人的思想以实在性和实用性，柏拉图把思想归属于口头交流，以一个比喻将言语非物质化同时又把心灵实体化。即使有人把心理（psuche）称做心而非心灵，形而上的空谈之意和"心智实体"（Schafor，1976：343）的伪造感仍然存在。对自身存在的意识出现在无声的对话里而非出现在内心独白之中；换句话说，出现在一种任何有才智的对话者都十分熟悉的强调隐含与缺失的中介形式里。这种作为言语交流的自我对话情景有赖于一个反语，但这个反语不可能包含或隐藏在一个放大的悖论里，其"张力"也不可能"最终"在探讨一些具体问题的个人对话中获得解决。如果承认思想的语言性，一个无可挽回的分裂自我就别有多大的企求，最多只能得到一个自身的残余破片的聚合体。为了把这说得更直白一些，我愿将柏拉图的思想解说进一步延展开来涵盖又一个悖论——无形的标示书写，它既不能凸显说话者也无助于语言产品的书写者。这样一件经过改造的德里达式的替代品，其效果当然会颠覆柏拉图的声音中心观及其相应的显形玄理，对伴随思想个性化的实体造成更沉重的压力。试想，两张隐形的嘴无声地交谈，如同天使讲话般玄妙；一双隐形的手无形地书写，好似一只无形的市场资本主义的手在神秘地操纵。"听起来"这不是后现代十足吗？

强调思维的语言性，是为了彰显柏拉图主义与后现代主义之间的异同之处，并找出有必要澄清的其他问题。一方面，柏拉图主义和后现代主义各有自身支持的十分不同的话语概念，还应当进一步判明两者之间的争议。另一方面，它们也有共同处——都依赖悖论，因此就有了这种可能：各自支持一种形而上学论作为努力把自己当做反应中心的一部分——这形而上学受到实在的语言符号的威胁，无论是听觉或是视觉；而要尽可能免除这种威胁就得使用悖论。为了更好理解这些联系的冲突以及有助于把重点从语言性转到历史性，也许我们能够借鉴其他像柏拉图那样的思想家，他们与辩论法密切相关。

马克思和恩格斯在其合著的《德意志意识形态》里辨明了使创造历史成为可能的条件，即"生产物质生活本身……新的需要的产生……以及生产另外一些人"；他们表明这三个"因素"是和第四个同时包含社会和自然两方面的因素连在一起的（156—157）。

> 只有现在，当我们已经考察了最初的历史的关系的四个因素、四个方面之后，我们才发现：人也具有"意识"。但是我并非一开始就具有"纯粹的"意识。"精神"从一开始就很倒霉，注定要受物质的"纠缠"，物质在这里表现为振动着的空气层、声音，简言之，即语言。语言和意识具有同样长久的历史；语言是一种实践的，既为别人存在并仅仅因

此也为我自己存在的、现实的意识。语言也和意识一样,只是由于需要,由于和他人交往的迫切需要才产生的。凡是有某种关系存在的地方,这种关系都是为我而存在的;动物不对什么东西发生"关系",而且根本没有"关系";对于动物说来,它对他物的关系不是作为关系存在的。因而,意识一开始就是社会的产物,而且只要人们还存在着,它就仍然是这样的产物。(157—158)

一旦实在体不受压制而被真心地接纳,声音便回复到言语,立即解除了意识的神秘,削弱其自主性。在马克思和恩格斯看来,语言和意识是共时的,在许多重要方面还是合而为一的,而个人的(其含义更少"实用性")意识的存在仅仅是社会关系的产物而已。如同大家所公认的,他们在追本溯源时,"一开始就是"宇宙起源论者,也是语言的男权主义者;但其首要的历史/社会/语言/意识/景象似乎仅仅由"当今"那些仍活跃于社会的势力构成。他们坚持认为,意识之所以可能,是因为思维早已无时不在地置向于语言和历史。在《德意志意识形态》里论及此点的书页旁边,马克思又若有所思地加了个边注:"人们之所以有历史是因为他们必须**生产**自己的生活,而且是用**一定的方式**来进行的:这和人们的意识一样,也是受他们的肉体组织所制约的。"(p.159)从这里的上下文看,"历史性的思考"必定是置身历史之中思考问题,与种种社会关系的普遍运作相一致;而**关于历史的思考**,则必然是思考历史的由来及其所处的四大因素;思考历史是如何继续延续的,考虑所处的那些因素及其不同的运作。而且,历史所产生出来的事物,我们唯有通过历史性的沉思默想才有可能理解。

如果把马克思和恩格斯早期写的这些段落与后现代主义放在一起,我们也许会很快发现差异而非相似。比如,马恩二人认为，相对于实践运用来说，理论（个人的思考）处于次要和补充的地位，不可同日而语，等量齐观；他们依赖比喻（"语言是一种意识"），因为比喻引人关注语言自身的声势，即使在指认事物时也如此；而不大看重悖论，由于它接受（或许神化）其自身的虚弱状态，包括彰显后现代主义的时候；他们认为社会和自然的关系是重复而又繁衍的，而不是一成不变而又具颠覆性的；与他们的观念相一致的则搬上台面而不隐匿背后，他们不是如实判断而是为我所用。另一方面，看来马克思和恩格斯也确实同后现代主义有共同之处，都强调相关论而非本质论，尽管他们坚持人类必须"以某种方式"创造历史的观点会使他们比后现代主义的理论家和艺术家更多或是更少地"反历史"，他们包容决定论、不确定论以及抵制和削弱历史等诸多观点，一面声称质疑历史，同时又发现存在某种框架和叙事，而后现代主义者则总感到寻找这种架构和连贯性的证据，令人沮丧，徒劳无益。

在《德意志意识形态》一书接近第一部末尾的地方（p.194），马克思和恩格斯从语言方面赋予历史以情节，视为一种"有联系的交往形式的序列，交往形式的联系就在于：已成为桎梏的旧的交往形式被适应于比较发达的生产力，因而也适应于更进步的个人自主活动类型的新的交往形式所代替"。联系性和辩证性表明两者在历史上具有共同的根源，正是基于此，后现代主义才与之展开争论。可是，这一模式在实践中是不是真那么不同于后现代主义的自我质疑的历史编纂所鼓励的那些方式？尤其相对于现代主义的人物性格化方面的后现代主义式的人物塑造。

在他们一起合作的最负盛名的《共产党宣言》里，马克思和恩格斯勾画了一个后结构主义的主题：

> 德国著作家的全部工作，只是要把法国的新思想同他们

自己的旧的哲学良心调和起来，或者正确点说，只是要从他们自己的哲学观点出发去领会法国的思想。

这种领会，如同一般领会外国语一样，是通过翻译的。

大家知道，天主教的僧侣曾经在古代异教的经典著作原稿上面写了一些荒诞的天主教圣徒传。德国著作家用正相反的态度对待了法国的不信神的作品。他们在法文的原文下面添进了自己的一套哲学胡说。例如，他们在批评货币关系的法文原稿下面添上了"人性的异化"，在批评资产阶级国家的法文原文下面添上了所谓"抽象普遍物的统治的废除"等等。

这种用自己的哲学辞令赝造法国理论的戏法，他们叫做"行动的哲学"，"真正的社会主义"，"德国的社会主义科学"，"社会主义的哲学论证"等等。

法国的社会主义和共产主义的文献就这样被完全阉割了。既然这种文献在德国人手里就不再表现一个阶级反对另一个阶级的斗争，于是德国人就满以为自己克服了"法国人的片面性"，就满以为自己不是坚持真实的要求，而是坚持对于真理的要求，不是代表无产阶级的利益，而是代表人民的利益，即一般人的利益，这种人是不属于任何阶级，并且根本不存在于现实界，而只存在于哲学冥想的渺茫太空。（原文见《马克思恩格斯全集》第6卷，第510—511页，译文则引自《马克思恩格斯全集》第4卷，第495—496页）

在这段嘲讽地记述近代思想史的一个插曲里，得体的吸收外国思想家说成是固执的并吞。19世纪上半叶在德国称得上是文学的"作品"带有历史缺陷，由于与两种分别与可理解性和墨守原文有关的语言活动（即翻译活动和重写活动）相似而遭到讥笑，这意味着一位得体的阐释者"实际"上会无情地压制传播的有效功能，翻译这种形式总是趋向符合自身民族情怀的文本而不是其声称要译的"法语原文"。因此，一种哲学的行话会为了保持其语言的"纯洁性"而牺牲其历史的辩证。在这段进行历史思考的文字里，概念于是成了思想意识的规避。

马克思和恩格斯仿佛事前就在重写德里达，接着提供了重写内容的反讽式的颠倒文本：在一个表面上认真具体、主张进步的文本背后隐藏了一个抽象的反动倒退的次文本。这种行不通的（如果不是不可能的）文本生产模式构成了一套"哲学胡说"的实利主义的荒谬压缩。事实上中世纪圣徒传记的话语并不比德意志理想主义的话语更"愚蠢可笑"，一个谦恭低调，一个徒劳破坏，都没什么可取之处。然而，在两者之间及其日后的类似物和一系列丰富的替换物之间确有一种选择要做。先避开"被阉割"一词所传达的大男子主义的焦虑不论，我看出马克思和恩格斯在以哲学的"良心"（对道德的解读而非解读的道德）① 来分析文化"意识"的吸收时，对接受理论作出了重大贡献；同样，在他们揭示另一种重合效果的时候——一个表达（"一个阶级与另一个阶级间的斗争"）的失败同时也是一个（德国人的综合理解力不同于"法国人的片面性"）成功的"代表"。理想主义的整体小说中有一种纯然以后现代风格出现的小说，马克思和恩格斯并不赞成，但他们这样做是不是为了以自己所赞同的小说来替代它？如果是，这对我们认识马克思和后现代主义两者有什么启示？

正如我们在前文看到的，马克思和恩格斯不仅坚持我们必须创造历史，还得"以**某种**方式"来创造。但是，历史演进的确定性，确认什么发生了和什么没有发生，比起当代历史编纂者们的自我意识或事件之后的任何历史思考和判断来，是更被

---

① 有关对唯物主义思想的拙劣模仿，请参阅希利斯·米勒《阅读伦理学》第 8 页，对开本。

看重的属性。比如，威尼斯共和国的命运或滑铁卢战役，只有一个确定的结果，而我们对其结果的性质和重要性的理解自然是不确定的。可是，马克思感到自己应当对各式各样的历史不确定性加以识别，于是资产阶级资本主义便被描述为：选择以故意忽视或歪曲的方式来抵制历史（见《概论》，第252页）。然而，为了使一切融入历史背景的"法则"获得"永恒的和自然的"效果，历史著述的场景——"**记录生产关系的真实历史**"的非资产阶级或反资产阶级的责任立场，总是可以逆转以便使声称"永恒和自然"的"法则"纳入历史语境。马克思自己未能实现在（《概论》）中特别许诺的逆转，但他的著作，无论是前期或后期，都随处可见关于撰写**真实历史**的必要性的问题，随处都有真知灼见。

这样的真知灼见出现在他的一部著作里，其嘲弄模拟的才艺是无与伦比的，即使是后现代主义无情自嘲的经典之作（或其偶然属性的总和）也难以媲美。《路易·波拿巴的雾月十八日》（1852）以一条著名的警句开头："黑格尔在某个地方说过：一切伟大的世界历史事变和人物，可以说都出现两次。他忘了补充一点：第一次是作为悲剧出现，第二次是作为笑剧出现。"（原文《全集》第11卷，第103页）这话带有自我贬低的修正意味，微妙地质疑了传统的历史编纂学中两项最重大的关切，一是内容全面详尽，一是出处准确无误。黑格尔忘了说全"他的"想法，与之相对的是，马克思忘了黑格尔此说的确切出处。马克思没有对"世界历史中……事变和人物"的存在甚至"可以说"都出现两次表示异议。然而，他却利用了悲剧的传统的崇高联想来表明历史编纂的美学地位，以次等的戏剧来与低下、荒谬相联系，复以补充述及的戏剧种类来彰显前者的理想地位。就权威性而论，黑格尔之说由马克思来补遗是适当的，笑剧显然意味着填塞材料（宗教连祷文中称做戏文或其他社会文本，拉丁语［farcire］称做填料，德语［farce］称做闹剧），① 于是马克思便可据此坚持，悲剧英雄的作为以及后继模仿者的行为都不过是些**历史填料**而已。但是，这种强调历史的美学地位的做法只是自鸣得意或炫耀之意。历史与形式的关联以两种明显具有反讽意味的方式出现：马克思的论述采取公理明言的形式，但未给予该形式以传统意义上相同的确定性，而悲剧作为闹剧的历史双重性削弱了两者的类属稳定性，因为历史极端的分歧总是随时间而化解为近似。这样看来，历史具有情节，但这情节既是戏剧情节又是成问题的内容，呈现出高与低、首要与次要之分。

马克思在详细论述决定论、不确定性、参与和欲望之前，以绘画的方式——即原物和漫画之间的关系——重申了这种再现关系：

> 人们自己创造自己的历史，但是他们并不是随心所欲地创造，并不是在他们自己选定的条件下创造，而是在直接碰到的、既定的、从过去承继下来的条件下创造。一切已死的先辈们的传统，像梦魇一样纠缠着活人的头脑。当人们好像只是在忙于改造自己和周围的事物并创造前所未闻的事物时，恰好在这种革命危机时代，他们战战兢兢地请出亡灵来给他们以帮助，借用它们的名字、战斗口号和衣服，以便穿着这种久受崇敬的服装，用这种借来的语言，演出世界历史的新场面。例如，路德换上了使徒保罗的服装，1789—1814年的革命依次穿上了罗马共和国和罗马帝国的服装，而1848年的革命就只知道时而勉强模仿1789年，时而又模仿1793—1795年的革命传统。

---

① 《英语牛津词典》提供了词源，倘若马克思有知，必然会感到高兴。在13世纪（其拉丁化词形 farsa, farsia）的法国和英国被用于插入连祷文中的各种各样的短语。

马克思在用适当的生动语言描述过去的威力以暴露那些抱着错误理由转向历史的人之前，又用了另一条至理名言来指明人类的局限。他提出一个整体虚构（"一切已死的先辈们"）的同时又影射地指出了当前现时的"纠缠"，以表达当人类的代表人物被赋予实现革命性变动的时候有可能丧失勇气。历史记忆像焦虑的银行家那样行事，把荣耀和语言借与并不感到有必要借用的思想和行动；而借贷的利率却很高，要求人们以传统重负的名义将他们的未来作为抵押品。历史性的机缘变成短暂的时段，打上了假冒、拼凑品或模仿品的标记。马克思的美学变化从悲剧、闹剧直降到戏拟，而戏拟也许正是后现代主义的经典叙事。所以，当弗雷德里克·詹姆逊攻击后现代主义时恰好引用了这段文字，就不足为怪了（Foster，1983：115）。然而，詹姆逊在这个问题上似乎只做了丁点儿马克思所警示的事，却把自己装扮成一位杰出的先驱人物，而实际上只不过有所觉察而借机攻击而已。这在后文探讨《雷格泰姆》时会看得更清楚。

不过，在结束谈论引自《路易·波拿巴的雾月十八日》的这段文章之前，指出其结论时间与今天的疏离似乎才公正，并同时就马克思的相应观点更明白地表明我自己的立场。那些完全情不自禁地要以历史为庇护的人，将会同样无可避免地发现历史是他们不断挤压的对象，他们已成了完全听人摆布的历史文本的武断解读者。因此，马克思至少抵制了历史的众多诱惑中的此种随意性。但是，当他再次诉诸语言经验来对诸多类比进行历史的类比时，他暴露了自己的弱点。既然在这个问题上我将竭力抵制他的历史思维，在引证最普遍接受的英译文的同时给出"他的"德语原文也许是有益的（德文省略——译者注）：

> 就像一个刚学会外国语的人总是要在心里把外国语言译成他的母语一样；只有当他能够不必在心里把外国语言翻成

本国语言,当他能够忘掉本族语来运用新语言的时候,他才算领会了新语言的精神,才算是运用自如。

马克思仍然是会专注以历史的名义抵制历史的危险,而且他再次运用重复来传达真要与历史决裂意味着什么的时候,又一次引用了翻译的例子。但是这段引文里就有两处重复,尽管一处比另一处更有节制和令人信服。首先谈谈更有节制的一例。马克思引了三种语言:一是"新语言",由于开始时不熟悉它,"初学者"经常返回到"他的母语",而后来新语言又帮助他"忘掉"现在改称为"他的本族语"。从**母语**到**本族语**的换用,从再次肯定男性初学者的母亲的"存在"到他学会第一语言后的"缺失",马克思似乎不只是想避免单调而已。马克思的心理语言本体有可能对于语言既是反抗又是恋母情结式的孝忠吗?或者反过来说,马克思对他的第一语言既怀有恋母情结又不孝不忠吗?从马克思强调社会关系的产生和认为语言的历史的基本成分变动不居的观点来看,他在这里似乎在暗示:谁也不可能回到"同一"关系或心理状态,谁也不可能同时置身两地。这便是人类生存的故事情节,一个巨大的却又不可能无限延展的情节,最终它将使任何缩短或消除(无论在对置、混杂或伪装一体的情形)其连续性和固有辩证关系的企图徒劳。我认为,马克思说得很正确,但在这里他靠的是初期的整体依赖("总是"),靠忽略了父系的含义——称第一语言为一种特定的阴性存在,称新语言处于更少明显性别的特征的地带;在那里,流动性和相对自主的本体性不仅是可能的而且是必要的。马克思用更普遍的政论语言来表达,而不用复杂的、多国语言的、跨学科领域的术语,没必要地提供了绝对的和不可逆转的实在和破裂:运用一个连续的、单个的、只讲一种语言的民族的例子,来使遗忘过去和完全投身现在与将来的愿望合法化。

如此绝对地遗忘个人或集体的历史,得寄托于享有自由和所有权的幻想,其思想脉络在引文的第二次不经意的重复里一望便知,奚落了"亡灵"所具有的重要性之后,马克思这才又诉诸"新语言的精神",由于他急于界定辩证关系和把"那"段有关近代法国史的文字说得明白些,便在论述从亡灵到精神时暴露了他自己的唯物主义观及其伴随的尚待最后认定的简约例子的不确定性。与精神论题相连的还有未充分质疑的不连贯性、主体性以及历史思维对象和媒介的内化等问题,如此接近于柏拉图在《诡辩家》里论述的话语,马克思无意之中表达了(我们"所有人"都应当表达)对最终无法制约的反讽能量的崇敬。无论出于口误或是笔误,马克思在探讨语言和历史思维时承认精神的存在,这提醒我们(如果我们需要提醒的话):我们监控和制约"我们自己的"话语的能力是有局限的,尤其当我们打算把这种能力运用到撰写**真实历史**的活动之中。甚至不倦地自我审视、探幽索微的德里达,在他最近对不大可能在海德格尔的著作中出现的精神现象的讨论里,也可能以类似的方式出现疏忽。① 这类疏忽本身不会"全面地"或者实质性地影响马克思的唯物主义观点或德里达的解构主义理论,当然也不会影响后现代主义。然而,这的确表明,以语言为媒介和模式的努力是多么困难又多么重要;而这种努力得出的成果应当是经过了仔细考察分辨的产物,而不应是漫不经心地感叹一番而已。为了做到这一点,我将进一步阐明我所理解的唯物主义观与《后现代主义质疑历史》之间的区别并以之来作结论。

四

琳达·哈钦在讨论近期历史编纂中有关呈现的试验时注意

---

① 与传统主义上的精神很接近的内容,有时可见于《回忆录》,也可从《论精神》里谈到,尽管有十分浓厚的回避和低调处理的修辞性手法(第57、96等页)。

到,"卡洛·金兹伯格的《奶酪与虫子》采用一种叙事和奇闻轶事的方式,来表现而非分析16世纪农民大众看待世界的文化观,以此作为代表那个时代的一种基本文化(如此基本以致常常被历史学家忽视)。我赞同她对金兹伯格(还有对拉卡普拉)的称许,但关于她对这一细致研究的简略的特征描述,我想作两点防止误解的说明。在我看来,金兹伯格的说法更加准确,他称自己的作品为"分析性地重构了门诺奇奥之异"于我们的地方(Ginzburg, 1980:XII),他做了通常介入文本的诸多分析,其中大部分内容在考察语言、实物和历史之间的关系。在恢复"低下"文化的语气、文本和历史呈现的工作中,金兹伯格重构了一个大多数文艺理论家会欣赏的故事,如果他们能够迈开引自塞利纳的两句阴郁诗行的题词:"一切有趣的事情都发生在黑暗里。我们对人类的真实历史一无所知。"要想越过这个障碍可以从该书的标题——带有方生方死的滑稽许诺——得到启发。但下面一段话又是什么意思呢?我们该作何解释?

> [门诺奇奥]以这种方式亲自领略了具有极大意义的历史飞跃,分辨了边讲边做手势或咕咕哝哝大叫大喊地讲话的口头文化,不同于凝固在书页上的没有声调的书面文化。前者几乎是身体的一种延伸,后者却都是一桩"心智的事"。书面文化胜于口头文化,主要是抽象对经验的胜利。能从特定的境遇里找到宣泄的可能,这表明一个人的根总是持久地与文字和心智连在一起的。(p. 59)

这一回我们或多或少见识到了文盲情景,一个后现代主义历史学家在这里将口头语和书面语产生的不同模式语境化,差异与一致复合在一起并体现在门诺奇奥这个人物身上。有一种对无限的不确定性("极大意义")的坦然接受,但是也有一种非凡的"反历史"意味，教条主义式地把身体与讲话、书面与心智组合在一起，以及见惯不惊的声音中心主义。金兹伯格把手迹视为书面文化的话语，这使他忘记了页面的**可视**形态（手写稿、古版书或现代文本），而只强调他认为听不见的形态才更具稳定性和清晰性："凝固在书页"、"没有声调。"直接以声音为中心使得话语和身体合在一起，居然自相矛盾却更容易进入一个显然更强大的书面文本肌体。欧洲近代印刷术的出现无疑增添了这一事态的戏剧性和政治重要性，但是，金兹伯格的学术奇想使他危险地接近于（"几乎"）一种过分明显的两点论立场：话语被视为粗糙的东西，书面语却又几乎是无形的明白无误的透明体——"纯粹"的意识。依靠引证、分析和推论来夸夸其谈，以对抗虽并非无懈可击却极为重要的美学作用和历史真实性的概念，实属不必要之举。那些在我们这个世纪维护以口头文化为主体的人，尽管为数不多也饱经磨难；还有那些人数众多，既擅长笔墨又具口头技能的人，也许会为金兹伯格懊悔，枉费他以个人意识回溯历史一番。"甚至"包括后现代的常常被指责为没声没调的书页，"无声"也不应当认为就了无问题。

所有读者，除了执意质疑历史的人，在一向精细的金兹伯格的作品里，读到这种疏漏不免感到失望。这给人一种印象，精明过分反而使自己不相信农民大众能和睦共存的明显美德，而斥之为"农民世世代代守着最基本的**本能物质观**"（p.61，着重另加）。为什么不称为精明的、随机应变的或合乎情理的唯物主义？历史不能取消形式，但常常轻易出于自诩关注历史之士的头脑，结果便有了"成问题"一词的负面含义。在历史编纂或史述元小说这类看重自我意识并视之为组成部分的作品里，粗心大意的疏漏更为多见，理所当然也更难为读者饶恕。

在我这篇回应琳达·哈钦的文章里，难以找到适当的语言来证实论点或讲述故事的情形无疑随处可见。她的文章里也有类似毛病，甚至在她有效地提示马克思的"怀古情结"时也如此：

> 詹姆逊断言，多克托罗的《雷格泰姆》是"历史指涉消失之后所产生的审美境中最奇特最令人惊愕的丰碑"（Jameson，"Postmodernism"，1984：70）。可是同样容易辩解：历史指涉还是当前的事——直白地说。在《雷格泰姆》里既有对20世纪初某个特定时期的美国资本主义的具体呈现（包括各个阶层的适当反映），也有虚构情节中的历史性人物。当然，詹姆逊反对的正是这种混淆和篡改正史里的"事实"的做法。但是，在小说策略与这种历史建构/重构与政治之间不存在冲突（Green，1975—1976：842）。如果多克托罗真地采用了怀古手法，其实那也总是反其道而行之——并不让我们去怀古。

詹姆逊显然对这个问题言过其实了。就算我们在"历史指涉"的生产中扮演的角色重要，只有当我们消失时历史指涉才会"消失"。他甚至显得更精明，暗示说"美学"会因为有了一目了然的历史指涉而受青睐；但是正如我们所见，虽然是现代理论家和艺术家，甚至连马克思，都求助于美学手段，却不一定是逃避现实或天真幼稚的人。然而，琳达·哈钦觉得"同样容易"辩解詹姆逊论点的反面，而这样做（回应者的冲动！）她开始显得同他一样因言过其实而不安。断定"历史指涉还是当前的事"是什么意思？在我看来，现时构成问题与历史指涉造成的问题紧密相关。你要是专断地解决前一个问题，你才会发现以"具体呈现"和"适当表征"解决后一个问题"同样容易"。

这种两者皆易的说法也许是有意而为，旨在调和不可判定性与元小说的"混淆和篡改"做法；可是，在某种程度上，《雷格泰姆》中所持的观点也似乎同样容易，"在历史重构/建构与政治之间不存在冲突"。怎么可能不存在呢？就因为马丁·格林如是说吗？因为多克托罗在他反讽的间接全知全能人称的叙事中是这样暗示的吗？是不是作者、他的"叙事声音"或他的评论者完全控制了语境而作出了如下陈述：

> 尽管有了这些经历，霍迪尼从未显示出我们所谓的政治意识。他的感情受了伤害却不明白原因……有时候他（塔特）会一阵阵地发抖，于是他独自坐在自己的房里抽烟，连烟斗也不用，像老塔特那样颓然弯着腰。可是，他的新生令他激动。他整个儿地变得开朗外向，精力充沛，讲起话来滔滔不绝，对未来充满憧憬。他感到自己该享有幸福，那是他独自创造的。（《雷格泰姆》，第299—300页）

"小说的政治"并不是已经摆在那儿只等人去发现，而是得通过与文本对话产生出来，还要依从读者所处的历史反讽境遇。文本意义的生成会导致一系列形式与历史之间的诸多关系的具体判断。你可以称之为阐释的结果或者可以叫做判断的时刻，但文本在其中只起部分作用。这些文本"全"都会以不同的方式证明自己是双重的，因此会使语言和历史同样成为问题：没有压迫便没有独立，没有辩证法便没有双重性。

本文开始便为琳达·哈钦以暗示方式使用"后现代意义"一词辩护，到了末尾我的评论却越来越直言不讳，未能顾及暗示的情势。之所以采用如此策略，部分原因是为了强调像往常一样仍有许多工作待做，部分原因则是为了坚持有不同观点才会有机会选择，发现价值。我赞同霍尔·福斯特的论断："后现代主义不是多元文化主义。"（Foster, 1983：XI）我也赞成另外一些人的观点：自我指涉不总是会引人产生疑问，正如在这种情形："绦虫有50至200节片或节段，每一片里都有一套完整的雌雄生殖器官，整个生存期间其所有节片内都在各自交媾。"（Engels, 1985：62）（敬请门诺奇奥原谅，在此不得不引证恩格斯和白求恩！）在抵制后现代主义让"形式与历史并存"而无辩证关系的企图中，我的目的不是要在任何时候都抵制历史，或者否认历史大有问题。我竭力在文中增进对不确定性的复杂因素的理解，任何这种进展的取得在很大程度上都应归功于我所回应的文章本身的高水平。虽然竭尽努力，仍有不少缺陷，全由"我自己"负责。我这篇文章没有引述任何题词，末尾的一句话现应小心谨慎，我希望这句话不是平淡无味：

我们的理论之中没有哪一种足以涵盖时光泄露的诸多事实。

——菲力克斯·霍尔特

莱恩·芬德利

引用作品

Bottomore, Tom, et al., eds. *A Dictionary of Marxist Thought.* Cambridge, Mass.: Harvard UP, 1983.

Derrida, Jacques. "Limited Inc abc…" *Glyph* 2（1977）: 162—254.

——. Memoires for Paul de Man. *The Wellek Library Lectures at the University of California, Irvine.* Trans. Cecile Lindsay, Jonathan Culler, and Eduardo Cadava. New York: Columbia UP, 1986.

——. *De l'esprit: Heidegger et la question.* Paris: Editions Galilee, 1987.

Engels, Friedrich. *The Origin of the Family, Private Property and The State.* Trans. Alick West and rev. and intro. Michele Barrett.

Harmondsworth: Penguin, 1985.

Foster, Hal, ed. *The Anti-Aesthetic: Essays on Postmodern Culture.* Port Townsend, Washington: Bay Press, 1983.

Ginzburg, Carlo. *The Cheese and the Worms.* Trans. John and Anne Tedeschi. Baltimore: Johns Hopkins UP, 1980.

Kroker, Arthur, and David Cook. *The Postmodern Scene: Excremental Culture and Hyper-Aesthetics.* Montreal: New World Perspectives, 1986.

Marx, Karl. *Grundrisse* in *The Marx-Engels Reader.* Ed. Robert C. Tucker. 2_{nd} ed. New York: W. W. Norton, 1978.

——. *Der Achzchnte Brumaire des Louis Bonaparte* in *Karl Marx Friedrich Engels Gesamtausgabe (MEGA).* Vol. 11, pt. 1. Berlin: Dietz Verlag, 1985.

——. *The Eighteenth Brumaire of Louis Bonaparte* in *Marl Marx Frederick Engels Collected Works.* Vol. 11. New York: International Publishers, 1979.

Marx, Karl, and Friedrich Engels. *The German Ideology* in *The Marx-Engels Reader.*

——. *The Manifesto of the Communist Party* in *GW.*

Plato. *Theatetus, Sophist.* Trans. H. N. Fowler. Loeb Classial Library. London: Heinemann, 1921.

Schafer, Roy. *A New Language for Psychoanalysis.* New Haven: Yale UP, 1976.

* * * In addition to those cited by Linda Hutcheon.

为本质主义与总体性喝彩：
论马克思的思想波动及其局限性*
——兼论后现代主义的禁忌

一个异教徒问佛祖："您昨天传授了什么道理？"佛祖回答道："昨日我教了他们确定之理。""那您今天要传什么道呢？""今天我应该传授不确定之理了。"异教徒便问道："为什么您今天又传授不确定之理呢？"佛祖答道："昨日的确定之理便是今日的不确定之理。"

——摘自《禅宗语录》改编本，
第七十三章（13世纪）

——我们已与现实失之交臂了。不用担心，它会找我们的。

——打倒男权主义思想：解放所有人！

——今日无论谁把头埋进沙子里，明日都将磨自己的牙。

——摘自德国战争标语（20世纪晚期）

---

* 本文选自《重温马克思主义》（*Rethinking Marxism*），第10卷，No.1（Spring 1998）。

> 我们将理论化理解为一个开放的空间,在一些基本概念的磁性领域中移动。但理论化又不断地以文化研究的各种新形式被重新运用到新事物和小说中,并同时认识到主体将它们各自重新定位的能力。
>
> ——斯图亚特·霍尔,《论后现代主义》
> (20世纪晚期)

为什么今天要重温或修正我们对马克思的看法?因为他仍然是不可缺少的灯塔。然而他的预言(或被当做预言的看法)似乎已遭到或部分地遭到历史实践的反驳,而且似乎他在1847年的《哲学的贫穷》中所说的"历史的错误面"(注意,历史常受到错误方面的推动)显得不甚一致。但正如巴利巴尔指出的那样,这一观点适用于马克思生前的1848和1871年,以及死后的1914、1933、1968和1989年。毋庸置疑,这只是基于一个方面列出的情况,如1917和1945年就与之相反。但同样毫无疑问的是,即使在今天看来,这单方面的情形还是居主导地位的。由于这些意义重大的反复,马克思总体上相信,他可以从双重否定的角度来解释历史最痛苦糟糕的一面,比如,在他看来,贫穷不只是意味着贫穷,还包含着反叛。因此,用黑格尔的理论来讲,历史的潜在因素必须经过炼狱般的挫折,这在很大程度上是非常必要的,他们最终会证明其强大,并从而产生积极的解决办法。或许我们对于1848年之后的大量挫折和打击感到极度恐慌,但在我看来,这种"马克思主义"自信,对我们这一代或这一历史时刻而言,是无法恢复的"失乐园":相反,罗莎·卢森堡(Rosa Luxemburg)提出的"社会主义或野蛮主义"的变体及其决定性/非决定性的辩证关系仍是我们的现实视野。但是勇敢正视所失去的和观照这个乐园中所不必要失去的,是不可缺少的步骤——至少对我而言,或像我一样的人们。

我在此只想讨论由必胜主义和决定主义引起的争论之中相关的几点，比如说，在《共产党宣言》中就很明显。① 本文所要讨论的是，今天我们所失去的是直接从技术万能论发展而来的对过程的科学信仰（如决定论信仰）；所没有失去的是两个主要方法论的启示：祛魅观以及分析和再范畴化（新的重要范畴的建立）的无限具体性。后者针对在"文化研究"领域盛行的对本质和总体性的片面盲目攻击，有了一个新的态度，实则是一种否定。关于劳动力、生产/自我创造性更多实质性的讨论，以及和社会斗争及革命实践相反的历史概念的相关争论，我只能在文章的最后，根据需要加以陈述。

鉴于此，笔者将在马克思最重要的范畴——批判——中，对这位大师由倾向到背离科学主义和必胜论的反复态度作一简要分析。

彻底失去的：科学主义与自动的"过程"

从严格的马克思立场来看，通过种族、阶级、性别等因素，

---

① 我对此的研究得益于 Balibar 启发人心的《马克思的哲学》(1993)（同时还有 Haug、Jameson、Witt 等人的理论）。回想起我第一次接触到 Althusser 的《论资本》时，我仍然记得当时我对科学主义非常消极的反应，正如年轻的人文主义马克思与成熟的"科学"马克思之间众所周知的认识论方面的决裂一样（后来遭到 Balibar 的驳斥，Althusser 对此也作了自我批判）。最精彩的分析已表明了总体性和其他问题也有着拓扑推理的必要（参阅 Althusser, 1965, 2: 329），我仍然感到遗憾的是，Althusser 的这部作品始终坚持科学性，坚持概念的唯一理解，并将之作为认知标准。但目前很明显，重读《资本论》的最基本的态度——还有某些决定论者的正统观念限制的有利放松，如反对主客体的决裂，反对支配地位来回转换的结构模式（他们在大量仔细阅读中发现了此点）——肯定已对我坚定却有些畏惧的先入之见给予了莫大的鼓舞。有关我的阅读体会，我将在文章的第二部分加以翻译引用（所有其他未加以注释的译文也皆为我译）。需要补充的是，我出于个人的目的试图勾勒的领域，由于过于匆忙，不免有所交叉。尤其是有关马克思预设的科学主义的争论也从19世纪一直延续到今天，因为这主要涉及追随马克思思想的预言权威的相关政治主张。在我看来，引证许多早期作者对此的同意与不同意的著作是很不合适的，会使本文显得杂乱无章。

对抗性分裂社会产生了剥削和被剥削社会集团，这一结果导致了劳动分工，而劳动分工进而退化为一系列历史、生产力以及社会的构成部分。现代自然科学（包括所有其他方面）都产生于这一分工；他们不是仅把这一分工看做是历史的偶然存在，使之从属于认知规则或技术规则，也不是对令人遗憾的混杂历史的纯粹超越，而是一种基本要素，和所有其他历史要素联系最为紧密。事实上，各种科学是随着资本和资产阶级的兴起而逐渐产生的（培根、笛卡尔和伽利略的方法论都很明显地说明了这一点），完全不同于教士—封建亚里士多德主义、"质物理学"以及类似的神学推断。因此，采用资产阶级科学范式来说明系统认知的反资本主义模式的行为，要么是对抗显示的（此处借用一医学术语），要么从历史看来是模棱两可的。也就是说，将现代自然看做是包裹在永恒自然法则之下、与历史毫不相关的话，科学的动力就被抑制了。正如马克思批判穆勒所言："利用此机会，资产阶级关系就被作为神圣自然法则被悄悄地非法偷运进来，抽象意义上的社会便因此得以建立。"（1973，87）因此，科学这一术语很容易使人感到困惑，因为它有着变形了的为资本主义所用的制度化行为，这就为沃伦斯坦从否定方面来强调科学提供了可能。他说道："我们不得不呼唤理性、普遍主义或'科学'……呼唤那些文化压迫来规范和沟通世界的'结构框架'或'中间'阶层。"（1992，107）从肯定的用法而言，找一个没有歧义的术语可能是一个更为保险的做法，如"连贯系统的理解"，或如詹姆逊一语道破的"非转让的固定产品"（1988，2：141；Suvin，1982）。马克思分析逻辑以及资产阶级与社会主义历史中体现的马克思分析逻辑清楚地表明了一点：一个新的以实际经验为根基的认识论正日益引起关注（应当警惕回到非理性主义）（参见 Suvin，1980；Wallerstein，1992，115—119，118—123 以及其他各处）。

值得一提的是，这种本质上是资本主义式包容的**过程**观的认知模式是非常值得怀疑的。巴利巴尔准确地指出了过程这一口号包含两个因素：一是和不可逆转的时间流动相关的概念（把时间当作河流而非海洋、电流或其他），这就预设了一个总体的线性发展思维，完全不顾当时可能出现的反对力量；另一个便是技术、道德以及其他有关发展的概念（1993，87；事实上，我将突出经济的地位）。但是我们不得不加进第三个概念（巴利巴尔在同一部分也对此作了探讨），即单一原因决定论。这种推论打着这样一个幌子："如果有一个单一原因 A，那么，必然会导致复杂的 B 结果。"在这一推论中，已知的开始和历史的结局有着必然联系（即使这一结局在马克思看来是另一个无产阶级社会的开端）。于是，历史就被视为有一个预定的目标，并以一种世俗化的形式出现，有着严格的"终极决定"的内在必然性，尽管这一"终极决定"完全忽视了恩格斯对多因果性的呼吁（Engels，1968，692；cf. 1993，91）。在笔者看来，只有当三个概念共同作用时，才导致了假达尔文主义的滋生，其矛头直指进化论。

达尔文的进化论思想，在马克思时代是非常绝妙的科学意识形态，并可能是那一时代当之无愧的最有想象力的推论（见 Canguilhem，1977；Suvin，1994）。马克思也部分地赞同此观点。比如，在《资本论》的前言中，他谈及一种牛顿式的"自然法则"，即万物以一种"不可更改的必然性前进"（diese [Natur] gesetze, diese mit eherner Notwendigkeit … sich durchsetzenden Tendenzen）（1993，12）。但即便在这里，刚补充的概念也使法则弱化为倾向，而且，令马克思感到荣幸的是，在《资本论》的正文中，他不再毫无批判地使用"过程"这一术语了（Balibar，1993，98）。相反，"过程"这一术语后来却完全被恩格斯和各种类型的正统马克思主义者所接受。他们认为

"过程"和"社会的本质和法则"在外延含义上相等，区别甚微，因此可把"过程"的广义含义和"社会的本质和法则"联结起来（Larousse，1990，2；Nisbet，1994；Sorel，1927）。葛兰西和本杰明都令人信服地指出，历史自身是如何驱散这些有关历史的幻觉或者就是真正的错觉的。他们在20世纪二三十年代所得出的研究结论，在今天怎么强调也不过分。采用马克思提出的根据实践进行祛魅分析的方法，我们今天可以从这一过于具体化的现象之后观察到那为人类预设的、神学意义上的安排的轮廓，虽不雅观却很显眼（这一安排通过黑格尔直接从基督教继承而来）。

存留之方法

如果不是"过程"的话，那又是什么能使得历史变得明晰呢？拿什么来把那些事件编进故事并使之产生意义呢？在我看来，创造意义从人类学角度而言是不可避免的：同利奥塔的观点相类似，各种后现代主义思想在史诗故事中结束所有史诗——肯定也是同样类似的启示录式的推论，使得美国总统威尔逊相信他正加入一场可结束所有的战争的世界大战——这一派胡言却对他们颇有意义：主要是因为普遍意义以及马克思式的纯概念或客观存在，对他们而言毫无价值。贬抑总体性及本质意味着使本体论变得无趣，陷入恐慌、无所适从状态。但如果历史不是个最终产物，而只是个**过程**的话，那么历史的推动力量或者内在动力是什么呢？他们的内在逻辑又是怎样呢？今天有一点是很清楚的，即马克思在其未完成的作品中并没有为我们提供一个可接受的有效答案。但辩证地看，这一缺陷也不乏有利之处，因为从中我们可以提炼出两个主要成就和方法论上的教训，从而为找到一个满意的答案建造一理论平台。

方法一：祛魅法

首先，我毫无理由撤回我对马克思祛魅法的赞美，我已在其他地方讨论过这一方法的内在逻辑，① 在下一部分，我还要谈谈祛魅的相关特征。所有这些意义和布莱希特后来提出的陌生化概念的步骤非常相似。也就是说，一旦用一种"正常"的方式来描述现象的构造，即当他们出现时马上受到当代社会主义化的关注，被纳入一种异化的主体、资产阶级或实证主义的形式之中，马克思就对之进行祛魅，使之不再神秘；他的分析结论就会揭示出另一种隐藏在现象之后或就在现象之中的构造。换言之，从实用角度来看，最初描述的形式开始被认为是有关联的，因为这些形式体现了对"实用主义"的支配，从中人们不得不加以分析使之既相关又易于理解；然而从价值论的角度来看，他们并没有被认为是一种简单的错误，而恰恰被认为是一种异化。这种异化自身有着非常重要的意义，必须予以分析来获得可供理解的真正有效的范畴。马克思式的分析方法拒绝接受资产阶级主体和客体的分裂。举一个主要的例子来说，商品客观上生成了一个物质至上的世界，这一世界在主体看来，恰恰是既具体又模糊的，但是这种对物质的崇拜，却以市场平等和"自由"的特殊的资本主义形式，从剩余劳动力的不断异化中汲取力量。而且这种异化不但有总体上的客观性，也有连续不断而又发散的主观性。

后现代主义思想的流行有着强烈的选择倾向，同时也受这一倾向支配，而该倾向却带有类似精神恐怖主义的知识禁止主

---

① 在此我不讨论 Derrida《马克思的幻象》(Specters of Marx) 一书，但我愿意在另一处引用他关于 Baudelaire 小册子的结论："异教派（The Pagan School）的批判和争辩采用了祛魅分析这一方法。祛魅这个词已不再时尚，但它仍可强使自己处于统治地位，难道不是吗？实质上它揭开未知事物的神秘主义面纱，对虚假的神秘加以考验和试探。"

义色彩，这一点使得后现代主义限制了祛魅的积极转向。在这一流行思想中，类似"主体和客体异化"这样的表达，其他把现实当作某种可理解、可干预的事物的有效假设，都被视作"必要主义论"而被列为禁忌之语，我所意识到的最聪明的"you，too"（tu quoque）语言模式和阿尔都塞的观点不谋而合。他认为"存在中本质的全部呈现使所有的不透明减至零度……这就使得我们怀疑通过顿悟而透明的晦涩的宗教幻象在这之后的存在"（1965，1：41）。① 毫无疑问，马克思常以我们今天所希望的换个方式表述的途径来构想内在的本质结构（比如说，由经济关系组成的结构）。然而对于我们所居住的以及居住在我们中的这一世界，不进行彻底思考是我们认识论上、道德上、政治上的黔驴技穷。但是，这一问题的重要性使得我们有必要先侧面讨论一下必要主义问题，然后再对总体性作些阐述。

关于"必要主义"

本质是"本质和现象（或存在）"这一组概念中的一个。"本质和现象"可能是哲学领域中讨论时间最长却悬而未决的一组矛盾（见 Marcuse，1969）。从唯物论的角度来看，现象听起来更有优势，作为此时此在，现象似乎马上就接近了感官知觉。这要么可以在针对坏现象提出的虚无主义（如佛教）观点中得到印证（从来没有人可以测透现象，因此现实是不可知的），要么可以在现象的或实证主义的说法中找到呼应（现象就是现实，除此之外，人们一无所知）。鲍德瑞尔德一类学者合成了"超现实"一词，使之成为一种虚无主义现象学（参见 Hall，1996，136）。但是，时空存在的局限是什么？任何一种感知的权威性

---

① Althusser 此处并没有直接讨论马克思，而是在别处将其批判直指"年轻的人文主义者"的马克思；有关《资本论》的直接批评，参阅 Cutler（1977），也可参阅我在本文的讨论。

如何？诸如此类问题都会最终陷入一个名副其实的雷区：自从出现占卜学、中医及希腊医学以来，符号学就一直在努力克服这些问题。即使撇开这些认识论上的主要谜团，还有一些很好的理由来证明为什么只看现象表面是值得怀疑的。第一，人对于此时此在之外，没有任何预见和改变能力（所以，没有长远的动力）。第二，即使是处于此时此在，人也不清楚究竟是众多现象方面的哪一个因素在起作用，为什么起作用，又是怎样在起作用，并可能导致一个什么样的结果（因此，没有方法上的选择）。第三，在一个商品化的、崇尚物质的社会中，钱和商品成了"人们工作和存在的异化本质"，直接经验受到了根本的污染（因此，常识不再值得信任）。由此看来，现象已毫无疑问地得到了部分的检验，被贬抑为幼稚低下的现象，只是现实的"主体"经验或现实观，而非"现实本身"。

然而众所周知的是，所有对于本质的探讨（尤其假定本质独立于现象而存在时）都是错综复杂，难以理解的，结果也常以失望而告终（如康德提出的对应于现象的物自体）。狭义理性主义者（如笛卡尔主义者或实证论者）和自柏拉图开始的神秘主义者在一个明显的悖论中都相信真正的"实在"可以通过逻辑推理或神秘体验来直接感知，无须透过现象。所有这些观点并非一无是处，可能也有值得借鉴之处，但似乎没有一种观点能提供一个持久的理性动力。它们最终都发展为所谓的"客观存在"，变为僵化的亚里士多德主义或一神论形式，在社会秩序中获得其价值而永存（见 Jameson, 1994, 33—34）。因此，对于绝对的本质主义者和绝对的存在主义者，人们只能认为双方都不足取。正如马克思所言，如果事物的现象和本质直接吻合的话，那么所有的科学都将是多余的（1962, 825）。对于任何的系统认知和理解，我们既需要区别术语，也需要术语之间互动反馈的辩证关系。这就有必要要么在我们的认知领域为本质寻找一处地方，要么发明一些我们以前未曾想过的新术语，后者代价很高，很大程度上取决于语言的私有化，而且因认同历史记忆的已致命灭绝的说法而遭到拒绝。①

这样一来，就出现了一个真正祛魅的问题：对必要主义的反感究竟来自何处？它又究竟起什么作用？就让我从詹姆逊那个最有趣、最富建设性的类比例子开始吧！这一类比是在反基础主义和旨在"盘点存货"的后福特资本主义时期经济流通间进行的。这里，我把人类完全雇佣的财产目录也包括进了盘点之中。如果像"剥削"、"全部雇佣"等术语都被贬为必要主义的话，那所有对原始资本主义的反对言辞都要被"解除武装"了。"后现代状况"的提倡者们将必要主义列入禁忌，但其结果看来正是"每一种和现存状况相妥协的范式"（Guattari，1986，40），是给普遍主义这一观念体系的意外惊喜。历时地看，这是一种包容的思维习惯，来源于对封建私有地产固定模式的打破，发端于"历史上压迫的独特民主化"的裂隙之中（Chela Sandoval，见 Gardiner，1995，97）——也就是说，是我们这一时代的四处扩散、更为虚伪、内在的资产阶段压迫。将任何明显的集体认同和市场竞争及消费主义混为一谈，很可能是导致知识分子痛恨本质主义的原因。斯图亚特·霍尔说得对，后现代主义思想所谈的，就是"［知识分子］的梦是如何变成'美国的梦'"（1996，132），其反必要主义口号现已僵化，沦为"其自身权利之内的一种形式……广泛而公开地面对这一反对意见，即反必要主义自身已成为某种教条化

---

① Durkheim 的某些主要思想现在看来有局限性，但我们仍能从其观察中受益："人类思想的范畴从来不限定于任何确定形式；他们不断地提出观点，但随着时间、地点的变化他们的观点也发生变化（1968，21），这些范畴并不是第一个人可以依其个人观察很容易安排的简单概念，而是几个世纪以来人类辛苦锤炼出的无价的思想武器……从而人文历史的完整部分得以继续发展。"（27）

的根基"（Jameson，1994，34—35）。① 关于怀疑和祛魅的必要阐释，要么不够完整，要么就是得出的结论适得其反，除非在阐释的同时准备好做重新建构的工作或者有重新建构的打算。

作为一个在我看来依靠人的理解力无法解决的术语，"本质"的恰当用法应是看似"松软"的，应对历史实践持开放态度，因此受时间和范围的限制。本质既不应该被教条地拒之门外，因为它允许选择和能动作用的介入，是一动态过程；本质也不应被简单地作为一种静态、自然的永恒状态而全盘吸收。认为人或其他任何本质等同于"壳之内核式"的球心的一神论的拓扑思维应该果断地被抛弃（中产阶级以笛卡尔主义、路德教或其他幌子继承了该思想）（见 Althusser，1965，1：44，2：174—175 等各处）。正如塞弗反复解释的那样，人的本质"在社会意义上而言是解中心的"。因此，本质的正确用法应该仅仅被作为一种极度重要的"理性抽象"来使用，这样一来，不但强调了主体的普遍特征，避免了重复，而且还使得我们可以在任何情况下对任何主体加以定义或施加干涉（首先推理论证，然后是联系实际）。本质并不是真理本身（实际现象这一球体的内核或和实际现象完全相反的对应物），只是一种对更丰富的具体化情形的必要思考（见下一部分）。

马克思将本质看作是**关系性的**，而非独立于**存在**之外。从这

---

① 这本经常被左派 Laclau 和 Mouffe 起错名的书《霸权与社会主义策略》常使我感到十分惊讶，作者们已经完全将马克思理论等同于经济决定论。从他们激进反本质主义幌子下的彻底的超本质主义可以得出这样一个结论：马克思的主要概念，如作为商品的劳动力、阶级、剥削等必须要完全抛弃。了解他们对正统马克思主义（社会民主党人和列宁主义者）的批判中的某些思想或许会有帮助，尽管后来这些批判又被一些更有力的批判代替，但我完全反对他们的理论框架、语言和结论。除非他们宣称是作为激进民主主义者和真正的社会主义者在讨论，否则连这个注释都是没有必要做的。然而反本质主义的旗帜在逻辑上会使他们走向反社会主义。Stabile 也同样有此结论（1995，284—285），他将他们的立场视为争取成为政治斗争中心的特权知识分子的立场。也可参阅 Haug（1985，41—47）。

个意义上来说，在整个欧洲哲学传统中，马克思在此方面达到了"哥白尼革命"式的高度（见 Sève，1972，331、194、510—511 等各处）。这种关系性有共时和历时两个方面。第一类似于钱、劳动力、产品、阶级、剥削以及其他任何主要概念的本质都是相互关联的，有着一系列多层面、多因果的互动关系。需要一个有说服力的认识论的主要原因之一，就是要讨论因果的复杂关系，摆脱具体化因果思维的僵局（特别要抛弃仅使用有效原因的做法，更要反对一因多果的推理），同时又要保留其精华。布莱希特指出，"任何历史事件都产生于事物之间相互矛盾的各种倾向，由斗争决定其结果，这就不足以构成'充分条件'"（1973，20：156）。继而，他又进一步提到"多重动因"（157）。换言之，我所要论证的是上面所提到的所有复杂概念（马克思已做了反复强调），这些现象不光是概括性和抽象的，在一个不能证伪的封闭理论体系中作为固定不变的虚假事物"水平"地指涉彼此，而且，还"垂直"地反馈到动态物质实践中并从中得到反馈信息（详细讨论，参看 Suvin，1994）。费尔巴哈有关固定"内在化"或"具体化"的人类物种本质论和物种的总体性观点，是从谢林到席勒整个德国理想主义的一套固定理论。马克思拒绝了费尔巴哈这一观点，其原因正是由于费尔巴哈这一观点是一种"内在、无声的笼统性概述，仅用一种所谓'自然'的方式就把各种个体联系了起来"（译自马克思，并有所改动，见 Tucker，1972，109）。

第二，历史作为对旧式哲学推理的反叛并不是偶然发生的，也并非和内容概念无关，而是由内容概念组成："生产力（个体与自然以及个体与其他人之间的历史创造关系）、资本、社会交换形式在每一个人或每一代人眼里看来是先在的存在，但这三者的总和是哲学家们称作'存在'和'人的本质'的真正根基"（Marx，见 Tucker，1972，128—129）。可以举一个我们生活中的例子作类比:"鱼的'本质'就是它赖以'存在'的水,没有什么比这一命题更基本了。淡水鱼的'本质'就是其赖以'存在'的河流水,但河水一旦被染料和其他废弃物污染,一旦有汽艇在水上航行,河流水就不再是淡水鱼的本质,也不再是其赖以存在的合适环境。"(p. 132)

总而言之,在马克思看来,每一个关于本质的概念都是"不断生成、自我建构的动态过程"(Sève,1972,332;Berman,1992,93),和物质主体及过程一起参与了反馈,这一反馈无疑是想象性的建构,同时也受到现实的约束。当前,一个很好的例子便是从古希腊到卢瑟福抽象原子与具体原子的区别,这和20世纪原子的无限可再分性和无限可重组合性的辩证关系完全相反——不过却没有人质疑20世纪原子的"本质"存在,原因在于实用物理无论从功能上、策略上还是认识论上而言,都必须要有这一概念。这样一来,马克思的本质论便被置入了形式上的拓扑推理中(见Sève,1972,328—333;Suvin,1994)。《论费尔巴哈》中的第6篇论文这样总结道:"人的本质是各种社会关系的总和。"在资本主义制度下,各种社会关系以不断增长的速度在改变,"本质"或"天性"也随之改变,包括人性也有了显著的变化,这就是《资本论》的理论根基。

值得一提的是,随着女性主义评论家的产生,20世纪具有认知洞见的主要理论派别中的两个——安东尼奥·葛兰西和贝托尔特·布莱希特的绝妙构想——提出了一个富有弹性的"软"必要主义。[1] 葛兰西和布莱希特的很多这类主张都强调了利益在这种决定中的作用(见Marcuse,1969,76)。从这些主张中,每人挑出一句话可能就足以说明问题了。

---

[1] Brecht被非常认真地视为戏剧或文化批评家以及我们这个时代和知识形态的批评家,这在很多专家中还是个不为人知的秘密,但一旦Haug(1996)被用英语来了解,Brecht这一点就会马上将之公布于众。

> 实践观理论上坚持认为每一种"真理"……都有其实践上的起因且代表了一种"临时"的价值（社会和生活中每一概念的历史性）……不从这个角度理解的话，就会动摇人们对行动之必要性的信念。（Gramsci, 1975, 406）

> 真理之成为商品已到了这样一种地步……即如果不回答"真理惠及何人"的问题的话，"什么是真理"这一问题就不能得到解决。真理已完全成为一种实用的东西。真理事实上并不存在（首先，没有人就无真理可言），但又每每必须被创造。可以肯定地说，真理是一种用以创造的方法但其本身又是一种被创造出来的方法！（Brecht, 1973, 20: 87）

最后，我认为女性主义理论家们的观点很值得借鉴。她们不再停留于内部的争论，在维持妇女立场和寻求平等这一悖论中踽踽前行，小心行事。她们主张需要一种"基于劳动创造力基础的策略本质主义"（Weeks, 1995, 299），即寻求能取得政治效果和建立政治共同体的述行话语（performative discourse）（Judith Butler, 引自 Stamp, 1995, 88；其他很多例子可见于 bell hooks and G. C. Spivak）。

方法二：批判

马克思著作中的第二个明显的方面，也是他本人方法论的一个重要概念便是如下命题：事实上，在变化迅速的历史过程中（如工业或革命之后），不可能有最终答案。批判（如对商品拜物主义的批判）是马克思的主要概念和一贯立场，包括对所有静态固定模式，任何永恒自然范畴和非辩证决定主义等的坚决摒弃（见 Haug, 1985; Balilar, 1993; Berman, 1992, 20, 以及其他各处；Amariglio 和 Callari, 1989, 56 以及其他各处）。（没有辩证的决定主义：只有或多或少或强或弱的倾向，在因果关系错综复杂的世界中或成功或被抵消。）比如说，在1873年出版的第二版《资本论》中，从马克思所写的后记对辩证法的定义中就可以推断出马克思的这一态度。马克思写道，"辩证法是对资产阶级及其教条思想的代表人的一种反感和憎恨，因为辩证法包含了对事物存在状态的肯定理解，同时也不排斥对事物的否定理解。辩证法把每一种产生的形式看成是一种流动的运动状态，稍纵即逝；辩证法拒绝一切强加其上的东西，因此，它在本质上是批判的、革命的"（1993，28；译自Marx，1978，420—421，稍做变动）。

辩证法仅能够在有潜在不同或更好（较少压迫）的人际关系的狭隘范围中找到。相反，所有描述存在的特定（历史上来说是沉默失语的）形式的范畴都变得很具"讽刺性"：他们包含了对自身的否定（Marcuse，1969，86）。时刻必须具备对话性和反讽性的批判态度在马克思思想中随处可见。在《路易·波拿巴的雾月十八日》而非《共产党宣言》中，在《资本论》（也许是最清楚的）而非1859年的《政治经济学批判序言》中，只要他选择具体分析（对马克思而言，这一直都是最重要的）作为主要手段，批判就占了主导地位。换言之，纲领性的总结继而又不可避免发展为先验图式的总结（这尽管仍然有着巨大的鼓舞力量），但并不是在这一总结中，马克思获得了他所有概念的最丰富性和最大的可塑性，相反，马克思是在这样一种反馈中获得的，即真实而混乱的历史过程中归纳出的垂直状态总是和思想经验交织混杂的。一旦迫切需要新的分析时，马克思的概念就会得到修正，其丰富性、可塑性便凸显出来。马克思自己为这种归纳—演绎的方法论下了个定义：首先是从浅薄的经验或平庸的概念发展到更高的抽象，然后又从最简单的概念化限定螺旋式下降，回到一种重新概念化了的、更为丰富的具体。马克思总结道："具体是实在的，因为它是众多限定的集结，是多样性的统一。"〔1973，100—101，最后一句直接引自黑格尔的《哲学全书纲要》(*Encyclopaedie der philosophischen Wissenschaften*)，和Althusser的术语"多因素决定论"相呼应〕

巴利巴尔（以及巴利巴尔之前的W. F. Haug）的杰出贡献之一，便是他们注意到马克思在1877至1881年间写给米哈洛夫斯基（Mikhailovsky）和扎苏里奇（Zasulich）的信中出现的一个重要的方法论。马克思在信中讨论了俄国是否可从中世纪农民公社直接进入社会主义的问题。马克思认为，要想讨论这一点，必须要从纯理论下降到俄国现实中来；他对西欧资本主义展开的历史讨论不是"无视历史环境作出的一般的历史哲学发展理论"，而是就不同的地域政治、时空作出的具体分析；分析的结果最终是一种政治偶发事件的可能，而非一个预先裁定的结论：因此可以通过一场俄国革命来消灭俄国公社（Marx，见Tucker, 1972，19：108、926；英语摘录见Marx, 1978, 571—580；Haug, 1985, 44—46；Balibar, 1993, 105—107）。历史时间的线性发展对于过程的空间化必不可少，但黎曼或爱因斯坦就时间提出的"质量"辩证法（依赖于其构成要素），使得时间的直线性备受怀疑（Balibar, 1993, 112）。这一点后来又得到了进一步的发展：恩斯特·布洛克将其发展为地球历史不同时期的反映；阿尔都塞提出了历史时间的研究方法；沃伦斯坦开创了地球中心/边缘的拓扑学。因此为了用少于几百页的篇幅讨论马克思的概念，在提出计划时不得不有所限制——但正如《资本论》一样，并不是没有被马克思不断发展的哲学实践所修正（关于此点，参看Balibar, 1993, 91—94）。这些还时常伴随着具有讽刺意义的否认和放弃，比如，有人在给米哈洛夫斯基写信时就反对采用万能钥匙式理论，即总的历史哲学理论，是超越历史的最高美德。这就是为什么马克思早年想把无产阶级替换为"世界阶级"来作为世界历史的选民的这一宏图伟志没有行得通的原因；即使工人抵制运动的发生概率比想象的要令人欣慰地高很多,即使以工人阶级的名义开展的革命以及与工人阶级并肩进行的斗争还在继续,整个的安排、概念或形象都还在一神论的框架中进行,也就说,是一种"硬"必要主义。

论总体性

从这一有利角度看来,在反对总体性的抗议声中尝试区别是很有帮助的,正如前面试图反对本质主义一样。使总体性牵强地成为阿尔都塞所定义的莱布尼茨—黑格尔(正如阿尔都塞在第一卷所言,这事实上是一神论的思想)"表述"模式当然是可能的,这种模式暗示了"正在讨论着的总体含有一种统一,即总体中的每一个要素,无论是物质(经济)决定、政治机构,还是宗教、艺术或哲学形式,统统都只是其自身在某一特定历史关头的(本质)概念的存在而已"(1965, 2:40)。因此,在每一单元时间里,运用"要素=总体的内在本质"这一等式都是可能的(参阅 Witt, 1994, 748—749)。所以,"表述总体性"这一用法尽管是"表述上有因果关系的总体性"的省略形式,且这一省略在理解上多少造成了些歧义——"表述总体性"被作为一种静止、"糟糕"的本质主义而遭到断然拒绝。然而"表达总体性"这一太阳之神,其富有生机的温暖可能起了中介作用,并由多种因素决定,因此被阿尔都塞看成是"代表斯大林的代码"(Jameson, 1981, 37),即便它在文本讨论中主要被应用于卢卡契《历史与阶级意识》一书的讨论时。① 在阿尔都塞之前,就有像巴赫金/沃洛西诺维、布莱希特和本杰明这些坚定的总体性探寻者,他们令人信服地论述了这个问题(如在《作为生产者的作者》一文中),一致反对柏拉图式经验的贫穷,反对将新

---

① 总的来说,这本书是值得关注的,尽管我曾认为 Lukacs 的观点今天尚未过时(Suvin, 1987),我也同意詹姆逊的看法,《历史与阶级意识》仍有许多对今天有用的东西。

的理解消解为永恒理念的认知（回忆），反对随之而来的一种假设，即设想文本的作者进入了一个传说预言、自成体系的天堂。①

毫无疑问，我们可能找到预定现实的有趣变化形式：它可以变成很早就存在的（或被认为存在的）事物的实证，也可变成那些简单的"内在原因"的暗示，或者变成开端或萌芽，从目的论的角度反过来看可被视为"伟大的工程尚处于萌芽阶段/事物已经出现"（Shakespeare, *Troilus and Cressida*, 2;——参见 Witt, 1994, 755—756）。然而所有这些比喻也使动源和行动者变得极端僵化，也就是说，他们抑制了布洛克式新生事物发生的可能性，使得新事物由于现存事物的阻止而丧失被先认识的可能性；他们都掩饰了作者的处境，所有这些完全控制了归纳并和归纳融为一体，使得全新实践的演绎思维模式处于被支配地位。

马克思毫无疑问已继承了黑格尔式或救世主式好斗的"硬"本质主义和总体性，对此他本人越来越持批判态度，但却从未摆脱其窠臼（即使黑格尔本人也从没依据其纲领性的本质主义把其含混不清的观点阐述清楚，只是一味地任其对现象的阐释单独在历史中发挥作用）。然而，阿尔都塞式或一神论式的总体性不是唯一的，也不是最重要的可资利用的总体性模式。在马克思思想中，非常有意义的是，我们经常在《资本论》中碰到两种不同认知现实的方法。最为模糊的莫过于外在现象和内在运动规律的对立。笔者已经以马克思为《资本论》所写的序言为例，讨论了涉及僵化法则的相关词汇，这些不幸处于工业发展初期的词汇和金属（意为"铁"，德语原文实际上指"青铜"）般坚硬的必然性一起产生（关于后笛卡尔二元论和科学二元主义，可参

---

① 但是毫无疑问，也存在着"表述"总体性（比如，中世纪与现代主义间所有欧美艺术作品），莱布尼茨—黑格尔式的错误是不合逻辑地从艺术到现状推断"情真意切"的观念（Suvin, 1996），这一步骤后被 Burckhardt 用来强调文艺复兴。

阅马克思，1962，324，见 Witt，1994，750—751）。但是，反过来说，从《共产党宣言》到《资本论》，普遍存在于马克思思想中掩盖（神秘化）与揭开（明示）之间愈加辩证的关系通常并不依赖于"规律"而是在于批判，批判工作在事物的两极之间不停地前后摇摆（关于这一点的深入讨论，参见 Angenot 和 Suvin，1980）。我们可以将这两种模式称之为坚硬的磐石和流动的大海：一方面是概念间不加批判的关系（Vorstellungen），这些概念通常由更理性而非感性的常识所致。另一方面是将特定事物重新建构为清晰、流动、辩证的实体的批判推理，这一重新建构是在特定事物的变化过程及变化后起的作用中进行的——还要根据欲望和价值的颠覆性推测。"在明显的固体界面之下，他们（如1848年革命）背叛了液体的海洋，仅需扩张使磐石般的大陆四分五裂。"（Marx，参阅 Tucker，1972，42；关于此段，参见 Berman，1992，90等各处）这事实上就是马克思的整体观或总体性（Althusser，1965，2：43.ff.；Haug，1985，49，以及其他各处）。马克思在这两种模式间的思想波动，或许可以理解为他还没有充分明确地将其革命行为的理论所指完全概念化（思想）（Althusser，1965，2：75）。对于后者（流动的模式）而言，总体性是一对孪生的"系统"，正如迪尔凯姆所指出的那样，是一种特别的社会体系、社会、"社会整体秩序"的同义词（Raymond Williams 反复强调了这一点，见 1968，629—635）。因此在当前，它也是表达任何总体化思维的"一个必不可少的名称"（Jameson，1992，28—29）。笔者认为我们需要努力获取两种总体性，即外延总体性和内涵总体性（一种能够使我们看到外延下转换范式的立场）。既然一个消极的总世界体制超乎任何理性的质疑而存在（就让我们拿武器和化学物质的购置和使用做例吧），那么拒绝这样的思考就是一种在想象上和政治上弃权的行为。后现代主义文本刚好体现了这一点，它认真关注了利奥塔的口号:"答案是:向总体性开战!"(1994,16)这便是为什么今天后现代主义思想变得如此孤立无助,其思想亦是愈加陈旧:笔者的答案是:qui totalitate ferit, totalitate perit (否认总体性而违反规则的人必将因此而消亡)。另一方面,目前由很多主张"回到康德"(毫无疑问我们可以从他那里学到很多东西,包括如何避免走进死胡同)的前左倾人士发起的运动已淡忘了康德寻求终极、统一愿望背后所隐藏的类似宗教的动机,忘记了康德协调现象和物体的所有二律背反。康德发现,要想将相对论的态度运用进"硬"总体性,就必须要遵循这些二律背反规律;黑格尔的历史哲学就是试图解决这些二律背反的一种尝试,笔者怀疑是不是回到其根部原因的话就可以回避这一问题(Hawkes,1996,71、78—80)。

相反,在文化理论中,詹姆逊坚持认为,**可能总体化**动态的可修正价值观是一个必要的参照。可能总体化批判地抛弃了时空封闭的总体性思维——"缺在的总体性容易成为我们的笑柄"(1993,172;及1992,26—31、131—132、251)。詹姆逊的评论和积极的反提议,事实上对于任何社会变革的政治都是一个必要的假设和预测。这样一种总体性并不表征任何神性本质或终极的结论。相反,如笔者在前面所言,这一总体性和任何与基督教灵魂和托勒密地心说相类似的假想球体中心论毫无干系。然而,总体性仅对一个有限问题的思考(即作为转换关系的总体的最好存在),使我们掌握了其全部。要是笔者关于本质的论述还有点说服力的话,那么有关总体性的相似结论似乎也有必要采用:不管什么物质,拥有了本质(尽管是动态的),就会有一些定义上的局限(尽管是暂时的),且这一有限的定义构建了物质的全部。

换言之,像对待本质一样,我们能也只能使用一个认识论或解释学意义上的而非本体论意义上的总体性,这一转义在理解任何事物时都不可或缺,即使在恩格斯的"自然辩证法"中没有以任何"深层的"或"内在的"方式出现。正如布莱希特在20世纪30年代的一个叫做"总体性"的注释中所言:"事实上,我们只有建构拼制出一个总体性,且应当按照一定的计划,为了某一个特定的目的十分开放地完成。"(1973,20:131)笔者并没有将詹姆逊或马克思意义上的开放性理解为自由多元主义或毫无价值的废话,恰恰相反,笔者将其看成是一种带有清晰立场和明确价值取向的布莱希特式的对生产论的怀疑。与之必然而来的总体性总是暂时的,是一个认知的范畴。借用威廉斯的术语,它不应该"常带着理想主义的想法不为人注意地成为本质描述"(1977,80),相反,它既要保持这一格局的作用也必须热衷于变化,在本质上应使自身具有一种动态变化的立场和风度,以便能公正地对待不同情况的到来,对动原能因进行自我观照和修正(参见 Suvin,1990)。

初步结论

总之,我们必须将马克思的作品解读为一个丰富、不平衡的**力场**。马克思与传统哲学的决裂并没有产生大一统的体系。不过,它自然也包括科学决定论的一个方面和立场。我们可以在19世纪40年代他充满希望的热情中发现这一点,也可在他后来1867年为《资本论》写的序言中找到回应。然而,在马克思思想体系中,这一立场始终是和马克思的祛魅批判(批判对统治阶级的幻想和对资本主义的盲目崇拜)一起发展的,而且,到了《资本论》的时期,这一立场就整个地被祛魅批判这一"厚重"努力所取代,最终发展为一个动态的、不断更新修正的阐释和启示。祛魅批判的结果是立场的多样性,统一于马克思革命实践这一不变视域,其动力是把人们从万恶的资本主义劳动剥削中拯救出来。马克思一生中对资本主义权力变化阶段的思考，导致了他的思想波动和众多矛盾之处，尤其是1848年和1871年两次革命希望的破灭更导致了这一点。但是，他的这一思想波动和很多方面都很矛盾的**统一性中的多样性**都"决不能算是马克思思想中的弱点和缺陷"（Balibar，1993，6）。

最后，我愿将读者连同我所希望的一些附加阐释一起带到文章开始的地方。在我看来，若不能接受持决定论的马克思，那么就没有一个最终的视域帮助我们从马克思的作品中读出意义来，而且毫无疑问，部分地读懂也是不可能的。我同意瓜塔里对我们当前历史的描述："有关过程和现代性的思想都已破产，在其破落过程中，通过社会行动，所有的对解放这一概念的信心都被消磨殆尽。同时，社会关系也进入一个冰河时代：等级和隔离业得到强化，贫穷和失业也日渐作为一种不可避免的罪恶为人们所接受。"（1986，40）

然而，尤其是在我们这个时代，《共产党宣言》所乐意从革命资产阶级中继承的传统（如今不应被当作预言，而应被视为要为之虔诚奋斗的希望和视域），仍然是我们的一盏不可或缺的指路明灯："所有不变、僵化的境况连同一系列古老而又可敬的观念和思想被一扫而光，所有刚刚形成的新思想在其僵化之前已因陈旧而遭到淘汰，坚硬的被融进了空气，神圣的遭到了玷污。人最后不得不被迫清醒地面对其自身的生活位置以及自身与他人的关系。"（译自 Marx，稍作变动，见 Tucker，1972，338）

一旦清醒地面对我们在生活中的位置，我们禁不住要谈到（比如说）劳动力和生产，谈到它们如何为人类再生产提供了基本要素，也就是说，要谈及历史及其霸权的掩饰，谈到某种主要的张力（毫无疑问，是革命性的）：毕竟它们每天都被我们学术工作中多少有些循环的领域所证实。这里，笔者重复一下，所有这些本质和总体性都不是本体论上的现实，而只是认识论上的工具：

正如那卡尤纳（Nâgârjuna）关于佛教中相似问题的阐述："愚者为曲解的教条而毁，就像被一条抓了尾巴而非颈子的蛇毁了一样。"（见 Loy，1993，59；见 Inada，1970）因此，没有便于操作的本质和总体性的同义词的话，我们什么也做不成——假如我们每次都成功地通过讨论为每一特定情况指出其正确的局限的话。

达科·苏文

参考文献

Althusser, L. et al. *Lire le Catital*. 2 vols. Paris：Maspero，1965.

Amariglio, J. and Callari, A. "Marxian Value Theory and the Problem of the Subject." *Rethinking Marxism* 2（3）（1989）：31—60.

Angenot, M. and Suvin, D. "L' implicite du manifeste." *Etudes francaises* 16（3/4）（1980）：45—67.

Balibar, E. *La philosphie de Marx*. Paris：La Decouverte，1993.

Berman, M. *All That is Solid Melts into Air*. New York：Simon and Schuster，1992.

Brecht, B. *Gesammelte Werke*. 20 + vols. Frankfort：Suhrkamp，1973.

Canguilhem, G. "Qe'est-ce qu'une idéologie scientifique?" In *Idéologie et retionalité dans l' historie des sciences de vie*. Paris：Librairie Vrin，1977.

Cutler, A. et al. *Marx's "Capital" and Capitalism Today*. Vol. 1. London：Routledge and Kegan Paul，1977.

Derrida, J. *Spectres de Marx*. Paris：Galitee，1993.

Durkkheim, E. *Les formes élémentaires de la vie religieuse*. Paris：PUF，1968.

Engels, F. Letter to J. Bloch, 21 September, 1890. In K.

Marx and F. Engels, *Selected Works in One Volume*. London: Lawrence and Wishart, 1968. 692—693.

Gramsci, A. *Selections from the Prison Notebooks*. Trans. And ed. Q. Hoare and G. Nowell-Smoth. New York: International Publishers, 1975.

Guattari, F. "The Postmodern Dead End." *Flash Art* (Milan) 128 (May—June) (1986): 40—41.

Hall, S. "On Postmodernism and Articulation." In *Stuart Hall: Critical Dialogues in Cultural Studies*, ed. D. Morley and K. H. Hen, 131—150. New York: Routledge, 1996.

Haug, W. F. *Pluraler Marxismus*. Vol. 1. Berlin: Argument, 1995.

———. *Philosophieren Mit Brecht und Gramsci*. Berlin: Argument, 1996.

Hawkes, D. *Ideology*. New York: Routledge, 1996.

Inada, L. K. *Nâgârjuna*. Tokyo: Hokuseido Press, 1970.

Jameson, F. *The Political Unconscious*. Ithaca: Cornell University Press, 1981.

———. *The Ideologies of Theory*. 2 vols. Minneapolis: University Press, 1988.

———. *Late Marxism*. New York: Verso, 1992.

———. "Actually Existing Marxism." *Polygraph*, No 6/7 (1993): 170—195.

———. *The Seeds of Time*. New York: Columbia University Press, 1994.

Laclau, E. and Mouffe, C. *Hegemony and Socialist Strategy*. Trans. W. Moore and P. Cammack. London: Verso, 1985.

Larousse, P. (1866—1876). "Porgres." In "*Grand dictionnaire universel du XIXe siecle*, 19 (1990—1992): 224—226. Reprint, Nimes:

Lacour.

Loy, D. "Preparing for Something that Never Happens." *International Studies in Philosophy* 26 (4) (1993): 53—66.

Lyotard, J. F. *The Postmodern Explained: Correspondence. 1982—1985.* Trans. D. Barry et al., ed. J. Pefanis and M. Thomas. Minneapolis: University of Minnesota Press, 1994.

Marcuse, H. "The Concept of Essence." In *Negations*, trans. J. J. Shapiro. Boston: Beacon Press, 1969.

Marx, K. *Das Kapital.* Dritter Band. In *Mart-Engels Werke*, vol. 25. Berlin: Dietz V, 1962.

——. *Grundrisse.* Trans. M. Nicolaus. New York: Vintage, 1973.

——. *Selected Writings*, Ed. D. McLellan. Oxford: Oxford University Press, 1978.

——. *Das Kapital.* Erster Band. In *Marx-Engels Werke*, vol. 23. Berlin: Diets V, 1993.

Nisbet, R. A. *History of the Idea of Progress.* New Brunswick, N. J.: Transaction Publishers, 1994.

Sève, L. *Marxisme et théorie de la personnalité.* Paris: Éditions Sociales, 1972.

Sorel, G. *Les illusions du progrèss.* Paris: Riviere, 1927.

Stabile, C. A. "Feminism Without Guarantees." In *Marxism in the Postmedern Age*, ed. A. Callari et al. New York: Guilford Press, 1995. 283—291.

Stamp, P. In *Provoking Agents*, ed. J. K. Gardiner. Urbana: University of Illinois Press, 1995.

Suvin, D. "On Two Notions of 'Science' in Marxism." In *Brave New Universe*, ed. T. Henighan. Ottawa: Texumseh Press, 1980. 27—43.

——. "Transubstantiation of Production and Creation." *The Minnesota Review*, No. 18 (1982): 102—115.

——. "Lukács: Horizons and Implications of the 'Typical Character.'" *Social Text*, No. 16 (1987): 97—123.

——. "Brecht: Bearing, Pedagogy, Productivity." *Gestos* 5 (10) (1990): 11—28.

——. "On Cognitive Emotions and Topological Imagination." *Versus*, No. 68—69 (1994): 165—201.

——. "The Soul and the Sense: Meditations on Roland Barthes on Japan." In *Lessons of Japan*. Montreal: CIADEST, 1996. 27—61.

Tucker, R. C., ed. *The Marx-Engels Reader*. New York: Norton, 1972.

Wallerstein, I. *Geopolitics and Geoculture*. Cambridge: Cambridge University Press, 1992.

Weeks, K. "Feminist Standpoint Theories and the Return of Labor." In *Marxism in the Postmodern Age*. Ed. A. Callari et al. New York: Guilford Press, 1995. 292—300.

Williams, R. *Marxism and Literature*. Oxford: Oxford University Press, 1977.

Witt, T. "Ausdruck." In *Historisch-Kritisches Woerterbuch des Marxismus*, ed. W. G. Haug, 1: 748—756. Hamberg: Argument, 1994.

作为危机与批评的"加拿大比较文学":迈向比较文化研究[*]

在过去50年里,一系列身份认同危机一直在比较文学学科中继续着。曾支撑该学科的民族主义模式被战后的移民潮大大消解,曾激励该学科发展的普世主义,也因欧洲霸权的后殖民的考问而遭到严重削弱。结果,该学科面临这样一个问题,即必须重新确定文学研究的模式,而不仅仅是民族主义模式,必须系统构想出基于区别的比较。此外,人们对互文性产生的兴趣,也导致了先前排除在文学批评范畴之外的现象的文本化。这些危机表现为一个分支学科——加拿大比较文学——的形成,其研究实践是国内民族间而非国际间文学的。但是,如果这一学科研究的重新构想表明,比较文学研究不能再依靠传统模式进行下去的话,那么它也同时标志着该学科又一个最有成就时刻的到来。具体说来,这表明了它包含着对民族主义模式的批评以及对欧洲之外文学作品的关注——这也就认同了菲利浦·斯特拉福德(Philip Stratford)所说的"洞察差异的责任"(96)。

比较文学研究源于"世界文学"这一概念,正是由于这一概念,所有欧洲文学通过语言和共同的帝国历史而相互联系。然而,

---

[*] 本文选自《加拿大文本研究》(*Textual Studies in Canada*) 1994年第5期。

"世界文学" 这一概念内核中却存在着一个矛盾，即，它是通过对四分之三的世界的忽略达到"世界"这一地位的。所比较的内容因比较方法中容不得差异而最终总是一样的。

最近，爱德华·赛义德在《文化和帝国主义》中研究了这种"他者"的民族主义语境。他说道：

> 人类文化的这种看法（即相当于"交响乐式的整体"）于1745年到1945年这两个世纪间以多种不同形式流行于欧美，主要原因在于同一时期民族主义的惊人崛起。这种观点并不是对历史的庸俗化理解。(44)

简而言之，正如赛义德所言，世界文学这一概念背后的普世主义是"极端欧洲中心主义的，似乎其他文学和社会的价值要么不如它们，要么凌驾于它之上"(44)。因此，他写道，厄里奇·奥尔巴哈（Erich Auerbach）怀着痛苦和恐惧的心情思索着1945年之后"出现了多少'其他'文学语言"；"好像没有一处地方，奥尔巴哈不提到殖民主义或非殖民化"（45；赛义德指的是奥尔巴哈的"语文学和世界文学"）。奥尔巴哈在其流放地［其《模仿》（Mimesis）便是在此完成］所目睹的并不仅仅是比较文学研究作为一个统一领域的终结，同时还有欧洲霸权本身的终结。

> 人口日益杂居，国籍逐渐分散，这一切都给原来特有的民族文化形象带来巨大的冲击和挑战。在西方各国，单一民族文化统治的理想越来越难以实现。有关世界文化的最新统计数据表明，人们对某些问题存在疑虑，主要是围绕人文科学领域中"延异"和"文化"所具有的双重概念。(Simon, 17)

然而，奥尔巴哈标识出的那些"他者"声音，在过去50年间已经重新提出——尽管是通过一个不同的角度——比较文学研究的必要性。一方面，文学创作的这种"他者性"迫切需要更为细致敏锐的比较研究——事实上，目前后殖民主义批评家所考察的地理范围远远大于奥尔巴哈所研究的欧洲。另一方面这些"他者"声音的存在，尤其是当声音发自民族内部时（如加拿大这种情况），对作为传统比较文学模式的民族模式提出了强烈质疑。阿斯克罗夫特（Ashcroft）、格里菲思（Griffiths）和蒂芬（Tiffin）在《逆写帝国》（*The Empire Writes Back*）中的论述就清楚地表明了这一问题：

> 尽管民族主义及黑人评论已经使帝国统治过程和仍然存在的霸权不再神秘……但是他们最终并没有为这一哲学、历史难题提供什么灵丹妙药。与这些批评模式所不同的是，最近的批评方法已经意识到后殖民主义理论的优点很可能就在于其方法论的内在比较性以及其中所暗含的现代社会混杂而又调和的观点。(36—37)

然而，这里出现一个问题，正如阿伦·慕克吉（Arun Mukherjee）在《谁的后殖民主义和谁的后现代主义》一文中指出的那样，不管是世界文学还是英语书写的世界文学，一元化领域的概念化"都会通过对无限比较性和替代性的假设而变得合乎标准并趋于类同"(7)。这样一来，比较文学研究再次面临普世主义和差异被抹去这两个孪生问题。

赛义德对这一左右为难问题的解决办法是倡导建立一套"复调"阅读机制(51)，以此来使非欧洲国家的反抗声音与欧洲文本相抗衡。但是这一借用西方古典音乐术语的隐喻，其实用性却值得怀疑。更令人吃惊的是，像赛义德这样一个资深评论家居然对此隐喻感到轻松自如，而且还居然作了如下断言："贝多芬属于西印度，正如他属于德国一样，因为他的音乐现已成为世界遗产的一部分。"（XXV）此评论在很多方面是值得商榷的：很明显，它充其量只是通过了一个不同的隐喻在重复帝国精神（贝多芬还是原先德国的贝多芬，却成了全世界"人"的同义词）；它重新提出构建身份范畴；它使得宗主国与殖民地之间的二元对立制度化了，却又似乎同时想去消解这种对立。二元对立平息了宗主国内外的反抗声音：妇女的声音、同性恋的声音、少数族裔的声音——所有体现文化概念的声音，而这一文化独立于昭示民族性的家长制文化。

如果还有"他者"故事与"他的故事"同时存在，不仅为民族主义困境且为更具普遍意义的现实提供了一个不同的视角，那么情形会是怎样呢？(Smart, X)

笔者由音乐手册得知，复调会变为模仿，而模仿则最终不可避免地沦为一种标准。笔者认为赛义德方法论上的问题必然也是非复调的：赛义德本人希望阅读他称之为"十分了不起的小说"（XIV），如《远大前程》，而同时他也承认这些小说"在帝国姿态的形成中起了非常重要的作用"（XII）。这里的危险就在于帝国工程已穷途末路的这一设想中；当然如果真的需要复调主义的话，那恐怕其方法就像理解殖民和后殖民之间的密切关系一样。西尔维亚·瑟德林德（Sylvia Söderlind）在《边缘/假名》（*Margin/Alias*）一书中十分清晰地阐明了殖民与后殖民的内在关系。她指出，加拿大受到了英法两国的殖民压迫，但同时它又是当地各土著民族的殖民者（3）。但是这种"双重殖民化"也隐藏于其他方面，正如麦克斯·多辛维尔（Max Dorsinville）对魁北克海地人存在的描述所表明的那样：

>吸引数以千计的海地人去魁北克的缘由基于一种殖民体制，这种殖民体制与英法两国在非洲以及其他地方所建立的体制如出一辙：显然，这一如此草率的想法非常的荒唐可笑。然而魁北克人对海地的影响在历史、社会学以及经济学等方面呈现了众多特征。这事实上是一殖民类比，是对加拿大民族的构成本质有力而又具干扰性的反映。(94)

"双重殖民化"还可以在诺思罗普·弗莱（Northrop Frye）为《加拿大文学史》（第一版）写的结语和他自己的《批评的剖析》中读到。这两处地方正是运用了比较的方法对加拿大文学不屑一顾，结果使得加拿大文学不如欧洲原创作品那么优秀。

>如果移民真的能使移民者获得自由的话，移民现象也就不会存在了。(Micone, 29)

在这一方面我们也不应忘记《加拿大文学史》的写作中至少考虑到了1967年的百年国庆；我们也不难再次发现，殖民主义与民族主义不谋而合，本尼迪克特·安德森在其著作《想象的共同体》（*Imagined Communities*）中，就此给予了无情的揭露。笔者认为，在反思标准和比较等问题之前，必须首先讨论民族性问题。赛义德在其著作中已讨论了标准和比较等问题，但多有商榷之处。

我们回到翻译的转义上来谈这个问题。翻译转义在比较文学的课题中经常用来作为隐喻，因为两者都依赖于独创性和民族性两概念，借此在概念上相互关联。

正如特贾斯威妮·尼兰贾娜（Tejaswini Niranjana）在《给翻译定位》（*Siting Translation*）一书中所言，翻译这一概念同样适用于帝国的动向和将文本从一种文字转换为另一种文字的情形

(8)。弗兰克·科默德（Frank Kermode）在《经典》（*The Classic*）中指出，这两种转换用拉丁术语表示是"*translatio imperii*"和"*translatio studii*"（30）。他在定义"完全的帝国经典"（141）的现代标准时赋予了两种转换极为重要的地位。概念的多义叠加包含着一个十分重要的启示，即当帝国（或民族）向某一方向移动时，翻译也紧随其后——正如尼兰贾娜所言："语言间的不对称是因帝国统治而得以永久维系的。"（59）同样也可以这样说，这种不对称是借着"永久性"这一概念得以长存的；没有这种建构，翻译就会如同比较一样出现很多问题，尤其是"他者"（非欧洲）文学的存在更使翻译问题重重。从这一点来说，传统比较精神就作为殖民化技巧再次出现了。尼兰贾娜指出，西方正是通过将他者排除其外而达到将其自身建构为统一、具有独创性的主体这一目的的（47，n.1）。也正是通过这一过程，欧洲成了传统比较文学研究中的"世界"。

> 被人们不断重复的观点依然存在着，让我们还是回到事物的本原，不去理会中间的曲折、文化的漂移和冲撞以及弥漫于镜子里和头脑中的沉重的情感。（Brossard，61）

当然，传统的比较方法论中并不能将"他者"理论化，相反，他们一直关注相似点和身份，继而思考比较文学研究与理想主义、形式主义以及结构主义在支配这一点上的巧合。（此处，笔者记得弗莱不仅是《剖析》的作者——此书直到作为"结构诗学"出版时才一举成名——也是多伦多大学比较文学研究的奠基者之一。）在形式主义理论的基础之上，后结构主义的发展将比较纳入诸多历史的问题中，结果使比较学科更加具有争议性；互文观念则暗示了批评研究就其本质而言，必须融合文学机制内外的多种声音，使其不再是一封闭领域。如果比较文学需要考虑解构的话,那它就必须彻底地检查一下自身,将比较的基础建立在差异之上,而非身份之上。正是将差异理论化的必要性才使得后殖民研究与比较文学的危机之间有了交叉性。

笔者在本文一开始便提出加拿大比较文学是对这些现存危机作出的反应,同时,也是这些危机的征兆。将差异置于(加拿大)民族之内,加拿大比较文学就立即接受了差异,以之作为激励原则;而在接受的同时,加拿大比较文学又重申了民族性这一概念,尽管借赛义德的话来说,现在还停留在自视优越的阶段。因此,我们发现罗纳德·萨瑟兰(Ronald Sutherland)在介绍一部名为《换喻》(*Metonymies*,1990)的论文集时写道:"加拿大比较文学免不了要克服各种障碍,不管是语言的、种族的还是民族方面的。"(13)当然,这样阐述的话,这门学科,抑或分支学科只能朝着自我终结的结局发展。从这点上来说,方法论和意识形态又不期而遇了:比较依靠的是对差异的识别,但比较又会不断地在过程中趋于相似,而这正是这门学科和殖民主义的悖论所在。

然而在转喻原则下,分析加拿大比较文学确实为比较的理论化提供了一条道路,且不受民族主义模式的影响——正如 E. D. 布洛杰特(E. D. Blodgett)在《构造》(*Configuration*)中所言,比较的转喻常转化为过去的隐喻(24)。霍米·巴巴则在《再现与殖民文本》中指出,鉴于隐喻有发展为普世主义的倾向,转喻允许在阅读时将文化特殊性考虑进去。巴巴在《播撒》一文中也作了详细论述:"正是作为叙述策略的民族的模糊特征……产生了连续不断的移动,滑向那些在民族书写艺术中不断重叠的范畴,诸如民众、少数族裔、或'文化差异'等类似范畴甚至转喻的范畴。"(292)巴巴又接着指出:

> 一旦民族空间的有限性建立,其"差异"便会从疆域

的"外部"转向其有限的"内部",文化差异的威胁也不再是"他者"民众的问题,相反成为全体民众的他者问题。(301)

正是这种从统一("全体民众")到差异对民族这一概念的重新定位,才促使了加拿大比较文学作为一个学科研究领域的形成。

也正是巴巴对"内部"与"外部"的解构,而清晰地勾勒出了以差异为根基的比较诗学的理论基础,对瑟德林德在《边缘/假名》一书序言中的评论作出了回应。瑟德林德认为"加拿大或魁北克的作家除了可意识到的殖民者的语言**之外**,没有其他语言",与此事实相悖的"避难所""在宗主国的语言领域**之外**是无法找到的";"依赖少数族裔话语并不能做出对抗性的政治姿态"(3—4;在此笔者颠倒了从句的顺序并添加了黑体),将"加拿大人"或"魁北克人"理解为只有单一意义的词,无异于通过不给文化差异留有空间来使两概念趋于同质化。所谓的空间,在《加拿大比较文学评论》的专刊中被清楚地界定为"不甚传播的文学"所占据的空间(尽管此表述并不令人十分满意)。巴巴将这种"后殖民空间"描述为"宗主国中心的'补充'",因为它将差异置于霸权之中,"使之处于下等、臣属的关系中"(《播撒》,318)。巴巴继续说道:"臣属关系并没有扩大西方的存在范围,而是在文化差异边界里重新描绘了其版图。文化差异的疆界不但有危险性,而且颇有争议,疆界累加的结果从来就不理想,总是要比一两个民族要小。"(同上)阿诺德·伊特瓦伍在《加拿大的创造》(*The Invention of Canada*)一书中对"民族"作为缺席的存在作了如下陈述:"加拿大,就在那儿,是那广袤的大地,是这无垠的疆域;加拿大,也在这儿,在我们中间,无限永恒而又不断发展。它是我们的创造,同时也创造了我们自身。"(19)

> 理论的每一行都有着一个故事……要让人们不再进行理论争论需要付出很大的努力。(Maracle, 7)

比较加拿大文学拒绝魁北克/加拿大统治之外的少数族裔的声音,潜在地坚持了民族主义模式,有将非经典排除在外的倾向。如果说因为上述原因就将加拿大比较文学这一学科贬得一无是处的话,它毕竟还是质疑了民族主义的设想,为其他学科的模式打开了空间。这种替代模式便可称为"比较文化研究",论述的重点在于"文化"。笔者过去谈到文化时常常指涉历史和政治方面,并不认为"文学"这一术语适应于文化领域。霍米·巴巴对象征和符号的区别对此点的理解至关重要。在《十月》(October)上发表的《不确定中的自由根基》一文中,巴巴讨论了区别二者的重要性,即:"不同文化体验——如文学、艺术、音乐、礼仪、生、死——中的**象征**具有相仿和类似性;这些不同的文化体验所生成的意义带着特殊语境定位和社会价值系统各自作为一个**符号**在循环时,每一个意义项便具有了社会特征。"(47)关于象征和符号的联系,加娅特丽·斯皮瓦克的评论也很贴切,她在《后殖民批评》中说道:"当一个作家在写作中,她并不仅是用英语或法语在写,她也是在这些符号系统中书写。"(52)所谓"符号系统"可被理解为文化生产的语境等方面。

> 最终还是回到家来写这个已选择居住的世界。移民迁徙使世界成为"家",这是我们宝贵的财富。它让我们了解那些与我们共享这个星球的人,了解我们亲密的陌生人,冷漠的姐妹们。两个世界间的空间是悖论所在。(Harris, 125)

本篇论文中最富争议的术语当然是"比较"一词，因为此词不可避免地有一个很明显的含义，即"相似性"（Blodgett，6），然而加拿大比较文学研究表明，在比较的框架中将差异理论化是可行的，而事实上，这一认识可能是历史上比较文学研究的方法论的一个重要转折点，因为它将在方法论中占主导地位的传统的单一民族主义模式多元化了。多元化本身就可被视为非殖民化的一个标志，正如雅克·德里达（Jacques Derrida）所言：

> 人们用不同的方式对待不同的语言，同时又使各语言互相融合，以便利用语言的多样性以及每一种语科内部代码的多样性。往往正是通过此，人们才能既同殖民化及殖民主义原则作斗争，又能抵制语言的统治及通过语言进行的殖民统治。（大家知道他们正在努力，试图达到人人都顺服殖民主义的境界。）

菲利浦·斯特拉福德坚持认为有必要将比较方法论中的差异理论化，这便铸就了他在方法论发展历史中的重要地位。

理查德·A. 卡维尔

参考文献

Anderson, Benedict. *Imagined Communities*. 1983. London: Verso, 1991.

Ashcroft, Bill. Gareth Griffiths and Helen Tiffin. *The Empire Writers Back: Theory and Practice in Post-Colocinal literatures*. London: Routledge, 1989.

Auerback, Erich. *Mimesis*. Trans. W. Trask. Princeton: Princeton UP, 1953.

Bhabha, Homi. "Dissemi Nation: Time, Narrative, and the Margins of the Modern Nation. " *Nation and Narration*. Ed. Bhabha London: Routledge, 1990. 291—322.

——. "Freedom's Basis in the Indeterminate. " *October* 61 (Summer 1992): 46—57.

——. "Representation and the Colonial Text. " *The Theory of Reading*. Ed. Frank Gloversmith. Brighton. U. K. : Harvester, 1984. 93—122.

Blodgett, E. D. *Configuration: Essays on the Canadian Literatures*. Toronto: ECW, 1982.

Brossard, Nicole. *Le Désert mauve*. Montréal: Hexagone, 1987.

Derrida. Jacques. "La crise de l'enseignement philosophique. " *Du droità la philosophie*. Paris: Galilée, 1990. 155—179.

Dorsinville, Max. "Paul Dejean and the Haitians in Quebec. " *Solidarités: Tiers-Monde et litérature comparée*. Montréal: CIDIHCA, 1988. 89—95.

Frye. Northrop. *Anatomy of Criticism*. Princeton: UP, 1957.

——. Conclusion. *The Literary History of Canada*. Ed. Carl Klinck. 1965. Toronto: UP, 1967. 821—849.

Harris, Claire. "Poets in Limbo. " *A Mazing Space: Writing Canadian Women Writing*. Ed. Shirley Neuman and Smaro Kambourili. Edmonton. Alberta: Longspoon, 1986. 115—125.

Itwaru, A. H. *The Invention of Canada*. Toronto: TSAR. 1990.

Kermode, F. *The Classic*. London: Faber, 1975.

"Literatures of Lesser Diffusion. " Special Issue of the *Canadian Review of Comparative Literature* 16: 3—4 (Sept/Dec. 1989).

Maracle, Lee. *Oratory: Coming to Theory*. North Vancouver: Gallerie, 1990.

Micone, Marco. "Addolorata. " *Quétes: textes d'auteurs italo-québécois*. Ed. Fulvio Caccia and Antonio D'Alfonso. Montréal: Guernica, 1983. 27—37.

Mukherjee, Arun. "Whose Post-Colonialism and Whose Post-modernism?" *World Literature Written in English*, 30. 2 (1990): 1—9.

Niranjana, Tejaswini. *Sitting Translation: History, Post-Structuralism, and the Colonial Context*, Berkeley: U California P, 1992.

Said, Edward. *Culture and Imperialism*. N. Y. : Knopf, 1993.

Smart, Patricia. *Writing in the Father's House: The Emergence of the Feminine in Quebec Literary Tradition*. Trans. Patricia Smart. Toronto: U of Toronto P, 1991.

Simon, Sherry. "Espaces incertains de la culture. " *Fictions de l'identitaire au Québec*. Montréal: XYZ, 1991. 13—52.

Söderlind, Sylvia. *Margin/Alias: Language and Colonization in Canadian and Québécois Fiction*. Toronto: U of Toronto P, 1991.

Spivak, Gayatri Chakravorty. *The Post-Colonial Critic: Interviews, Strategies, Dialoges*. Ed. Sarah Harasym. New York: Routledge, 1990.

Stratford, Philip. *All the Polarities: Comparative Studies in Contemporary Canadian Novels in French and English*. Toronto: ECW, 1986.

Sutherland, Ronald. " Introduction. " *Metonymies: Essays in Comparative Canadian Literature*. Sherbrooke: Les P de l'U de Sherbrooke, 1990. 7—13.

"还有魁北克":加拿大文学及其魁北克问题[*]

眼下英裔加拿大对法裔魁北克缺乏耐心,仍然认为在加拿大这个国家里,魁北克法裔加拿大人的政治或文化的渴求无足轻重。这种情形在20世纪大部分年代都潜存于英裔加拿大文化,在加拿大英语文学研究里一直很有影响,尽管有诸多出于善意的比较研究和翻译项目在开展,我的许多同行也参与其中。过去的30年间既是这类项目最多的时段,也是该种情形在加拿大英语文学研究里表现特别明显的时期。那种要不要法裔魁北克无所谓的心态,并不是一个简单的问题,一个未引起足够关注和争论的问题,而是一个具有历史渊源的问题,这问题涉及独特的体制结构、它的实践与设想,牵涉到诸多问题与意识,以至世上政权的变化。

要想暂时绕开这些不同的设想和实践来谈论它们是不可能的,这从本文一开头使用的诸多令人困惑的术语就显露出来:"英裔加拿大"、"法裔魁北克"、"英语加拿大"、"加拿大"等。这些术语既令加拿大公众困惑,同样令文学研究者伤脑筋,人们不可避免地总会感到话语和话语的使用受到约束,一开口讲话就

---

[*] 本文选自《加拿大诗歌》(*Canada Poetry*)1997年第40期。

暴露立场。加拿大人没有固定的不引起问题的字眼来指称自己是谁，即使是本文的情形。地域和语言的巧合或非巧合，或者说有着魁北克内种族和语言的这块地域，以及会使语言地域化的诸多文化项目的影响，都在颠覆所有这类术语的稳定性。"英语加拿大"（English Canada）、"讲英语的加拿大人"（English-Canadian）这两个词在过去十年就越来越变得地域化，这意味着它们被用作魁北克省的对立词语，指称其他九个省份。在此语境里，我要用"讲英语的加拿大人"（anglophone-Canadian）一词就有政治意味，就会抵制魁北克这个地域概念。类似的现象也出现在魁北克，使用"讲法语的魁北克人"（francophone-Quebec）一词则在抵制语言的地域化。露西·罗伯特在她的《魁北克的文学状况》（1991）一书中报告说，魁北克文化（她显然是指法裔魁北克文化）现在视自身为"魁北克人"（québécoise）而不再是"法裔加拿大人"（canadienne française）（p. 143）。像当代许多法裔魁北克批评家一样，[1] 罗伯特自己把魁北克的"文学"视为一个地域概念，既是法语语言的又是法兰西种族的。她对"魁北克的文学状况"的研究，无意涉及用英语或其他语言写成的魁北克文学，也未对这一缺失作出评论。罗伯特书中道出和未提及的均表明，"魁北克"一词至少有两种意思：一是她本来意指

---

[1] 在讲法语的加拿大批评家中间，持魁北克文学只包括或应当只包括法语创作的观点，在20世纪80年代和90年代相当普遍，如 Hélène Dame and Robert Giroux 的 *Semiotique de la poésie québécoise* (1981)，Axel Maugey 的 *La poésie moderne québécoise* (1989)，Jacques Allard 的 *Traverses de la critique littéraire du Québec* (1991)，Réjean Beaudoin 的 *Le roman québécois* (1992)，以及 Gérard Etienne 的 *Le roman contemporaine au Québec* (1992)。更早些的批评家，文学兴趣更窄，比他们同时代的英语同行在选用标题上更谨慎些，如 Louis Joseph Taché 的 *La poésie française au Canada* (1881) 和 Pierre de Grandprè 的 *mammoth Histoire de la litérature française du Québec* (1967)。到20世纪70年代才出现特指魁北克和法语的地域化概念，例如 Guy Sylvestre 把1963年版的法语诗歌选集命名为 *Anthologie de la poésie Canadienne-française*，但1974年版改成了 *Anthologie de la poésie québécoise*。正如在当代魁北克政治中，有意含糊地使用"québécois"，既可以指种族又可指语言，既可以是形容词也可能是魁北克的省名。

的带重音的"Quebec"（魁北克），二是不带重音的可以产生出像英裔的和法裔的魁北克人这类的词语。

另一方面，这些词语含义的不稳定性本身，以及讲英语的加拿大人和魁北克人在语言实践之间的冲突，也的确会让人偏向一边，如果愿意这样做的话。比如，这种不稳定性就曾在上次全民公决中给魁北克人党政治家带来窘困的境地，那时"魁北克人"（québécois）一词的含义显然尚未包括非法兰西种族的后代。同样，"英语加拿大人"（English-Canadian）一词也使一部分批评家包括我在内感到难堪，因为它似乎不把非英国种族的后代算在其中；近几年的情形，"英语加拿大人"似乎不再包括英裔的魁北克人。这种不稳定性也为我们许多人造成了潜在的困境，以至加拿大文学是不是包括或应不应当包括法裔魁北克文学竟然成了问题。

大约一年以前，在我执教的大学里，加拿大文学的博士资格考试委员会投票，否决了继续把法语加拿大文学的翻译文本列为考试的必读书目。在那之前，书目里列了10部从19世纪到20世纪70年代的法语加拿大小说和一部诗歌选集。包括我在内的三名委员出于种种理由支持这一改变。而更重要的事实是，几乎很少有学生读这些作品，至少我们之中有两人不情愿勉强那以后的学生去读。"考试须知"倒是告诉学生，他们的答案里引证法语加拿大文本是有益的，而实际上即使最优秀的学生也不愿做这类引证而通过了考试，考试委员会乐于放行。另一个原因是，年复一年，原定的10部小说愈显不足，我们需要从过去20年间问世的小说中选出3—4部，但又无法就原10部中剔除任何一部达成共识。委员会成员想在不削减19世纪到20世纪初的选本数目的情形下，把一些新近问世的英语文学文本增添入必读书目。促成书目改变的还有一个事实，我们的系未为本科生或研究生开设任何翻译文本的法语文学课程，因为我们五位加拿大主义者谁也不愿教这样的课程，而我们加拿大文学的博士生中间，直接去法语系选修法语文学课程的可谓凤毛麟角。（我们的学位条例虽然规定要具备两门语言的能力，却没有要求修加拿大文学的学生以法语作为两门语言之一。）实际上，我们一直要求加拿大文学博士生通过自修或直接接受加拿大法语文学考试。我们的考试题目总是限于加拿大英语文学的文本、文论、文化和历史方面的内容，谁要涉及任何法语文学文本，就得在没有教师或主考官的帮助下去做相关解释。正如我们考试委员会中的一位成员所表白的那样，我们书目中的加拿大法语文学内容早已变得名存实亡了。

我们推行的这种考试和我们对考试提出的改革动议，都在提出问题："加拿大文学是什么？""加拿大文学学者是什么人？"我们从书目中剔除法语文学文本的做法明确地作了回答：加拿大文学可以完全理解为加拿大英语文学，加拿大文学学者可以是一个从未染指于加拿大法语文学文本的人。从书目中剔除法语文学的做法令人记起诺思罗普·弗莱1965年为《加拿大文学史》写的"结论"中的话："有关'加拿大文学'……的每一个论断都在运用名为提喻的修辞手段，以局部代表全体或以全体喻指局部。"（p. 823—824）除非我们有意压制已代表的部分来掩盖提喻的修辞。自从那次开会改变决定以来（我们系的研究生考试委员会不久通过了该项改变决定），我一直在观察大多数英语加拿大博士学位的考试实践。几乎所有大学的加拿大文学学位规定都同我们现在在西安大略大学做的一样。就我所知，唯有多伦多大学正式规定学生须具备法语能力，而且要求所有攻读博士学位的学生而不局限于加拿大文学学科。大多数学校则停留在向学生"大力推荐"具备法语能力，却不作出具体的要求。另有几所大学攻读博士学位的项目，并不举行综合考试；其中有的声称他们所谓的"资格考试"旨在检测学生提出的研究领域而已。而在举行综合考试的博士项目中间，我发现只有一个将法语文学的英语译本列上书目的：这便是约克大学的博士项目，而其研究生教育的英语教授中恰好有三位英法语兼通的教授。

尽管有约克大学博士项目的例子，加拿大英语文学系科及其惯常做法，大多依循英国和美国已存惯例或现行的模式，而少有针对加拿大文化的现实领域作出反应的。在这方面，它们与我国的联邦机构颇为不同，如议会、法制系统、加拿大文化委员会或国家影视局，这类机构都实行双语制；这在英美两国的类似机构却是见不到的。英语加拿大地区的大学人文院系，采取了类同于19世纪晚期美国霍普金斯大学和印第安纳大学发展起来的专业学科结构。这种结构反映了那个时期有国家主义观念，尤其在其语言和文学院系；甚至在今天的许多大学还可见到其条条块块，如果不能叫做马其诺防线或齐格菲防线的话。这种结构的要旨，即一个民族有一个民族的语言和文学，翻译被视为一种可疑的或不地道的实践，通常只在它的所属界域内才可能最大限度地保存。① 这即是说，如果法语文学要以翻译文本来教学，这种教学通常被认为只"属于"该大学的法语系，因为只有其所属领域里才有可能规范其翻译文本并作出阐释。由于这一理念，在欧洲各国普遍出现了压制或抵制并行语言的历史进程，在较为成功的民族国家，诸如法国、英国、西班牙和德国，形成了一种民族语言以及一种或一种以上的地区方言的格局。语言的民族区域化反映在各大学里，则是民族语言的区域归入到不同的系科。

19世纪末叶，加拿大文学才有可能作为一门学科，开始得到承认，那时不仅没有强有力的双语或多语的民族文学理论和教学模式支撑，而且在加拿大英语地区还有相当强烈的不同看法，

---

① 谢利·西蒙在她的著作中指出了翻译文本受到歧视的现象。同样的现象也出现在英语加拿大人中间，尤其在英文系，翻译文本被视为不地道的读本。在一个双语国家里，应避免原文本和不够地道文本的概念，翻译文学应视为原文本的创造性文本。

认为加拿大是一个单语性的英语国家，其中法语文化有些像是英国的威尔士文化那样微不足道。正如马杰里·菲和帕特里夏·贾森用文献佐证的那样，19世纪八九十年代大学里最强大的力量在于推行专业化和世俗化的运动，先是在科学领域继而在人文学科，古典课程逐渐被我们今天按学科划分的人文科目取代。虽然加拿大英语文学在大学里得到承认的进程缓慢，可是一旦获得承认而纳入课堂，却都归入英语系部：安大略农业学院始于1907年，麦吉尔大学在1907至1908年间，阿卡狄亚大学和曼尼托巴大学在1919年，毕晓普大学、不列颠哥伦比亚大学、达尔豪大学、芒特阿利森大学、皇后大学和西部大学均在20世纪20年代，多伦多大学则迟至1934年。早期的加拿大文学批评家，许多都是在英语系任教的教师：阿奇博德·麦克梅肯于1889年谋得达尔豪大学的教席，J.D.洛根于20世纪20年代在阿卡狄亚大学任教却没有报酬，弗农·罗德奈热尔也在同一时期任教于阿卡狄亚。正如菲和贾森所论证的，那一代的教师都深受马修·阿诺德文化民族主义的影响，坚信民族的主权得靠强大的民族文化维护（麦克梅肯为他最初的加拿大文学研究著作引用的题词便是 ad maiorem patriae gloriam），坚信大英帝国文化（其中包括英语加拿大）是当代人文学科的最伟大成就。因此，20世纪60年代英语加拿大把加拿大文学纳入教学便出现在英语系，此后加拿大文学才逐渐缓慢而持续地争得立足之地。

　　类似的语言分属见于其他社会公共领域，如报刊业、出版业、书刊销售、选集编纂和学术团体等，最先在单语民族国家发展起来的一些模式也出现在加拿大。这一进程无疑在加拿大英语地区和法语地区都得到了强大的推动，以此促使各自的语言区域化并进而开创地区市场。19世纪中期印刷出版家约翰·洛弗尔在蒙特利尔市能同时出版英语和法语书刊，但20世纪里能有实力双语开弓的出版家却为数甚微，60年代赖尔森出版社大概要算最后一家能坚持双语出版的大社。活跃于70年代和80年代的一批小出版社继续使英语加拿大的出版业地区化，进一步巩固了单语主义。这一切意味着，要出版一部双语著作不可能指望有出版商会提供任何编辑和校对的支持，比如1979年科奇书屋推出的尼科尔·布罗萨德的选集长达341页，全由芭芭拉·戈达德和我两人亲手操办。

虽然法语加拿大更加公开地争辩自己的主人地位，英语加拿大独揽"加拿大"一词的愿望或者业已独揽到手的姿态，在加拿大文学从最初到至今出版的各种选集里表现得十分明显。早在1864年爱德华·H. 德瓦特牧师称他新编选的集子为《加拿大诗人选集》时，他理解的"加拿大诗人"一词便是指的讲英语的加拿大人。当他在导论里写下现在广为人知的主张——"一个民族的文学是构成该民族特征的本质因素"（Ⅸ）时，他心目中的民族特征便主要指的讲英语的民族，尽管讲法语的加拿大人在加拿大占据同样的地位，如同当今在西班牙讲加泰隆语的西班牙人一样。在德瓦特看来，加拿大的法语创作不是加拿大的纯粹部分；而是一种"不幸的宗派主义"，他在导论里的一段文字这样说道（而在整部选集里，这是唯一一处表明讲法语的人尚在加拿大存在的痕迹）：

很不幸的是，宗派主义和分裂主义倾向成了加拿大的政治弱点，此种倾向却在这个国家的文学里缺乏均衡力量。我们的法语同胞远比英国殖民者更为团结，尽管他们的文学比加拿大文学更多法语格调，他们的精诚团结与其说是文学的或政治的，不如说是宗教性质的。（Ⅹ）

诚然，在德瓦特写作的年代，蒙特利尔还是上、下加拿大地区讲英语的主要城市；他指的"英国殖民者"更多地分布在东部沿海地区和上、下加拿大，法语作家克雷马齐、弗雷谢特和热兰—拉茹瓦还未发表作品。然而，他自以为法语加拿大只不过是英语加拿大主体的陪衬，即使它构成一种文化也与英语加拿大的文化在许多方面格格不入。这些不仅反映了当时的普遍观点，还将成为后来许多英语加拿大人关于"加拿大"概念的组成部分，甚至延续到今天，以至影响法语文学的翻译文本在加拿大文学博士的综合考试里是不是需要占一定的比例。

1889年威廉·莱特霍尔出版了他编选的诗集《大自治领之歌：来自加拿大森林、湖泊、乡村和城市的声音》。莱特霍尔眼里的"加拿大"又一次表明指的是英语加拿大，他选的英语诗篇占434页之多。他在导论里写道：加拿大是"大英帝国的长女"（XXI）。在题献页上，他奇怪地把这部书献给"那崇高的事业，人类的团结；如果大英帝国的人民忠于自己的理念，在未来的日子里会像过去那样勇敢，就会成为帝国存在的理由……"也许因为是人类团结的不可分割的部分，莱特霍尔认为他选的英语加拿大诗人包含了法语加拿大的文化和历史。该书的读者"会成为加拿大山山水水的客人，与我们一道荡漾在明亮的湖泊之上，穿流在荒野的河道之间，和着桨声唱起法语歌曲"（XXIV）。接近导论的末尾，他的英语加拿大诗人们显然变成了"旅行者"（voyageurs），这可谓加拿大文学批评中最早的文化借用例证。末了，他号召说："现在，小舟齐备，我们的旅行者在等候着我们，举起船桨，大家启程吧！"（XXXVII）莱特霍尔用大英帝国的劝谕性话语，敦请人民团结一致，借用加拿大法语的比喻修辞而且把读者比成旅游客人，这一切在今天听来都显得怪诞。然而，在加拿大当今的各种报纸，几乎每周都可以从"读者致编者信札"栏里读到类似的劝告，不同的是英语加拿大民族主义的话语已成为一种"常识"，表述得更缺乏耐心。

莱特霍尔还在这部选集里做了一桩事，很快成为英语加拿大文学批评的惯例：法语文学当做英语文学的附录出现。在该集正文434页之后，他加上一个13页的"附录"，其中包括"法语省份的往昔歌谣"（共4页），"法语加拿大当今主要诗人"（共9页）。这活脱脱地呈现出本文标题中"还有魁北克"的另一个做法：勉强把法语文学列入附录，同时表明了他标题中"加拿大"一词的不完整性，法语文学意义不大，无关紧要。

魁北克文学作为加拿大文学的附属品，既不完全归属到加拿大"之内"但又有必要提到它，这成了加拿大各种选集编选者和文论家的可取模式；于是他们可以实际垄断整个"加拿大"范畴，又有机会把法语加拿大文学次要化、边缘化或附属化。这种模式后来有时成为一个难免的章节，如弗农·罗德热奈尔编的《加拿大文学手册》（1926）一书里，"加拿大法语文学"成了全书32个章节的第31章。罗德热奈尔对此反差的唯一说法是称该章是"总括性的提纳，我们必须有这么一章"（p.251）。为什么"必须"以这样的形式出现？作者没有明说，也许是加拿大英语文学太大，已经占了过多篇幅；也许由于他的出版商不愿意让加拿大法语文学部分超过10页。同年还有莱昂利尔·斯蒂文森的《加拿大文学评鉴》问世，类似的附录则以一段抱歉文字的形式出现在导论里："我深表遗憾，未能包含……加拿大法语文学的概览。"在这里，斯蒂文森对法语文学所做的唯一具体评论是称它为"一批令人喜闻乐见的文学作品"——这一信手拈来的定性称谓却极尽了贬低之能事。抱歉一番之后，他提到的任何内容"在书中便不足挂齿，与其他章节不相匹配"，最后说道："此外，一个外来者不可能做得完全切合本书题旨。"（XIV）就算当时斯蒂文森是位侨居美国的加拿大人。"外来者"这一措辞已足以将魁北克排除在加拿大自治领之外。

1970年，附录模式再次出现，D.G.琼斯编选的诗集《岩上蝴蝶》收录了几首法语加拿大诗人的诗，伴之以琼斯的评论：

虽然他深信加拿大法语诗歌包含了与加拿大英语诗歌类同的形式，但他从事研究之时，对法语诗歌却"感到力不从心"（p.9）。1972年玛格丽特·阿特伍德的《幸存：加拿大文学主题指南》出版，汇合了以上各种模式：莱特霍尔的附录、罗德热奈尔的不可缺少的章节、斯蒂文森的抱歉言辞以及琼斯之成理的推脱。阿特伍德的著作有一章题名"魁北克：燃烧的府宅"，共14页，是这样开头的：

> 我写到这章时有些不安，因为我对魁北克文学阅读有限。虽然我读过一些原著（我得坦白地说，通常是借助辞典帮助），大多数则是依靠翻译文本……我在本章做的讨论仅限于已有译本的作品。作为加拿大法语文学的访客，能有多少发现呢？

与罗德热奈尔和斯蒂文森不同，阿特伍德明白法语加拿大文学正越来越变得区域化。她没有把握该称"魁北克文学"，还是"加拿大法语文学"；而在斯蒂文森看来，自己是这一文学及地域的"外来者"，讲英语的加拿大读者则是"访问客"。在下一段文字里，阿特伍德将描绘她自己作为一位"游客"的立场。有趣的是，这一立场竟与她在本章末提出的论点相冲突："在许多方面，魁北克在其文学中反映出来的境遇，总的说来，正是加拿大所处境况的缩影。"（p.230）在讲英语的加拿大人的眼里魁北克是一片旅游地区，却又成了英语加拿大的缩影或换喻。讲英语的加拿大人走近魁北克时心情惴惴不安，见到的事物却又熟悉。而且，开章的抱歉词语营造了一种散淡的评述立场，与她在其他各章节采取的立场全然两样。在其他章节里她阅读广泛很有权威，这一章里她却只是个业余的阅读者，而且读的大多数是译本而非真实的原文。这样一来，这一章及其涉及内容的水准成了一项补充——某种次要的附录。

莱特霍尔、罗德热奈尔、斯蒂文森和琼斯等人的附录模式使英语加拿大学者几乎独霸了"加拿大"和"加拿大的"这两个词，附录的内容于是有了借口而成立。阿特伍德的书里百分之九十五的内容在谈英语加拿大人的创作，既不是一本英语加拿大文学，也不是加拿大的英语文学，却堂而皇之地称为"加拿大的"文学，而且这样做还似乎没有"忽略"魁北克。更意味深长的是，就加拿大两部分之间的权力关系而论，阿特伍德竟不情愿将此种使用"加拿大的"一词的做法用到一个讲法语的文学批评家身上。她抱歉自己的"法语加拿大文学"知识有限，称"应当有一本用法语写的书，更详细地描述魁北克文学的主要模式，相应地用一章来谈英语加拿大"（p. 216）。言外之意，这本用法语写成的书与她的对应，这显然是不会有的；同时也不会（不可能）有一本用法语写的书来论几种"主要模式"而仅以一个单章来谈"英语"加拿大。换句话说，如果你是讲英语的批评家，加拿大文学可以是包括英语和法语创作的双语文学；但你要是一位讲法语的批评家，情形却完全两样。

为英语加拿大编诗歌选集的第三人是约翰·加文，1916年出版《加拿大诗人》一书，采用了处理英语加拿大与法语少数之间关系的第二种模式——对法语加拿大视而不见。加文直接把"加拿大的"一词用于英语加拿大的文学创作，绝口不提法语加拿大文学的存在，无论在前言或在别的部分。总的说来，这在英语加拿大文学批评和选集编纂里十分盛行，司空见惯，以至近来有人暗暗巴不得魁北克文学和讲法语的加拿大人分化出去，消失不见，销声匿迹。加文的观点在他那时代是颇有影响的，如阿奇博德·麦克梅肯的《加拿大文学手册》（1906），J. D. 洛根和唐纳德·弗伦奇的《加拿大文学主流》（1924），这些书里没有讲法语的作家的地位，也没有对忽略他们说任何抱歉的话。在麦克梅肯眼里,加拿大就是"英格兰人":"加拿大人的想象力比起到新世界来的英格兰人来毫不逊色。""自治领人民的文学作品……与英伦三岛上的人的创作可以媲美。"(Ⅳ)

这种以"加拿大"指称"英语加拿大"的专断做法,1913年到了托马斯·马奎斯手里却有些异样,他在20卷巨著《加拿大及其诸省》里论述到"英语加拿大文学"一节时,他——也可能是他的编辑——在其首页文章下加了这样一个脚注:

> 为了避免重复"英语加拿大的"这个使用不便又不准确的词语,我们通篇都用"加拿大的"来指称用英语创作的文学作品。至于法语加拿大文学,请参看自第435及其后的页数(493)。

不用"英语加拿大的"以避免不便——也许是文化上令人尴尬的"不确切表达",但对于法语加拿大,却视为另一码事了。

人们在早期的许多批评家和选集编纂者那儿读到的大不列颠帝国阿诺德式的词语,也见于今天表达国家主义、忠诚意识和公众概念之类的词语中,以加拿大来替代英语加拿大的意愿仍然存在。有些人直截了当地这样使用。于是"英语加拿大"、"讲英语的加拿大人"或修饰语"使用英语的"如马奎斯所见,成了碍手碍脚的词语,它们给这类标题——*Canadian Canons*, *Poets of Contemporary Canada*, *The Contemporary Canadian Poem Anthology*,以及我自己的书名 *Reading Canadian Reading* 造成问题,使它们失去了头韵、悦耳和文文字游戏等修辞的表现机会。出版商也似乎觉得其中的 Canada 或 Canadian 对图书市场没什么区别。英语加拿大在大多数讲英语的加拿大人看来就是加拿大。于是,在过去40年间,带有 Canadian 一词的大量书名都不可能顾及其音义,如 *Literature in Canada*, *Towards a Canadian Literature*, *Ca-*

nadian Poetry，The New Canadian Anthology，Canadian Literature in the 70s，Canadian Anthology 等等。但是在我看来，有的并不是出于单纯的动机，而是鉴于文化现状，无意使国名地域指谓分明；有的不顾双语现实和政治分歧，只选入英语作品，对不能直截了当使用加拿大一词感到愤怒。

当然，讲英语的加拿大人如此这般的做法，原因也颇复杂。无论其促成因素是 19 世纪和 20 世纪初的教会影响或 1960 年以来的世俗追求，法语魁北克人的民族文化主义在日益高涨，正如露西·罗伯特描述的那样，他们愈加拒绝使用"加拿大的"（canadianité）一词，宁愿称自己为魁北克人（québécoisité）而不愿被叫做"讲法语的加拿大人"（canadianité française）。结果，在讲英语的加拿大人明确排斥他们的同时，讲法语的魁北克人已在文学和文化的批评术语中抛弃了他们被冠以"加拿大"和"加拿大的"之类的称谓。这种双方同时排斥与拒绝的做法，助长了讲英语的加拿大人的民族主义，日益倾向于接受魁北克的自主观念。

讲英语与讲法语的加拿大人之间的对立模式不止一种，尤其表现在双语和双语文化方面，使加拿大人面对双语标示的钞币和邮票，这在近来更反映到了玉米片盒上的双语之争。迟至 1927 年，加拿大的邮票才实现双语的使用，而加拿大的硬币则更晚至 1937 年。在文学批评方面双语化略早一些，首见于马奎斯的卡米尔·鲁瓦的《加拿大及其诸省》（1913），其中英、法语文学分立，各占一半章节。接着仿效的便是麦克梅肯的《早期加拿大文学》（1924），英、法语文学各出两章；1927 年又有洛恩·皮埃尔的《加拿大文学史纲》，在其专著文学体裁类别的第 11 章和第 9 章之中，平衡地分述法语作家和英语作家，并以此书献给卡米尔·鲁瓦。皮埃尔在首页献词文字里插入了他与鲁瓦之间用法语写成的彼此称赞的信函，从而凸显了献词的地位。他还在导言里写道，本书"是首次尝试在我们的文学史里将法、英作家并置"（事实上不尽然），并宣称"此后史家必须共同努力去探索我们的民族精神的演进"。然而，他所谓的"并置"在其后的加拿大文学批评、文学传记或选集中很少采用。这种"并置"模式要求编者密切合作，如伊莱·曼德尔和让热·皮隆编的诗选集《诗歌62》（*Poetry/Poésie 62*）、雅克·戈德布特和约翰·罗伯特·科隆布编的诗选集《诗歌64》，盖伊·西尔维斯特拉、布兰登·康隆和卡尔·克林克编的人名词典《加拿大作家》（*Canadian writers/Ecrivains Canadiens*, 1964），后者在导言里称其源自皮埃尔的《史纲》。通常，这种模式不露声色地出现，如克林克编的《加拿大文学史：英语加拿大文学》（1965）、贝内特和布朗编的《加拿大英语文学选集》（1983），暗指另有类似的法语加拿大文学编著存在。于是，修饰语"English-Canadian"和"Anglophone-Canadian"有了细微的差异，它们通常出现在副标题里，成为一种补充或附录，如琳达·哈钦的《加拿大后现代主义：当代英语加拿大小说研究》（1988）、罗伯特·莱克的《成为真实：英语加拿大文学经典》（1995），以及我本人编的《后民族主义争辩：自1967年以来英语加拿大小说中的政治》（1993）。这几种编著都没暗示另有类似的法语加拿大著述；法语写成的加拿大文学读本是存在的，但并不与之相匹配，这一点要么避而不提，要么忽略不计。① 比如，哈钦的标题和副标题，暗含加拿大后现代主义在英语小说中表现最为明显之意。

　　双语/双文化的模式只消换一个字"和"便可以转成第三种模式——我的文章标题"还有魁北克"就是另一种说法。在这

---

① 弗莱在指"加拿大文学"是一种提喻之后写道，运用该术语的每一个陈述都"意味着是一个有关法语文学的并列的或对比的论述"（824）。

里，连接词"和"字表明不是附录而是协同。这种模式部分地有赖于"魁北克"一词，从早期的"Canadianité française"转到québécoisité，这一转变也就把魁北克以外的加拿大法语文学排斥在外了。这一模式在早期有两个例证，一是罗纳德·萨瑟兰的《第二意象：魁北克/加拿大文学的比较研究》（Second Image：Comparative studies in Quebec/ Canadian Literature，1971）和克莱门特·穆瓦桑的 Poésie des Frontières：Etudes comparées des poésies canadiennes et québecoises（1979）。这一模式把魁北克文学和加拿大文学建构成两种不同的文学，而不把魁北克文学视为后者的一部分或后者的补充。但是，在把两者视为两种语言文学的同时，这一模式也暗指它是自然区域或疆域的意味。处在双重架构里，魁北克文学的地域和地位便显得不确定了。正如 E. D. 布洛杰特说的那样，不可避免的政治意味是我们始料未及的。当批评家选择把魁北克从加拿大区分开来（1973 年加拿大文学和魁北克文学学会的名称即是一例），便表明他们有兴趣让两者各自独立。而从萨瑟兰的客观立场看来，这两种文学和文化从本质上说是大同小异的，客观的批评家会看出加拿大与魁北克的文学中有一个强烈独立的加拿大。通过把两者区分开来又使两者紧密地合在一起的目标，我相信也是加拿大与魁北克文学学会创始人的意愿。

　　穆瓦桑和萨瑟兰的研究巧妙地促成了比较文学学科。布洛杰特对他俩著作中的这方面感兴趣，表达了这与其说是一个学者的好奇心还不如说是他的怀疑论：由于历史的征服而铸成一个国家的两种文学是否真有可比性；而穆瓦桑和萨瑟兰所做的主题比较却发现了真正的相似性。两者差别很大，布洛杰特指出了魁北克的经济依赖于英语加拿大地区，我可以补充说，魁北克人讲的是在国际上地位日益低落的法语，而加拿大人讲的则是成为全球语言的英语。从地域上看，只有魁北克北部才讲法语。这一切使旨在研究文化共性的比较更难具有相似性。布洛杰特还暗示了更富有成果的研究方面，如在文学具体问题——哥特式风格以及在理论方法的运用上。他在这儿似乎预见到了一本像西尔维亚·瑟德林德写的 *Margin/Alias*，该书仔细审视了加拿大和魁北克小说中后殖民主义和后现代主义语境里的分歧观点和文本，与皮埃尔或萨瑟兰局限于主题和理论方法的比较大异其趣。更重要的是，它没有事先预设目标。

总体说来，加拿大文学研究中采用比较方法在英语文学和法语文学界都相对薄弱。原因之一是大多数大学里比较文学系的规模都很小，在当前经济形势要求削减和压缩的情况下，当初十分兴旺的阿尔伯特大学的比较文学系也受到冲击。另一个原因是，过去10年里各大学英文系不情愿聘用比较文学博士生，怀疑他们缺乏渊博的英国文学知识。同时，大多数英文系要是有财力聘请两个以上加拿大文学学者，会先考虑一位19世纪文学的专家，一位20世纪初文学、一位现当代文学或一位妇女文学的学者，然后才会考虑要不要请一位加拿大法语文学的专家。大多数的加拿大学者会意识到法语文学的存在，就像明白还有少数民族、华裔加拿大人或意裔加拿大人的文学一样。

这里，我们要回溯到19世纪晚期北美众多大学的专门性课程，本民族语言文学的教学模式，以及在这种模式下开设加拿大文学有多么困难。今天，尽管许多公立中学提供各式各样的沉浸式法语教学项目，英语加拿大地区的大学英文系（除了那些在魁北克的大学）都还在实行单一语言的文学课程教学。英文系本科生中间选修加拿大文学课的不少，但具有语言能力可以选修加拿大研究课题中比较文学课程的则寥寥无几。在西安大略大学英文系，比例更小，仅占2%的学生能够选修英、法语结合的文学硕士课程；这种结合模式在博士学位层次我不曾听说过。我在约克大学和西安大略大学教过的博士生，大多数通过了法语考试，却不能听懂学术会议上用法语陈述的学术论文，或读懂学术性的著作和论文。每当我叫他们去参阅某部法语专著或论文时，他们认为我是在开玩笑。

写到这里，我不打算提出"该如何办？"也无意对加拿大文学研究的架构做出建议。以上谈到的体制在机构方面的运作改变均是几十年的积累，是不断思考、评论和行动的结果——而且我很怀疑加拿大人，无论我们如何界定，是不是珍惜了那几十年的时间。在过去一百年里，讲英语和讲法语的加拿大人分别表达了他们各自不同的对事态进程的看法。在魁北克境内讲法语的人竭力要保持、维护和强调他们与英语加拿大的种种差别，而且带着骄傲的激情，这已经是众所皆知的事了。讲英语的加拿大人则在掩盖或缩小与魁北克人之间的差距或与之分道扬镳的想法，不公开把话直说，而以动听的词语来表达，像斯蒂文森说什么"令人愉快"的法语创作之类。实际上，英语加拿大人早已心中有数，只是不愿公然承认。这样，讲英语的加拿大人便可以对魁北克抱种种理想主义的想法，同魁北克搞翻译项目、联合召开学术会议、开展学生交流、创办 *Ellipse* 和 *Tessera* 之类的杂志，成立加拿大和魁北克文学学会等。与此同时，我们培养成百上千的加拿大文学学者，却连出席加拿大和魁北克这样的文学学术会议都不能完全胜任。

还存在布洛杰特称为由两部分组成的理论，用以掩盖"英语加拿大一统天下"的事实。以上我考察的诸种模式，无一能反映英/法加拿大之间的现状：假定讲法语的加拿大人占50%，如同认为法语加拿大是加拿大不可分割的部分或是加拿大的一个附属，都是不确切的。两部分组成论在许多政治家中间很盛行，在一些用比较方法研究文学——视之为椭圆形、螺旋线、平行盘旋上升梯——的学者中也很流行，表明魁北克是加拿大的一个平等伙伴；而历史上魁北克在1867年建立联邦时只是四个英属殖民地之一，今天其人口仅占到不足1/4，其经济仅占1/5。魁北克的殖民地地位是军事失败的产物，于是成了一个保持自身文化的难以融入的部分。讲英语的加拿大人接受由两部分组成的神话，同时又自诩语言成分占统治地位，这给双方都造成了悲剧性的期待、误解和怨恨。正如布洛杰特指出的，有"几个加拿大"、几种加拿大文学，而不只有两个；这便使讲英语的加拿大人不再总是抱着双语、双文化的幻想，也促使讲法语的魁北克人竭力通过特鲁多和1969年官方语言法案来保障实际存在的双语地位；近来，魁北克还通过帕里泽奥与英语加拿大谈判，取得以领地为基础的"伙伴"地位。

应当补充说，也许布洛杰特指出的二元论主要是中部加拿大的批评话语，主要为男性运用，常常与英裔种族有关。近来出现的非白人背景的讲英语的加拿大批评家，比如阿伦·慕克吉、努尔比什·菲立普、阿伦娜·斯里瓦斯塔瓦，关于讲法语的魁北克却未做什么评论，而一般从别的不同术语来建构加拿大的文化问题。大多数论及的人都采取后殖民主义立场，要么追随皮埃尔·瓦利埃视魁北克为一个被压迫的期待解放的法语社会，要么追随爱德华·格利桑或霍米·巴巴的混合理论，提出比英/法二元论更多的文化观念。这里我得指出，后殖民主义研究作为一个学术领域，尽管运用上存在诸多问题，却在众多大学的英文系立足。像加拿大这样的国家，后殖民性表现在多语种而非单一语种。后殖民文学存在于多种语言的文学，如法语、西班牙语、葡萄牙语、印地语、孟加拉语、古吉拉特语、阿富汗语、诸多非洲部族语，英文系一旦开始设立"后殖民文学"课程，势必最终面临决定是不是要在后殖民文学的博士考试中包括相关语种的翻译文学。

论述加拿大文学的早期文献中有一篇文章独树一帜，不完全属于我上面谈论的任何一种模式，即1893年J. G. 布里诺在加拿大皇家学会的讲演《我们智力的强项与弱点》。该文以早期批评中对大不列颠及其文学充满道德的乐观主义著称，坚信在实现大英帝国的期待中以讲英语为主的加拿大是领头羊。布里诺以也许是不自觉的俯就法语加拿大的口吻暗示道,正是由于被大不列颠征服,法语加拿大人才有了文人的文化。这篇文章也导致了马杰里·菲在评论麦克麦钦、皮埃尔、罗德奈热尔时得出的结论:殖民时期的学者必须检讨他们自己的文化意义上的文学,才有可能使之具有他们自己确定的国际合法性。然而,有一桩事布里诺干得挺出色,他在文章中谈到英/法语诸多作家及其作品,仿佛他们是一个单一文学的组成部分。他做的大多数比较在于作家与作家之间而非语言与语言之间,仿佛没有意识到自己在从一种语言谈到另一种语言。克拉拉·托马斯指出,布里诺的文章幸好出现在大学里学科专业化和学术领域化之前,出现在需要有比较文学或一般研究的差异之前,出现在诸多观念之前,如复合荣誉学位、交叉学科或后殖民研究;她还指出,布里诺是作为一个小的特殊的知识阶层的一分子在谈论,其他非特殊阶层的人士不可能像他那样自在地夸夸其谈,行云流水般出入两种文化。布里诺还早于今天全球化带来的英/法语言之间的文化权力的巨大差异。

　　然而,人们会从布里诺那样的文章里发现某些后殖民批评特征,这在可想象的不少加拿大文学研究中大量存在。换句话说,布里诺自由出入两种文学的做法,会使人对其言外之意的有多个假定的加拿大存在感兴趣:许多年前,某些大学也许真这样认为而建立起不同的加拿大文学系。在这些系里有多种语言——土著人语言、法语、英语、捷克语、日本语,加拿大文学出现在这些语言的原文或译文里,彼此毫无芥蒂,系主任之间不相互抗议。这样的系一定会是很有趣的。但是,我们多民族的先民,是不会创建那样的系的;正在变化中的全球文化以及我们自己,也不会开办那样的系。在一个法语及其文化没有疆界的加拿大,无论出于无知、缺乏兴趣、法律干预,法语在那里的使用只会比今天更少。在某种意义上说，"加拿大"——无论如何界定它，最终有一天会丧失法语文化，如像在曼尼托巴省遭到同化，在安大略省被人漠视，或出于领土分治的结果。西欧国家，如比利时和瑞士，继续保持一种以上的官方语言，在那里两种语言的文化权力几乎相等，远胜于在加拿大和在今天世界的英语与法语的情形。从长远的观点看，无论是不是有官方的双语制、米奇湖协议或魁北克的分离，在加拿大的唯一可能将会是单一的英语。

弗兰克·达韦

参考文献

Atwood, Margaret. *Survival*. Toronto: Anansi, 1972.

Bourinot, John George. *Our Intellectual Strength and Weakness*. Royal Society of Canada Series. Montreal: Foster Brown, 1898. Rprt U of Toronto P. , 1973, with Marquis and Roy, intro. By Clara Thomas.

Dewart, Edward Hartley. *Selections from Canadian Poets*. Montreal: Lovell, 1864. Rprt U of Toronto P. , 1973.

Fee, Margery. "Canadian Literature and English Studies in the Canadian University. " *Essays on Canadian Writing* 48 (1993): 20—40.

Frye, Northrop. "Conclusion. " In Carl F. Klinck et al, ed. , *Literary History of Canada*. Toronto: U of Toronto P. , 1965. 823—824.

Garvin, John W. *Canadian Poets*. Toronto: McClelland, Goodchild and Stewart, 1916.

Jasen, Patricia. "Arnoldian Humanism, English Studies, and the Canadian University. " *Queen's Quarterly* 95: 3 (1988): 550—566.

Jones, D. G. *Butterfly on RocOk*. Toronto: U of Toronto P, 1970.

Lighthall, William Douw, ed. *Songs of the Great Dominion.* London: W. Scott, 1889.

Logan, J. D., and Donald G. French. *Highways of Canadian Literature.* Toronto: McClelland and Stewart, 1924.

MacMechan, Archibald. *Headwaters of Canadian Literature.* Toronto: McClelland and Stewart, 1924.

Marquis, Thomas Guthrie. "English-Canadian Literature." In Shortt, Adam, and A. B. Dougthy, ed., *Canada and its Provinces.* 1913, vol. 12, pp. 493—589. Rprt U of Toronto P., 1973, with Bourinot, *Our Intellectual Strength and Weakness.*

Pierce, Lorne. *An Outline of Canadian Literature.* Toronto: Ryerson, 1927.

Rhodenizer, V. B. *Handbook of Canaidan Literature.* Ottawa: Graphic Pulishers, 1930.

Robert, Lucie. *L'institution du littéraire au Québec.* Québec: Les presses de l'Universite Laval, 1989.

Roy, Camille. "French-Canadian Literature." In Shortt, Adam, and A. B. Doughty, ed., *Canada and its Provinces.* 1913, vol. 12, pp. 435—489. Rprt U of Toronto P., 1973, with Bourinot, *Our Intellectual Strength and Weadkness.*

Simon, Sherry. *Le Trafic des langues: Traduction et culture dans la litérature québécoise.* Montreal: Boreal, 1994.

Söderlind, Sylvia. *Margin/Alias: Language and Colonization in Canadian and Quebécois Fiction.* Toronto: U of Toronto P, 1991.

Sylvestre, Guy, Brandon Conron, and Carl F. Klinck. *Canadian Writers/Ecrivains Canadians.* Toronto: Ryerson, 1964.

Stevenson, Lionel. *Appraisals of Canadian Literature.* Toronto: Macmillan, 1926.

但是谁为我们说话呢?[*]

——传统女性主义范式中的经验与动力

个人与政治:从我们"自身"开始

> 人总是通过血的教训才能获得对事物更为深刻的理解。
> ——摘自哥伦比亚古谚语

我要写点在加拿大当学生和教师的经历,一直很不容易。教室折射出我们的日常社会,我宁愿自己从未在那儿学习过或教过书。然而这是一个人的亲身经历,没有什么比这更适合做评论或反思的切入点了。这并不是探索个人与社会(因而也是个人与政治)关系的终点,而是其起点。这一联系过程(同时也算是一大发现),才是真正的教学步骤,是社会科学之"科学"。

首先——脑海中出现的是一些殖民记忆,以及不发达时期与新殖民主义时期的印象。我是在巴基斯坦和印度长大的,这两个国家都是通过争取独立的长期斗争才获得解放的。白人最终从我们的国土上离开了,国家属于我们自己了,但殖民主义的名言警

---

[*] 本文选自希曼妮·班纳吉等编《令人不安的关系:作为女权主义斗争场所的大学》(Unsettling Relations: The University as a Site of Feminist Struggles),多伦多:妇女出版社1991年版,第67—107页。

句却随处可见，尽管它们已深深融入人们意识深处而变得不易察觉。我就读的是一所"好"学校，课程全用英语讲授，学校是为统治阶级的子女服务的。在那里，我的母语本加利语虽是该地区民族文化的主要语言，已有几百年的文学文字史，却从属于莎士比亚。我后来坐在总统学院图书馆理查德森教授的画像下时，① 竟然没有意识到我已成为麦考利构建特殊阶层计划的一部分。② 我们学过这样一句话：伟大的文学或文化有着普遍的意义，超越历史时空的界限。按照同样的逻辑，英语文学和语言似乎也应属于我们，它们超越了英国的狭小疆土和历史，体现了文化的尽善尽美的状态。因此，我们从来就没怎么细想过，比如说，查尔斯·狄更斯不但有一个特定的居所，还有一个日常的社会归属。

我与这种"普遍文化"的疏离始于在英国的日子。多年前，在波多·贝洛街上，我越来越觉得，"我们的"狄更斯很可能像其他人一样，在伦敦的大街上带着几乎不加掩饰的敌意看着我——他很可能并没有认为我们有着共同的根基，有着"高雅文学感性的普遍性"。躺在贫民区的一间潮湿的屋子里，回想着我在艺术长廊、书店以及诸如约翰·济慈住所的名胜之地所待的那些日子时，我面临一个我还未曾准备好如何应付的现实。我觉得自己很渺小，内心倍感困惑。我竭力想把身上的某种东西留住，以免其消失掉，并努力保持对自身存在价值的一点自信。尽管当时我自己并未意识到，但事实上我已逐步沦为"他者"或"异

---

① 总统学院（Presidency College）是英国人早在 19 世纪殖民统治时期在印度加尔各答（Calcutta）建立的最早的大学之一。理查德森是该学院著名的英国文学教授。

② 麦考利 1835 年在给英国议会现在看来很出名的一份备忘录中敦促道："我们必须尽力来形成一个新的阶层，让他们担当起我们与我们所统治的数以万计的民众间的沟通重任……这个阶层的人从血缘和肤色上来讲是印度人，但是从趣味、观点、道德以及思维上是英国人。"摘自 S. K. Chatterj 著作 *English Education in India*（Delhi: MacMillan Company of India, 1976），p. 58。

类",而且这种"异类"不是一个中性词,也并非仅指就"人"而言的一种文化变体,而是指"差异和低下"。但在那时,我还只是在情感上遭受这种差异的折磨。这种折磨是种难以名状的情感,无法予以解释,已成了我的一段经历。迄今为止,对于这段情感我没有一个可以共享的精神世界或任何的社会政治分析,也缺乏比较的要点。任何地方、任何事情都会使我产生疏离感,这种疏离感反过来又导致了自己要和所处的社会环境融为一体的想法,即归属感,对"家"的渴求。

我还记得自己冒失闯入英国那个西方社会大教室和公共机构的情形。后来我作为一个非白人"外国学生"来加拿大念书,无论是在大街上,在私人交往中,还是在多伦多大学的教室与礼堂里,我继续增长见识。我是一名英语系的学生,在那里,我的自我和兴趣变得比我以前预想的还要消沉。我记得我曾一度感到困惑和迷茫,越来越觉得颓废和愤怒,与我相关的一切似乎都变得不再重要。我能够意识到自己处于社会秩序边缘的程度,在我心中,这种秩序的"普遍性"已经被其高度的局部性和特殊性所取代,其历史性和意识形态特征变得日益显著。由于被剥夺了普遍的社会归属感,丧失了从容自在地使用本地文化语言的能力,再加上我的性别、种族以及对马克思主义的信仰使我遭到疏离,因此对于我所处的地位和我所待过的教室而言,我成了一个"局外人"。我常常是教室里唯一的一名非白人学生。其他学生可以轻松自如地互相交谈,教授们也乐于对学生们作出回应,即使当他们存在分歧时也是这样。我曾就他们有这种共通的现实感寻找过原因。这并不是由于他们的阅读或思考能力突出,因为两者我都具备,而是由于他们所共有的"白"(包括英国/欧洲中产阶级的文化遗产和他们的白皮肤)以及他们在政治上的一致性。他们讨论问题时好像我并不存在,而轮到我发表意见时，如果其中掺杂了我在英国文学中反殖民主义的马克思主义观点，或者有我和"他者"文学（第三世界文学或黑人文学）所作的比较，我的谈话总要被打断。然后同学们就互相看看，老师们则在远处等着我把话说完。原本应该至少有些不太自在、含糊不清的回应——但通常情况下，没有人会继续我的观点。这时我就会感到非常别扭，脸也发烫，情愿我刚才什么也没说过，希望上帝怜悯我，让对话重新开始，使我摆脱尴尬的困境。我只是一个局外人而已，并没有被指望有什么智力表现。事实上，没有人以任何真正的方式思考过我的观点——不论是赞成还是反对。重修硕士学位时，我选修了各个方面的课程，成绩优异，有时还会得到一些知名英语教授的关心。他们问候我穿莎丽是否感到冷，吃牛肉是否习惯，或者询问我说英语是否自在。虽然经历了生活中的种种，英语也很流利，但我却不擅长说唯美化了的殖民语言。我竭力想弄明白发生在我身上的事情，企图知道这些事情是否别人也同样经历，又是怎样发生在别人身上的。我想以社会政治措辞来解释那些令我感到受挫和沮丧的事件及交往，以此构建自己的经历。长话短说——我发现了弗朗茨·法农、乔治·杰克逊、安杰拉·戴维斯、黑豹党、卡尔·马克思、切·格瓦拉等人的思想，以及有关非洲解放运动和越南的文献资料，同时也因发现了雷蒙德·威廉斯、C.B.麦克弗森、弗雷德里克·詹姆逊等人，他们的思想挽救了我的学术生涯，最终我不可避免地接触到了女性主义文学。到我发现所有这些思想的时候，我所掌握的东西在英语系毫无用处，英语系也帮不了我的忙，在号称"北方的哈佛"多伦多大学的情形就是如此。我详细地解释我的博士论文题目"保守意识和S.T.柯勒律治的教育理念"，向老师们区分"思想"和"意识形态"这两个概念，论文只写了一半就离开了该系。作为一名马克思主义者和女性主义者，意识到了种族主义和帝国主义思想后，我便从该系退了学，这就好像树干枯萎时，叶子便离开树枝一样。一离开教室，我便感受到一阵轻松。现在，虽每天仍会有性别种族主义①的粗暴侵扰，却不再领教知识分子中间那种难以捉摸却又貌似高雅的种族主义和殖民主义的残忍。

我集中精力创作诗歌，撰写政治文化评论，同时也对多伦多的妇女运动发表一些自己的看法。我曾天真地相信"姐妹情谊就是力量"，迫切地想添加自己的呼声，希望根据自己的亲身经历来发表一些言论，积极地投身于世界半数人口的革命运动中去。但是就在多伦多，这个最未料到的地方，我感受到了最深切的失望。我原先在英语课堂中所经历的一切又一次出现，只是言辞表达有所变化。事实上，故事中的主人公常常都是重复的。年轻时，我曾因自己的"文化"普遍性信仰而遭遇挫折，35岁左右时，我又遭受了类似的且更糟糕的经历。我痛苦地意识到了一点，拿奥威尔的话来说，即"都是妇女，但有些却比其他更具女性特征"。我曾热情洋溢地庆祝过国际妇女节，这一节日的争论使我有了一个令人震惊的发现，即帝国主义不是个"妇女问题"。读了一些相关资料后，我了解到阶级斗争和性别斗争应该分开认识和处理，得知妇女是"无阶级"的，或许可被理解为一个"种姓"，而父权制则是一个"自治"的权力体制。所有这一切都坚持了渐长的本质主义观和歪曲的生物论。"加拿大妇女

---

① "性别种族主义"这一概念最初是在《逆写帝国》中的两篇文章中吸引我的注意的。见 Hazel V. Carby, "White Women Listen! Black feminism and the boundaries of Sisterhood" (pp. 212—235), 以及 pratibha parmar, "Gender, race and class: Asian women's resistance" (pp. 236—275), 载于 The Empire Strikes Back (London: Hutchinson, 1982)。同时参见 Himani Bannerji, "Popular Images of South Asian Women.", Parallelogram (Vol. 2, No. 4, 1986)。

运动"，① 甚至没有将种族主义当作一个真正的问题加以提出。加拿大妇女出版社的出版记载中，一直没有提及我们的生活和劳动，却主动提供了一些知识/文化方面的作品。我们充其量最多属于一个单独的亚妇女的范畴，被称为"移民"、"有色少数民族"、"少数族裔"、"黑人"以及后来的"有色妇女"。所有这些——除了"黑人"以外——都是标签而已，其背后没有任何的政治斗争历史。就这里谈到的女性主义和妇女运动而言，我的"他者化"比在大学时的更为明显，而且在这种假设的"姐妹情谊"的背景下，我受到了更为深切的伤害。然而我的最大收获就是碰到了一些年轻的黑人妇女，她们的经历和政治观同我不谋而合，她们的诗歌和我的作品一起构建了属于我们自己的世界。对于我的现实，她们从根本上肯定了我的观点，我感觉到我有正当的理由发泄作为"黑人妇女"的愤怒。在那些日子里，我们认为在一个种族主义的社会里，任何一个"非白色"的人都是那个伟大的政治隐喻"黑色"的一部分。英国人对这一术语的使用，使我们这一政治自我描述的选择正当化了，比如说，在《种族与阶级》一书中，在组织反种族主义的运动中，他们就使用了该术语。不过我们还没就我们的政治身份达成一个种族或文化上的区域认同性。

然后——由于我对包办主义的不满，感到缺乏施展才能的空间，再加上我心中一直就郁积着被间接"推出门外"的愤怒——我又重返了学校。这次我是在安大略教育研究学院（OISE）里读社会学。这里对知识分子政治活动持更为包容的态度，多萝西·史密斯的女性主义马克思主义和我所从事的三大专

---

① 关于国际妇女节及三八联盟的政治讨论，请参阅 Carolyn Egan, Linda Lee Gardiner 和 Judy Vashti Persad 的文章 "The Politics of Transformation: Struggles with Race, Class and Sexuality in the March 8th Coalition." (pp. 20—47)，载于 *Feminism and Political Economy: Women's Work, Women's Struggles* (Toronto: Methuen, 1987)。

业兴趣——印度、共产主义和政治剧,在某种程度上缓和了疏离的常规模式和社会形式,即减轻了英国/欧洲白人妇女在术语定义过程中对种族主义、他者化以及"女性主义"的垄断。

然而,一直以来,我就像布莱希特《四川好人》中的沈弟一样,充当另一个人物时便戴上另一顶帽子。1970年至1974年,我在维多利亚学院的英语系作兼职教员。1974年至1989年期间,我则在约克大学阿特金森学院里当业余学生们的临时兼职教师(当时我和学院之间签了合同,工资是按件来计算的)。最近这一年,已是我人生的晚年阶段,我终于获得了大学的青睐,当上了一名非终身制(但有终身制的可能)的助理教授。很久以前(1965年至1969年),我在印度曾是大学终身教师,后来我辞了这样的职务来到加拿大——但却花了20年时间才给自己找到了和当年职位相当的工作。

但是当一名社会科学以及社会学教师,我所碰到的困难同我作为英语专业学生时所经历的相比,两者无论在程度上还是在性质上都是一样的。下面我将从我的教学中诸多令人困惑的方面谈几个关键性的问题,并在如下方面作些概括,即:我是谁?学生们是谁?我教的是什么?我是怎样教的?

我必须再次从我本人的经历谈起,将我的身体作为一个政治标记来讨论。我作为女性的性别认识,遭到了无处不在的种族主义观念的进一步否定(而且有着潜在的暴力性)。学生们对此的理解并非是中立客观的——这有赖于他们作出的反应,甚至决定。在大学里我是个例外,不同常人。作为有色人种,我似乎应该从事另外一种工作——可恰恰我就当了老师,是教室里的权威。我为学生们评定成绩,因此可以决定他们大学的入学权利,而这样的大学却仅仅极少地勉强接收像我一样的非白种人。我所说的话,即使没有谈及性别、种族和阶级方面的问题,也不会很容易产生信任危机。我和另外一位白人男同事——全职教师，年龄较长且长得高高大大——共同策划、合作教授了六年题为"男女两性关系"的课程，我看到学生们对我有着特别的反应，这使得我又不得不和我的从属地位作斗争。一旦在专业知识或管理方面有不一致意见，我就不得不竭力强调我作为一个教员的平等地位。学生们很少将课程当作是我所教授的，除非仅从技能上而言。他们在这门课上对我的整体态度也不例外，和其他我所教过的或正在教的课程的态度差不多。种族主义的社会习俗、传媒的报道以及文化常识等三种因素的综合作用，使得我们一开始就很难形成一种稳定正常的师生关系，这一点并不值得奇怪。

我在其他地方也记述过这段教学经历，[①] 这里只需说一点就够了。正如我是一名"他者"教师一样，也存在着一些"他者"学生。我们都发现无论是社会学（哪怕是那种传统的马克思主义社会学）还是女性主义（即使是马克思主义女性主义），都没有谈及我们这一群体的生活、经历、历史以及世界观。现存的文学，传统的范式——包括左派和"资产阶级"的和激进派的社会学或女性主义研究，对我们而言，几乎没有任何实用性，即使有，也是附带性的。无论是在叶利·扎列茨基（Eli Zaretsky）（一位男性马克思主义者）所阐述的家庭社会学里，或者在马克思主义/社会主义的女权主义者提出的政治经济学观点中，还是在那些从性的角度论证"我们的压抑/压迫"的书籍里，都找不到很多谈及我们的内容，不管是我们在西方的现实生活，还是从宗主国的视角被笼统称为"第三世界"的那些地方。过去和现在，种族主义都被视为和性别主义有所不同，被看作是一个"黑人"问题。这些妇女过去和现在都赋予了我们独特的地位，

---

① 参阅 Himani Bannerji 文章 "Introducing Racism: Notes Towards an Anti-Racist Feminism"，载于 *Resources for Feminist Research*（Vol. 16, NO. 1, 1987）。

从而将她们自身描述为"白人",以此建构其独自一体的世界。据称,她们的世界并不是通过与我们的世界一样的社会关系而形成的。关于是否存在"他者"或"他者问题"这一点,有的人认为没有,有的意见有分歧,有的则保持沉默,但所有这些,无论在理论上还是实践中,都没有扰乱这些白人女性主义者的各种不同的思想。

  白人女性主义者在政治语篇的字里行间没有任何身体上的表征,这一点没有引起任何质疑,也从来没有人指出非白人妇女过去和现在都没被视为"女性主义"文本生产的真正的一部分。正是把白人妇女"包括在内"的原则导致了对于非白人妇女的"排斥在外",这一事实对于大多数白人女性主义者而言,依然没有被意识到。

  由于我们的身体、经历以及理论都未被合法化,我们每天都学习、教授一种文学,其理论范式和方法均使我们远离我们的生活。因此仅仅因为那些并非我们自己创造,并不能真实反映我们生活的理论和话语,我们就一直都有可能被赋予动力。这一直都是一种本质意义上的疏离,我们越是参与这些过程,知识的大厦就越增加与我们相对峙的其他人的力量。我们该转向何处?我们在哪里才能找到那些阐释方法和理论,能够跳出"非此即彼"的两种选择,超越"包括在内"原则?我们如何才能深刻理解发达资本主义的文化及社会关系,使我们可以直接展现自我,获得一种革命性的政治动力?

从"他者"开始:对"他者化"社会关系和知识模式的批判

  你是否读过我们一些姐妹们所写的抱怨和愤怒?因为我们在妇女中常作为"第三世界妇女的特殊问题"的代表被

选中，在一些朗诵会、研讨会以及其他一些会议中，我们又往往是唯一的一个第三世界妇女。似乎无论去哪儿，我们都会成为"某个人"的私有动物园。

——［越］郑明霞（摘自《妇女、本族、他者》）

迄今为止，我们对于福柯的"知识/权力"关系是如何体现在我的整个学术生涯已有了一个大概了解。显然，知识生产是整个社会生产的一部分，对于知识的社会关系，必须同其内容一样，给予同等的重视。课堂上的师生关系、学生们之间的相互关系以及课堂之外的世界（从中我们寻求"客观"、"实证"的知识）都影响着我们学习的形式和内容。所有社会的、文化的关系及其形式，不管是压迫还是特权，都直接或间接地塑造着我们所学的知识，决定着我们怎样去学，有时甚至影响着我们是否希望继续"学习"——正如我的退学行为所表明的那样。即使我们再也不能用19世纪诸如"教育铸就人全部灵魂"等古老欠妥的方式谈论知识，我们还是知道知识以两种形式出现——生产者的知识和消费者的知识。就前者而言，我们在习得知识的过程中创造知识，而后者，我们仅仅运用贮藏信息或"事实"。构建我的课堂生活的所有社会关系都展示了非白人妇女在学习和教授过程中受到的限制。

如果说在教育机构的背景下，知识生产的社会关系形成了一套未被阐明但却强有力的学习规则，那么其内容本身——文本、文学、分析/解释框架、方法或范式（简而言之，即我们称之为课程的东西）——则向我们展示了问题的另一个方面。这些内容不但讲授事实或提供"信息"，而且事实上还创造了约翰·伯杰所称的"看的方式"，包括观察角度和解释模式。这些内容不但包括一套系统意识形态观，而且还超出了意识形态领域，形成了一种全面的文化社会观及实践。① 这种作为中介的文本并非存在于一个独立的社会领域中，而事实上却是经常不加批判地吸收利用文化常识以及日常经验，并将之系统化，然后再赋予其以知识的地位（如社会事实、习俗等）以及知识创造的步骤（即理论与方法）。而且文本上的删改以及错误赋予了具体文本手段以正常状态，使诸如东方主义以及性别种族主义等思想看起来更为自然。当我们使用这些文本手段时，它们便发展成为自我疏离的一种怪诞形式，有时甚至会导致一种极不寻常的情况。比如说，一个和我们非白人妇女经历相吻合的语篇，要是用一种疏离的手段来加以解释的话，就会丧失其原有的观点及意义，不但变得毫无生命力，而且也颠倒了其原先的意义。因此，从这个意义上而言，针对 O. 马诺尼的《普洛斯彼罗和卡利班》而写的《地球上的可怜人》，便成了殖民地人民俄狄浦斯式反恐怖行为的一个例证，安杰拉·戴维斯的《妇女、种族、阶级》则成了"黑人女性主义"的例证，不过是女性主义的一个"不同"视角而已。②

可以生成内容或课程的这些文本问题，显示了知识生产的一些基本方面，而这些基本方面又或积极或消极地影响着我们。如果学习和教授的目的决定着所产生的知识类型的话，那么在这种知识里总是暗含着一个政治动力概念。这个动力，无论是主动的还是被动的，无论是生产者的还是消费者的，都是根据目标的变化而变化的（这一目标可能要么是社会变革，要么是维持现状）。假如知识是"主动性的"，即意在带来彻底的社会变革，那么这种知识必须是直接生产者的一种批判性的实践，而直接生产者的生活和经历又必须是他们努力创造知识

---

① 见 John Berger 的 *Ways of Seeing*（London：BBC，1972）。这是有关文化常识的基本读物，特别是"The Nude"一文。

② 参阅 Paolo Freire, *The Pedagogy of the Oppressed*（New York：Continuum，1970）。

的基础。这样一来，保罗·弗莱雷（Paolo Freire）所称的"银行学方法"（主张把学生当作是"事实"的贮藏室，其内容是固定的）则是不可能办到的。这种批判性/主动性知识便是一种基本形式，是总政治过程的一部分（当然还要依靠学生和老师的主观性），而意识（包括其产物及形式）也被视为是基于社会这一基础的。

教育过程包括要在人的生活或行为方式与人的思维方式之间建立起转换联系。这种知识的有用性在于它不但能提供对世界的可靠理解，而且可以影响或改变生活，而不仅仅是"有效地发挥作用"。"积极"的教育首先从直接具体的经验开始，通过理解日渐复杂、用以构造经验的文本"中介"，从而最终达到政治效果。女性主义的知识方案就是这种"主动性"知识的绝好例证。

女性主义在理论上依赖于转换认知方法，使主体性和直接动力得到确认。[①] 女性主义对于"专业知识"则不感兴趣，因为这种知识使妇女沦为局外人，将她们贬为固定知识的机器操作员。因此，从我们自身开始，制定一个改变自我以及变革社会的方案（隐含在"个人的即政治的"这一口号中），这一点并不需要做出什么辩解，相反，已成了一条基本的规则。如果说这是女性主义政治和教学法的基本立场的话，那么我们非白人妇女则陷入了令人困惑的情形之中。我们必须要问，是什么导致了我们即便是在女性主义教学法的语境中都会碰到异化的或排他性的文本惯例及社会行为？到底是什么魔力使得我们在文本中不被看见，要么最多是被分离开来成为特殊群体？为什么我们被否认了真正的动力种族主义和殖民主义？为什么我们的生活被构建于社会日常活动的边缘？

---

① 参阅 Dorothy E. Smith 所著的 "A Sociology for Women."，"Institutional Ethnography: A Feminist Research"，以及其他文章，载于 *The Everyday World as Problematic: A Feminist Sociology* (Toronto: University of Toronto Press, 1987)。

这些问题的答案并不是因为某个个体心存恶念，也不是由于种族主义者的阴谋（尽管有可能存在），而在于女性主义者所运用的理论、方法、认识论，以及这其中所滋生的文化常识。事实上，这种女性主义理论和其他任何理论没有什么不同之处，尽管为着不同的阶级服务，有着不同的意识形态上的利益（即便是无意识地以"妇女"的名义去做的时候）。

我的建议是，要思考一下一些主要女性主义方法的基本认识论立场，而不去关注它们表面上的政治差异和术语。对于这一建议，梳理概念对于任何认识论的研究都是中心任务。这些概念一般是以二元对立关系成对出现的，并以下列模式加以安排：一般（普遍）与个别、本质（抽象）与具体、本地（直接）与外地（间接）、部分与整体、经验（意识）与生产方式、主观性与物质条件。我们或许已经注意到，这些成对的概念中，其中一些概念表达的内容与其他概念所表达的完全一致。任何社会理论的效用，取决于它是否能够对社会认知的不同阶段之间组合式（即非对立性的）的相互作用，作出充分而又恰当的论证和理论说明。社会理论的解释性、分析性以及描述性（人种论的）任务，要求能够以非极端的措辞发现不同社会时期之间的中介，① 能够赋予任何一段经历以一个总的名称特定的真实性，以便揭示其"特殊性"。也就是说，它必须表明任何情境是如何有区别地、有特色地部分地呈现了自我，同时该情境又如何由其外部及周围的社会力量组成，并且该情境是如何展现和示范这些社会力量的。以这种方式来理解的话，

---

① 关于"中介"这一概念，从马克思意义上来理解的话，参阅 Raymond Williams, *Marxism and Literature* (Oxford: Oxford University Press, 1977) 以及 *Keywords* (London: Flamingo, 1983)，同时还可见 Marx 自己在 *Grundrisse* (Middlesex: Penguin, 1973) 中的论述。"中介"是马克思文化理论中的一个关键概念，在社会理论中显得越来越重要。

最"微不足道"的一件事也能揭示某种基本而又必需的关系，这种关系乃是作为整体的社会组织以及各种意识形式的内在本质。这种关系在最好的时候是一种相互关联、综合性的分析，需要用解构手段来表示中介的过程。它能够在一个更广泛的背景下，通过运用意识、文化、政治的唯物主义理论来深入剖析某一事件或经历并加以重新整合（以一种分散的方式进行）。我对不同的女性主义理论的描述是根据它们的能力而来的，即它们是否能够理解以及从概念上表征社会行为的中介性和结构性。在我看来，它们能作出一种不那么片面的社会分析和阐释的能力，就在于他们对中介的理解和把握。

在我现有的这些女性主义思想框架中，我将从一个最普通的开始——这也是我们最早学习的一个女性主义思想。在这一点上，我们不得不涉及诸如凯特·米利特（Kate Millet）、贝蒂·弗里丹（Betty Friedan）、杰曼·格里尔（Germaine Greer）等人著作里的性、性别、权力三者的关系，以及她们对于父权制的早期人类学概念作出的本质主义阐释。① 父权制曾经被剥夺了内容，沦为一般的社会组织和劳动分工（如男性之间或年长的女性亲属与年幼的男性亲属之间呈等级制的亲属关系），或者被当作生产方式的总组织（用以调节生产消费、分配以及交换）。"父权制"这一概念（起初用于研究资本主义社会以前的社会结构）被理解为男性与女性之间权力关系的一种未调解的形式。女性主义从其对父权制的解释中提炼出一种普遍性的权力理论——（每个）男性对（每个）女性的直接的、人际间的支配

---

① 尽管人们把 Simone de Beauvoir 的 *The Second Sex*（New York：Vintage，1974）和其他主要女性主义作家的作品相提并论，但 Beauvoir 并不完全拥有相同的哲学、政治观点。她的有关"父权制"历史化概念的马克思现象女性主义和 Millett、Friedan 等人观点相去甚远。

和统治。① 男性对于支配的需求和所拥有的统治权力被认为是其内在的属性，是与生俱来的（生物性的或本质性的），而且在社会上通过"性别"关系表现出来。就其最纯粹的形式而言（一种原初的冲动抑或本能），父权制表现为性领域中对女性的支配，并且与母性有着密切的联系。所有其他的社会关系和矛盾都证实了这种支配，而且也一并被纳入表现在男女性别关系中的基本对抗中。男性和女性彼此敌视对方，彼此的主体性构成了对方在本质上的他者性，造成双方的对峙状态。这种对抗性的"他者性"并非来源于历史和社会组织的内部，却从根本上为其提供了基础和根据。② 妇女主体性的真正基础被认为是两个因素的统一，即妇女的女性自我以及相对男性而言的妇女他者性（两

---

① 有关自由女性主义和激进女性主义对"父权制"的重新解释、更为清晰的论述，参阅 Kate Millet 的 *Sexual Politics* (London: Sphere, 1971) 或 Andrea Dworkin 的 *Pornography* (New York: William Morrow, 1980)。

② Angela Miles, "Feminist Radicalism in the 1980s", 载于 *Canadian Journal of Political and Social Theory: Feminism Now* (Vol. Nos. 1—2, 1985)。她对于这一问题的完整阐述概括了很多人的观点，并特别依据了 Mary O'Brien 在 *The Politics of Reproduction* (1981) 中提出的"本质上不同的男性和女性意识"这一理论。这一理论是基于"男性和女性物质上再生产过程的不同经验"而提出的（Miles 摘引，p. 21）。

Miles 的原文是值得一引的："除非一个人接受了人是社会生物或自由的概念，即人生来就具有攻击性、竞争性及贪婪性，否则他必须要提出质疑：为什么剩余以及其他统治来源的存在事实上正被一部分人用来支配另一部分人？"（p. 18）Miles 和 O'Brien 对唯物主义概念的脱离历史的理解导致了一种基于生物或人其他天性的本质主义观，这有别于马克思术语这一概念的用法，见 Annette Kuhn 和 Ann Marie Wolpe 编著的选集 *Feminism and Materialism* (London: Routledge & Kegan Paul, 1978)。这一脱离历史的唯物主义概念早期可见于 Shulamith Firestone, *The Dialectic of Sex* (New York: William Morrow, 1970)。尽管 Kuhn 和 Wolpe 的选集中鲜有历史观点，但该选集却把"物质的"解释为"社会的"，而非"生物的/身体的"。对本质主义语境中对唯物主义和马克思主义非常有趣但却极为错误的解读见于 Nancy Hartsock, *Money, Sex and Power: Toward a Feminist Historical Materialism* (Boston: Northeastern University Press, 1984)。在 Nancy Hartsock 看来，（女性的）经验以及肉体与心灵和他人、自然世界的关系**为发展一个不容质询的社会综合体提供了本体论上的基础……**（p. 246, 黑体为笔者的强调）。有关对 Hartsock 本质主义的批判，见 M. Kline, "Women's Oppression and Racism: A critique of the 'Feminist Standpoint.'", 载 *Race, Class, Gender: Bonds and Barriers* (Toronto: Between the Lines, 1989)。

个单个而又独特的主体,其意识在本体论意义上而言是对立的),这一观点假设全球的妇女都是一样的,不论处于什么社会和历史时代,甚至不论个体区别。

这种女性主义理论展示了其自身对父权制的认识,同时也质疑了该认识,并最终颠覆了这一认识。这一系列的举动是通过假设一个叫做"妇女"的范畴,将其看成一个统一意识以及普遍主体的方式来实现的。这一范畴仍然是基于妇女相对男人而言的他者性,只不过这种他者性在未被支配时可作为世界中的主体而自由存在。女性主义本质论提出假想(虚构)的妇女主体这一概念,未能将妇女纳入历史和社会中,这样一来,通过把性别关系从其他所有社会关系中分离出来的方式,它抹去了妇女自身内的真正矛盾,创造了一个抽象概念及神话("妇女")。这种脱离历史、脱离人们实际生活,将自身看成是非本质的、偶然性的主体的做法,完全是以理想主义的认识论为基础的。

这样来看,性别和父权制成了意识形态的产物,不再是用于社会分析的概念,即使从结构上而言,两者在根本上也是互相矛盾的。理论是依赖于这样一个假设才建立起来的,即"真正的"或普遍的才是"本质的"(超越历史和社会),然而同时,这种"本质"或普遍性又是从历史或社会个别现象中推演而来的。使"性别"关系脱离整体,并赋予其独立的地位和超然的普遍性,于是,整个社会组织复杂而又必不可少的中介便产生了断裂。这种自相矛盾的理论之所以变得可信,并非依赖于它所揭示的关于妇女的任何本质性真理,而在于它是从我们所知道的大多数社会中无所不在的权力关系的详细阐述中总结出来的。社会历史因此便被描述为一场人际间父权制戏剧的周而复始的重演,剧中的两个主人公拥有权力的程度和无权的程度之间的比例则是永恒不变的。

使父权制或性别关系脱离历史和社会组织的语境(为既合

作又对抗的双重社会关系所构建）掩盖了权力运作的真正方式。运用这一框架，我们无法对一个事实作出概括，即妇女共同参与创造和维护了阶级以及种族的统治，且"性别"也暗含于其中。我们也无法理解不同社会阶层是如何共同合作，赋予"性别"这一概念的，无法理解为什么这种合作又与妇女在统治阶层及其隶属阶层中注定的从属地位是同时发生的。我们无法用这种理论阐述妇女在阶级、种族方面的经历（在西方社会）。这种先前对现实的阐释将所有的妇女限定为女人，同时又否定了她们在实际生活中的关系。在这种本质主义论中，种族（构成统治关系的一种范畴）或阶级变得难以觉察则是可想而知的。

这种隐秘性也进一步说明了压迫的现状。工人阶级中的白人女性与非白人女性找不到任何能够感到与本质主义理论家平起平坐的理由。本质论的一般性并没有赋予她们以力量，却将她们湮没在其中。所有的女性都有着各自不同的主体性，同样受到外界压迫（肯定不是来自彼此），[①] 据此，所有关于"姐妹情谊"的概念在和错误的普遍性相抵触的实际经历面前都趋于崩溃。女性主义本质论最终变成特权妇女们为其自身利益而非法偷运的一个幌子。正如伊丽莎白·斯佩尔曼（Elizabeth Spelman）所言，"被视为本质主义（普遍性）范畴的妇女犹如特洛伊木马一样"，"越认为其具有普遍性，则越有可能是错误的……女性主义理论为白人中产阶级的特权和利益提供了一个温馨怡人的家园"。[②]

近年来，很多白人女性主义理论家已经意识到本质主义论所设下的陷阱。她们的兴趣已经从相对于男性而言的女性"他者"

---

① 见 Tania Das Gupta 就"白人中产阶级假装为所有妇女代言"问题为 *Race, Class, Gender*（Toronto：Between the Lines, 1989）写的序言。

② Elizabeth Spelman, *Inessential Woman*（Boston：Beacon Press, 1988），p. 13．

（以及对此的否定）转向了"他者女性"。① 这并不完全是一个无意识的条件反射，而是非白人妇女②和白人及非白人女同性恋者的强烈不满和愤怒的一种表现。在新的理论中，经历、主体性、政治动力已成为争论的中心。这里，不同妇女群体所遭受的压迫经历的特殊性和即时性，在"差异"概念下已被加以理论化和政治化。由于对多样性、特殊性、多元且变化的主体立场以及自我表征的强调，差异政治已抛弃了普遍主义观点。

理论体系中"经验"的介入，使得女性主义理论转而谈论具体的现象和有形的实体。比如在英国和美国，同贫穷、歧视、剥削等相关要素一样，种族主义成为发达资本主义制度中决定妇女经历的中心因素，这一点已经得到了最强烈的关注和重视。③ 非白人妇女已开始为自身的权益大声疾呼，并因此被视为"异类"，同时在理论上被赋予了能够公开表达自己呼声的同等权利。女性主义主流思想中，大多都相信只有我们自己才能为自身

---

① "充满悖论的是，在女性主义理论中，认真地接受女性中的差别就等于是拒绝，根本原因在于女性主义中潜在的支配政治……" Spelman, *op. cit.*, p.11。"拒绝"可以使人看到女性之间（尤其是白人妇女和非白人妇女）的真正差异，有关这种"拒绝"特别参见 *The Politics of Diversity* (Boston: Beacon Press, 1986) 中的序论。有关差异的不同观点，见 Sandra Harding 和 Merrill B. Hintikka 编著的 *Discovering Reality* (Dordrecht, Holland: D. Reidel, 1983)。Hester Eisenstein 和 Alice Jardine 编著的 *The Future of Difference* (New Brunswick: Rutgers University Press, 1985)，以及其他一些选集（其中一些已包括在参考目录中）。差异政治论及范围较广，有"多样性"的新多元主义，也有对权力关系更为激烈的坚持。其中较好的例子有 bell hooks, Trinh T. Minh-ha 等人的作品，甚至还包括哲学家 Spelman、文学评论家 Toril Moi 的作品。然而 Sandra Harding 却属于"多样性"的传统范围。

② 关于黑人妇女及亚洲妇女的有力证明，见 *The Empire Strikes Back* (London: Hutchinson, 1982) 以及很多其他美国、英国的作品。其理论范围主要是在马克思主义（Angela Davis）和激进主义（bell hooks）之间。

③ 见 Toril Moi, "Virginia Woolf", 载 *Canadian Journal of Political and Social Theory* (Vol. 9, Nos. 1—2, 1985)。在这篇文章中，Toril Moi 批判了人文主义、总体化了的美学和政治，呼吁变化的主体立场和与全体相关联的政治。根据她本人以及相关其他人的观点，我们应该"激烈地破坏统一主体的概念"，放弃"对统一个体认同（或性别认同）或真正的'文本认同'的追寻"。所有其他的观点都是"高度还原的、有选择性的"(pp.137—139)。同时，在这一去中心的语境中，也可参阅 Pamela McCallum, "Woman as Ecriture or Woman as Other", 载 *Canadian Journal of Political and Social Theory*。

辩护，认为妇女们不同的经历为多种类型的政治提供了依据。①

然而这种"差异政治"并不如其表面看来的那样是纯粹有益的观点。如果说女性主义本质论范式大肆宣扬一般性（普遍性），对社会文化、历史的具体现象视而不见的话，差异政治则在具体现象方面犯了错误，常常造成"只见树木，不见森林"的后果。差异政治在一个主体身上发现了多重政治特性，并且在表达这些特性时，赋予了它们和其他不同主体立场以同等而又完全的价值。这便创造了一个主体的多重政治特性和其他不同主体得以积极共存的可能性，完全忽视了经验自身的连贯性和社会关系的真实对抗性，而这种连贯性的经验和对抗性的社会关系正是构成言语行为或言语表达的基础，为"差异"提供了一定的语境和存在的理由。将经验和表述强调为政治活动的主要形式，就等同于在公民言论自由的总格局内首先主张自由言谈（文化表达）的政治见解。在女性主义语境中，这常常意味着尽管中产阶级的白人妇女不为我们说话，但只要她们给了我们同等的时间（因为在我们到来之前，她们就已获得控制权），情况就已不错了。然而白人妇女自身在阶级地位和其他的领域并没有获得平等的地位，非白人妇女要求和白人妇女同样的地位则不能影响，也不能质疑我们所处社会在根本上不平等的状况。通过这种结构关系，我们无法看到构成非白人妇女性别种族主义经验的总社会关系和常识，而正是这种关系和常识使得她们的肤色成为一种更深层、有待进一步研究的"差异"的社会文化标记。而且，更进一步地说来，在我们主要着力于表达我们自身所遭受的压迫的同时，我们不太容易注意到其他的压迫，或者不太容易跳出我们自身的发展去做客观的思考。彻底变革的重任，即从整体上重新调整不平等的社会关系，却没有列在主要工作的范围之内。

---

① 关于此点，很好的一例是 Trinh T. Minh-ha 的新书 *Woman, Native, Other* (Bloomington: Indiana University Press, 1989)。该书一方面通过殖民话语仔细地勾勒出第三世界妇女的客体化，同时也单独在话语层面思考了这种支配和统治。

由此看来,"差异"这一概念显然需要提出质疑。这样的"差异"表现在哪里?我们与谁"不同"?只要我们稍作思考,便会清楚地发现有着政治意义的"差异"并非一种有益的文化形式。导致我们"不同"的"差异"并非我们内在固有、与生俱来的东西,而是建立在我们与标准准则相背离这一基础之上的。既然各个白人团体彼此相异,与我们也相去甚远,那么非白人妇女之间也会彼此大相径庭,这样便出现了一个问题:为什么白人中产阶级中不同性别的女性主义者不需要使用"差异"概念来论证他们(她们)自己的理论或政治见解呢?一旦提出这样的问题,差异便成为我们非白人妇女在种族主义社会组织中彼此之间的相似性问题,这种社会组织使我们成为"他者",而把自我身份(主权)赋予了白人妇女。正是这些种族主义模式从我们的肤色、相貌、文化等方面创造出了各种政治标记,导致了我们被压迫的经历。这样的话,我们的"差异"并不仅仅是目前正遭受着任意压制的"多样性"问题,而是一种对基本社会矛盾对立既给予关注又保持沉默的一种方式。"差异"概念将重点放在了社会现实的表述(文体或语言)观上,因此掩盖了日常生活和总(国家或国际)社会经济组织之间的种种对立。① 这一概念使我们无法理解种族主义

---

① 反对列举的现象是非常普遍的,然而,一些有关加拿大妇女政治经济的有代表性的文本表明了我所注意到的这一现象,如:Acton 等编, *Women at Work* (Toronto: Canadian Women's Educational Press, 1974); FitzGerald 等编, *Still Ain't Satisfied* (Toronto: Women's press, 1982); Heather Jon Maroney 和 Meg Luxton 编, *Feminism and Political Economy: Women's Work, Women's Struggles* (Toronto: Methuen, 1987)。这些书不但有助于说明我所提到的"种族盲目",同时也表明如果离开殖民主义、帝国主义和加拿大资本主义的行为惯例以及随之出现的种族话语和常识来理解阶级和性别的话,阶级和性别则会被想得过分简单化。关于此点,还可见 Juliet Mitchell 和 Ann Oakley 编的 *What is Feminism?* (New York: Pantheon, 1986)。在该书的整个序言中,不是在谈论种族主义就是在论述英国、美国、加拿大三国非白人妇女生活的种种独特性。有关"工人阶级妇女"的任何谈论,脱离了此语境就纯属空谈。在加拿大的语境中,有关"有色妇女"的分离和边缘地位,见 Nancy Adamson, Linda Briskin 和 Margaret Mcphail, *Feminist Organizing for Change* (Toronto: Oxford University Press, 1988)。

并不仅仅是一个"文化"(意识形态)问题,也无法认识到我们所遭到的种族主义压迫的根源和白人得以享受特权的原因如出一辙。在"差异"的名义下,我们仅倾向于对个人经历作出充实而又直接的描述,而不会突破这一局限去进行社会分析,以便揭示出白人所享有的特权和黑人所遭受的压迫正是由同样性质的社会关系所构建的。

"差异"政治在其激进姿态下掩藏了一种新自由主义的多元论立场,即便连权力和暴行都被强调为"区别性"因素的时候也是这样。总的说来,"差异"政治就等同于倡导以自由市场为基础进行利益竞争的元理论。政治领域模仿了市场领域中的运作,政治自由意味着所有的政治商贩们都有在竞争中平等展示自身商品的自由。然而,将社会视为各个竞争个体的聚集体,或最多视为零散的组织或共同体的观点,使得总社会组织这一概念在理论上变得不可思议,因此也难以名状。所有这样的尝试,因其对经验和表述的个体性及独特性的笼统化处理和不利影响,而未予以考虑。诸如资本、阶级、帝国主义等概念,因而便认为是笼统而又抽象的"大师叙述",是政治主体性的并不可靠的基础,原因在于这些概念没有关注直接经验的具体性,仅是通过理性分析的方式而获得的。"父权制"的大师叙述(持"差异或多样性"观点的女性主义者确实遵守了这一点——因为他们将自身定位为"女性主义者"),因其在经验中断裂,被局限在种种具体身份的范围中,因此无法为社会变革的共同行为提供一个总的根基,也没有对"本质主义"和"笼统化"感到恐惧。

显然,拥有平等表达的权力肯定好于垄断的情形。让人们发出自己的呼声就等于是赋予了他们以权力。即使其他方面都无法实现,言语行为自身也会得以维持下去。假如我所在的那些教室里言论有"差异",我们就不会那么失望愤怒,也不会保持沉默。我们将会直接说出这些话语,不过我们会谈论些什么呢?我们又怎么去跟那些和我们没有共同经历的人交流我们特殊的生存方式和认识方式呢？而且最终我们谈论的目标又是什么呢？

差异政治中看似不俗的特殊论和个体论，不仅避免了社会关系总组织的命名和规划，还将经验从主体拥有社会属性的不断被阐释的动态过程沦为一种更为静态的概念，即"身份"。身份这一概念为了强调个体的独特性而淡化了社会和历史的因素，其自身最多只可扩展为一种细节上的相似性，因此"身份"所强调的是内容，而非过程，导致了各种知识界限。这样看来，我们根据现实生活所讲述的经历就成了我们政治目的地的终点，而不是对自我进行积极（解释性）定义的开始，而这一点也为我们的社会提供了一个基本的关系。主体性产生于某一共同的"社会"和精神空间的说法于是变得模糊起来。

这一社会空间因真正的对抗和矛盾的存在而变得支离破碎，其中一些妇女的特权直接妨碍了许多其他人的利益，然而这并没有阻碍社会空间为社会成员所"共享"，它是所有社会成员所居住的共同的社会场所。占据社会的不同部分，允许有区别地利用社会、经济、文化资源和政治权利，这并非是要免除任何社会成员回答什么组成社会整体这一问题的可能和责任。"差异"是主体性呈碎片似的表征，以"差异"开始并在"差异"中结束，使我们无法面对（说出）一个事实：创造每个个体独特的经历需要一个总的社会组织，导致某个人有权利的因素恰恰正是另一个人权利的丧失。对直接经验的翔实描述是个必不可少的起点，但它必须拓展为对社会中介形式的复杂分析。

"差异"概念提出了，同时也掩盖了一些非常基本的认识论问题和社会问题。它开启了通往众多经验和可能性的大门，但同时，由于害怕概念的笼统化，担心会将主体性和直接情感、经验相提并论，它又拒绝接受这些非常相似事物的任何"社会"阐释。任何更大的共同因素的确立，靠简单的细节对应原则就可以做到。随着细节结构的每一次变化,现实本身也会有所变化。经验主义将细节的每一次脱离语境的变异——不管其当时看来是什么——等同于实际发生的事情。正是这种经验主义导致"差异"理论在政治性表述或推论性表述的方式之外无用武之地。从其最广的意义上而言,它最终发展成为一系列的"问题"和"共同体",各自分离而又自足,成为具有本体地位的实体(然而权利相等)。由于缺乏对意识形式和社会关系的分析,"差异"理论缺少应用于革命性政治的潜力。殖民主义、帝国主义、阶级或"种族"——所有涉及广泛历史社会范围的概念——首先是作为推理实践而存在的,这种推理公然反对任何系统的存在,不顾个体和他们的互动关系而进行命名。最终,这些概念被转变为"权力"的隐喻,其延续下去的理由和根基依然是无法界定的。

即使自由主义传统中最好的方面,也不能提供一种社会分析来解释或揭示处于同样社会关系中的白人妇女、黑人妇女(在种族主义社会中)是如何有着完全相反的结果(效果)的。

对于这种社会分析,我曾求助于"马克思主义女性主义和社会主义女性主义",将其视为涉及阶级和性别(父权制)的具有双重突破性的社会方案。但是,只要表征(直接动力)及"种族"问题不是这种社会分析的焦点或基础,情形就甚至会更复杂些。"种族主义"、"种族"以及发表理论或政见的非白人妇女通常在"马克思主义女性主义和社会主义女性主义"的文本世界中都是缺在的。① 这种缺在不仅使白人妇女感到失望,使之遭受了严厉的打击,而且更为根本的是,它对于整个马克思主义

---

① 有关此点的例子,见 Meg Luxton, *More Than a Labour of Love* (Toronto: Women's Press, 1980)。提及核心家庭(即只包括父母及子女),并视其为"家务劳动"的主要场所,Meg Luxton 从"劳动过程"方面系统阐述了每日家中的生活。正如她所言,家庭是"一个生产过程,在经济交换的两个场所(即劳务市场和消费者物品市场)之间进行"(p. 16)。关于在家中创造的"价值"和"家务劳动"的讨论,见 Bonnie Fod 编, *Hidden in the Household* (Toronto: Women's Press, 1980)。

女性主义的理论和政治方案提出了质疑。

如果我们从动力及表征的相关理论方面评价马克思主义（社会主义）女性主义的话，这两者我们几乎都不感兴趣。我们显然卷入了两种不同根基的社会方案之间有待解决的关系之中。马克思主义女性主义中的"马克思主义"或阶级分析主要是马克思"政治经济学"观点的一个变体。由于女性主义者和她们的男性同行共同从事"科学"的社会分析，女性主义政治经济学在很大程度上试图在资本主义生产中为妇女和劳动的性别分工定位。女性主义者同时也把马克思主义等同于政治经济学，运用同样的实证主义方法来解读《资本论》，尽管以此作为对男性马克思主义者的性别主义以及无视性别的报复。马克思女权主义的主要成就包括将家庭附加于资本，作为其再生产的场所（也是其再生产的功能之一）。也就是说，它把劳资关系的"私有"形式变成公共关系和经济的关系，似乎在通过对其进行层层盘剥而使其赤裸裸地显示真正的经济功能。这种经济主义观和生产主义观恰恰在女性主义的政治经济学中得到了继续的强调。妇女的"缺在"状况得到了矫正，而且，正如家务劳动以及关于家务活报酬的争论所表明的那样，妇女们现在则被认为对资本有着完全的贡献，可以在家中创造"价值"，进行"再生产"来间接增加剩余价值。在使"私有"公众化的努力过程中，构建个人、文化、家庭生活的种种社会关系和意识形式——所有这些都被冠名为"主体性的"，因而也是现象性的——都仍然没有被包括进"阶级"和资本主义的分析范围中。对《资本论》抽象的、经济主义模式的解读，由于忽视了使用价值和社会属性，将整个生产方式概括成了"经济"（即仅涉及交换价值和流通领域方面），因而忽视了马克思是把资本作为一种社会关系而不是一件"东西"来分析的。因此，对《资本论》的经济主义模式的解读并未获得对"种族"、族裔等看似意识形态—文化因素的总的理解和评价，这一点就不值得奇怪了。近年来的著作中似乎出现了这样一种事后的思考：种族主义和性别论是组织殖民时期的资本主义和西方现代帝国资本主义的必不可少的社会关系。①

但是女性主义政治经济制度即使被理解为社会的经济主义模式，它仍然需要拓展其自身的意义，超越其现状。就加拿大的情况而言，我们需要能够为我们提供商品生产世界的劳动，其中生产者充满活力，是有意识的主体，而非生产过程中功能性的假设，这一劳动需在组织复杂性和结构复杂性方面展示加拿大经济。历史上加拿大曾是白人定居者的殖民地，现在则成了一个帝国资本主义国家，不断地以族裔、种族、阶级为基础输入劳工——在其自身的国土上制造"阶级"。脱离了加拿大这一历史和现状的话，加拿大经济则变成了一个抽象体。对"种族"、种族主义以及持续不断的移民现象等因素的抹杀，有碍于对加拿大经济的充分认识。加拿大劳务市场（包括其划分）的构建，和有关不平衡发展或剩余价值剥削具体形式的资本积累，都是些非常重要的例证。然而，我们清楚地知道，如要不指出"族裔"、"种族"作为经济组织管理范畴和国家组织管理范畴起了多么基础作用的话，我们便无法对一些国家，如英国、加拿大、美国和法国、西德的政治经济作出准确的经济描述。马克思主义女性主义者所努力获得的"性别"意识和关于资本中妇女贡献作用的意识，并没有使他们（她们）认识到实际存在于经济组织中的

---

① 如 Pat Armstrong 和 Hugh Armstrong 的 *Double Ghetto* (Toronto: McClelland and Stewart, 1978) 就呼吁以文本本身逻辑为出发点的概述和具体说明，要求通过加拿大资本对劳动组织作唯物主义（即历史的和社会的）分析。Dorothy Smith 在评论女性主义对其传统的具体化话语不加批判的接受时，注意到政治经济没有能力向种族主义妥协。见 Smith, "Feminist Reflections on Political Economy", 载于 *Studies in Political Economy* (Autumn 1989), p. 53。

区别性剥削的社会特性。① 他们甚至没有从实用角度采用"种族"和族裔范畴，也没有考虑到实践种族主义来增强自身对资本的理解。直到最近，由于非白人妇女自身的抗议和分析，我们才在关于政治经济的论文或专著的序言中听到不断吟诵的关于"性别、种族和阶级"的祷告。② 但是为什么种族主义仍处于不断被命名的阶段，而不是成为经济分析的一个必不可少的组成部分？

马克思主义女性主义者的政治经济观中，没有把种族主义纳入经济分析范畴的失败，源于他们最初解读马克思主义的实证主义方法中的抽象化特征。在路易斯·阿尔都塞（Louis Althusser）的影响下，对意识形态和资本及其状况的复杂深奥的解读，使得这一抽象观更具现代特征。我们获得了有关"社会结构"的新理论，它们既是一个自足的、自我衍生的体系，又互相交叉重叠（最后才由经济决定，而非首先由其决定）。对于这些新理论，我们是以"科学的方式"加以归纳的（沿着"总体性原则"步步上攀），它们可以算作矫正早期实证主义"经济主义"观的一种方法。经验、自我、社会、文化等任何主体性因素都被视为一种对非现实的意识形态的污染形式而遭到摒弃。阶级和阶级斗争

---

① 见 Pat Armstrong 和 M. Patricia Connelly, "Feminist Political Economy: An Introdution", 载 Studies in Political Economy (Autumn 1989)。"在我们看来，阶级必须通过种族和性别在地区、国家、国与国的背景中重新语境化。已经应用于很多阶级分析的对阶级一成不变的归类并不能获得性别、种族/族裔，或阶级的体验。"（p.5）这一陈述使我们注意到我先前谈论的那个缺陷，这可在整个女性主义政治经济中发现。见 Barrett 和 Hamilton 合著的 The Politics of Diversity (London: Verso, 1986) 一书中的序言。即使"政治上正确"的手势用以表示加拿大本族人民的苦境，该序言中还是视加拿大为两个民族（即英国和法国）的合并体。Roxana Ng 对这种史学著作中的种族主义特征的评述，见 Roxana Ng, "Sexism, racism, nationalism", 载于 Race, Class, Gender (Toronto: Between the Lines, 1989)。

② 对这一句子结构理解的有趣例子来自于对家务劳动的系统阐述。Meg Luxton 的著作 More Than a Labour of Love 开头如下："家庭主妇在加拿大是最大的职业群体。"（p.11）谈到一个家庭的四个结构或"不同工作步骤"时，Meg Luxton 写道："每个步骤都包括各种不同的任务，都有着各自的历史，同时还有着各自的节奏、压力和自身独特的变化模式。"（p.19）

的主体性层面由于涉及政治动力和直接表述的理论化，出于革命的考虑而变成多余的了。以"科学"分析为名，政治主体的所有基础都被擦抹了，而且随着这些基础的消失，各种不同社会矛盾的复杂性也随之消失了。

因此，社会空间便被视为连接不同"结构"的链子。这些结构链在某种程度上可"自我衍生"，然后抛开原先的链子，通过人这一媒介和其他结构链接，以便实现它们的意志和目标。① 马克思创作关于自我解放著作的革命动力和历史自身的创造，两者之间是政治和阶级意识的关系，这一关系和该方案毫不相关。革命方案的主体性层面遭到弃绝，被当作是"人文主义"或"理想主义"，在马克思思想发展中属于前科学的革命阶段（"认识论上的断层"）。政治主体性理论牵涉经验和动力的马克思主义者，如萨特（Sartre），各种不同的解放运动的理论家，如法农（Fanon），研究文化历史理论的马克思主义作家，如威廉斯（Williams）或汤普森（Thompson），他们的见解都几乎没有得到吸收和利用［希拉·罗博特姆（Sheila Rowbotham）和其他少数几个人例外］。不仅仅是非白人妇女，对于热衷发起革命性社会运动的任何人而言，都无法在阿尔都塞式的马克思主义框架中为直接政治动力找到积极主动的、有意识的、有创造性的、完全主观性的理由和根据。而且就这些方面而言，"种族主义"被视为一种文化和意识形态（超结构的）现象。综上所述，种族主义要么不予以考虑，要遭到贬抑，最终沦为一种粗浅的说话人态度的问题。②

---

① 见 Lydia Sargent 编，*Women and Revolution: A Discussion of the Unhappy Marriage of Marxism and Feminism*（Boston: South End Press, 1981）。在题为《新左派女性和男性：蜜月结束了》的序论中，Lydia Sargent 提到"日常杂务问题"（如谁打扫办公室等）和"理论问题"（如谁领导革命等），展现了左派女性去留两难的尴尬境地。在 Sargent 的分析中，"谁"是动力及经验是重点讨论对象，但 Sargent 并没有提供答案，也没有质疑左派男性所推行的马克思主义。相反，我们仅听到类似"谁领导革命"之类的提问。

② "Feminist Reflections"（p. 53），载于 *Studies in Political Economy*（1989）。

社会主义/马克思主义女性主义者提出的政治经济观中这种客观的、结构上的抽象观，为他们整个社会方案提供了理论基础，而这一抽象观同他们在性别革命中倡导的完全的"女性主义"的主体立场又是极不相容的。马克思主义女性主义者自身已详尽地对这一进退两难的尴尬境地作了评论，把它说成是"马克思主义同女性主义结合的不幸福的婚姻"。近来，"社会主义女性主义者"试图对这一结合提出进一步的质疑，同时也努力调解这一不幸福的结合。但他们似乎把对这一尴尬境地的深入思考撇在了一边，断定即使认识论的前提和分析性的前提相互对立，量变也能引起质变。也就是说，在经济结构分析中，他们已经增加了另外一套结构，直接来源于工薪阶层。在社会生产领域和家庭生产领域中，作为"社会结构"的家庭这一"私有"王国和父权制这一"意识形态结构"在意义上相互交叉重叠。这种经济主义的分析在"个人范围"的激进女性主义分析中得到了与之相对应的理论的补充，但是两者却未在马克思主义理论中有效地融为一体。激进女权主义者提出的话题，如母性和性特征，都已包括进关于妇女压迫的文本中，以此来表明这种融合。但是这些话题不是从经济方面加以阐释，就是和一些经济因素相提并论（尽管有时处于从属地位），被当作是生产方式的"文化/个人"方面。

　　正如海地·哈特曼所指出的那样，这种"马克思主义同女性主义结合的不幸福的婚姻"，既不能用将女性主义包括进马克思主义的方式来处理，① 也不能通过用有质的不同的各种认识论立场相加的算术来建构社会整体的做法加以解决。马克思在论费

---

① 见 Heidi Hartman,"The Unhappy Marriage of Marxism and Feminism: Towards a more progressive union",载于 *Women and Revolution* (1981)。"马克思主义与女性主义的结合就像英语普通法律中描述的丈夫和妻子的婚姻一样。马克思主义和女性主义成为一体，是一种马克思主义。最近将马克思主义和女性主义结合起来的企图并不能满足我们这些女性主义者的需求，因为他们将女性主义斗争纳入了一个反对资本的更大斗争中。"(p. 2)

尔巴哈的第一篇论文中指出,客观主义(唯物主义)立场从根本上是与主观主义(唯心主义)立场相对立的,二者都与一种内省的历史唯物主义观点相对立,后者认为社会是"人类感性的实践活动"。① 由于缺乏文化社会构造的概念,把整个社会因素狭隘地理解为经济因素,马克思主义女性主义者在自我、文化及经验等方面与他们自身所处的那个世界之间制造了一个不可逾越的鸿沟,很少谈论政治主体问题。

在马克思主义女性主义者的作品中,找不到任何真正而又连贯的基础来构建一个直接的革命动力。仅就他们是女性主义者而言时,他们才能正当地依赖于主体层面(但他们却将其仅当作是"唯心主义"的)。并不是因为他们是马克思主义者(即科学的社会分析家),他们才能够吸收利用其在男性世界或政治组织中的经验,只是因为作为女性主义者的那种自我"感受/经验",才使他们断定自己应该直接从事自己的政治,驱除男性的表征角色(即便是那些伟大的男性理论家也是这样)。不过这种以"感受/经验"为基础的正当化从未同他们"科学"客观的经济分析相协调。②

不采取唯物主义的、历史的意识观,不依据劳动、自我、社会三者之间存在的有意识的转换关系的理论,自我或主体的概念就会在任何形成性的、根本的意义上和社会组织或历史没有联系。马克思主义女性中的"女性主义"成分,毫无批判地吸收

---

① Karl Marx, *The Critique of German Ideology* (New York: International Publishers, 1970).

② 在 *Capitalist Patriarchy and the Case for Socialist Feminism* (New York and London: Monthly Review Press, 1979) 中,Hartman、Sargent 以及 Zillah Eisenstein 是这种作为马克思主义者和女性主义者知识与自我分裂的有力证证。同时,伴随而来的情况是性别与阶级两概念的分离,性别和阶级成了可被加在一起的两个不同的社会领域。关于这种分离,见 Gloria Joseph, "The Incompatible Menage a Trois: Marxism, Feminism and Racism",载于 *Women and Revolution* (1981)。

了本质论或唯心主义观的主观主义立场，正如其中的马克思主义成分是一种客观唯心主义一样。当今的社会主义女性主义并没有解决这一进退两难的尴尬状况，而是采取了缄默的态度。由于两种截然不同的认识论立场之间的矛盾，女性主义者正在寻求"差异"理论——这一理论也帮助其完成了妥协和折中的过程。

"差异"理论以及对"多样性"（允许共存）的呼吁，已清除了社会主义女性主义者和马克思主义女性主义者早些时候对综合性分析或理论一致性的忧虑。奥克利（Oakley）和米切尔（Mitchell）二人（均为旧马克思主义者）所编的《什么是女性主义？》一书，就精心挑选了一些主题、作家和分析，非常有效地论证了这种妥协。"我们同为女人"曾是自由女性主义者的标语，也同样出现在马克思主义女性主义中。不过十分有趣的是，在整部文本中，"妇女"这一概念（连同其变化形式）主要是以白皮肤来标志其边界的，这表现了常识意义上的种族主义的阴险狡诈。

超越"他者"、"身份认同"与"结构"

> [人民]创造自己的历史，但他们不能以自己愿意的方式进行；他们并非在自己选择的环境中创造历史，而是在从过去直接发现的、给予的并得以传承的环境中创造。
> ——卡尔·马克思《路易·波拿巴的雾月十八日》

"他者"、"身份不同"、"结构"等理论或多或少都包含些真理，大多自身都有错误，所以，这些理论并不能解释我的世界，也不能满足我的教学要求（本文出发点就在此）。把各个具体的矛盾归结于本质主义或结构主义中某个抽象概念，或者在把他们纳入静态的"身份认同"的同时创造多个主体，这些最终都不能创造一个可使我们拥有存在和政治可靠性的知识体。

因此，我们需超越手势、信号和结构，去创造一个积极的、革命性的知识体。在此，我同意马克思的观点，我们不能仅满足于"阐释"世界或介绍对世界不同的阐释（阐释的阐释），而是需要改变它。对我们而言，仅仅拥有能力、权力、空间来表达我们的思想或描述我们的经历是不够的。我们得要终结并非我们自己创造的压迫环境及社会组织，这样才能凸显我们的经历。我们必须同时要意识到存在于我们的意识和我们所处社会之间的认知的、实践的、转换性的关系。我们还需记住，我们出生的世界或我们移居进的（虽是自愿，却受到了资本的推动或政治危急时刻的驱使）世界已先于我们而存在，并且超出了此地、此时的局限，无须说，它给我们施加了一种构成性的压力，即客观决定力。我们是既积极主动又被其他事物所作用的主体，没有这种主体，历史将沦为自我衍生的黑格尔式的范畴。我们非白人妇女，因为不仅试图表达我们遭受的压迫而且也试图结束它，所以需要允许我们担当历史的主动行为者的可靠知识。这种知识不可能在压迫统治的情境中产生，只能通过有意识的反抗统治才能产生。只要这种知识是通过追寻历史和社会关系来探索我们受压迫的原因和形式，它就必须要在其研究方案和目前的研究方法中保存我们的具体主体立场的完整性。

这种新的理论模式必须要挑战概念的二元对立关系，如一般与特殊、主体与客体等，要表现概念之间调和性的、融合性的、构成性的和组成性的关系，否定概念的极性化。这可以通过进一步讨论马克思在《资本论》和《概论》中展示的"调和"概念来做到。这个概念的唯一目的就是捕捉动态性，表现社会关系和形式是如何通过相互作用在彼此中动态地形成，最终旨在说明生产方式是如何在历史和社会中具体形成的。这种方法确保了社会存在的一体化现实性既不会从概念上断裂，变得支离破碎，也不会被抽象为空洞的普世主义，既没有由单一方面所作的推断，即部分代表整体，也不存在排除所有部分的整体。在这种框架中，关于社会方面的知识是在对具体事物的解构过程中产生的。具体事物被解构为多种多样的社会关系和形式的调和，从而展示了"多种决定力量的汇合"。①

这一理论允许我们创建一种能够让我们内在现实（精神上/概念上）与外在现实相接近的知识体，那么，通过主观环节和客观环节之间构成性的相互作用，即不同社会关系的种种个别形式，我们能够表明社会性和历史性是如何总是作为社会存在和社会认识的"具体"形式而存在的，同时又是如何存在于这些具体形式中的。我们自身及各自所处的世界既表达着、体现着、包含着个体经验目的以及定位，同时却向外延伸超越了这些范围。任何本土、直接、具体的事物都被视为是"特定而又具体的"，而不是"特殊和个别的"。事实上，任何单一实体不仅有其独特性，还显露出其所属种类的共性，即既和一般有着同源性，又是一般的典型化。从时空上而言，任何事物都存在于此地、此时，然而同时，它也存在于历史及其周围的社会组织中。

我一直都在指出，我们需要一种内省的、相互关联的社会分析，其中需包含基于我们经验的直接表征和动力理论。因此，我可以直接描述发生在我身上的事情。不过，我的经历仅是我个人政治的起点，至于我的进一步政治化，我必须在更广义的社会历史和文化框架中叙述我的经历，这种框架标志着包含及塑造了我们生活的那些更大的社会组织和形式。我试图作出描述的努力本身就孕育了解释和分析的种子。我们必须要超越表达上的自我指涉，与其他因素进行时空上的相连。鉴于此，对最小的种族主义事件的充分描述可为下述几点提供理解的余地或一定的语境：奴

---

① Karl Marx, *Grundrisse* (1973), p. 93.

隶制、殖民化及帝国主义；剩余价值剥削及通过性别、"种族"、族裔进行的劳务市场的建构；组织及促进上述步骤及实施的国家；伴随而来的意识的具体形式。

在这一点上，我们必须要问一个问题：既然我们非白人妇女深受种族主义之苦，那么这一问题是否就是所谓的"黑人"问题？对于直接表征的表达及要求的权利，向种族主义采取行动的权利，以及不同妇女团体参与此问题的合法权利已成为招致许多辛辣批评的焦点，并引发了众多的分歧。通常只有下列两种选择方式：代言（白人妇女为我们说话）和沉默（我们自己）或者是直接表达（我们自己来表达——"白人妇女，听着！"）和沉默（白人妇女）。"你无权讲述我们的现实"已成为我们的强烈要求。但从真正的政治角度而言，摆在我们面前的是不是仅仅这些选择，仅仅这些相互排斥的因素？或者说，难道我们必须要从我先前所建议的内省性的综合分析开始，在形成我们（我）自己经验的一系列关系中，寻找一种政治观点，能够让任何人根据个体或团体的经历谈论（或为个体或团体的经历代言），同时又可以从其他立场进行"社会性"的发言？

我所强调的是"社会性"这一概念，它允许许多人甚至所有人可以在不讲述同样事情的情况下来谈论同样的问题或现实。"社会性"当然并不总是指共鸣、同情、同意或积极的合作。它不仅包括存在的相似性，同时也不排除其深刻的内在矛盾。朋友和敌人都由同一基本原则所建构。表示压迫经历的社会标志也可为处在同样社会统治关系中却从中受益的其他人所"共享"。认为非白人无论在身体上还是文化上都低劣下等的诋毁有着种族主义的特征，以此为基础的统治关系和行政范畴在发达资本主义的整个社会空间中大行其道。这是白人和非白人——提出观点的人与被强加观点的人——都同样熟悉的一套观点和惯例。这样的话，既然从不同的社会位置来看，同一社会关系的不同方面在不同的交叉点都非常明显，那么就没有理由认为"种族主义"仅仅是一种"黑人"经历，尽管有着不同的时间及切入点来谈论此问题。

不过这仍然没有排除白人或非白人作为社会成员的参与作用（不管他们愿意与否）。对于任何人而言，他都有着社会可能性及智力可能来沿着一种关系性、内省式分析的阿里阿德涅线团走下去，然后超越此时范畴，通过社会关系及意识的中介和组织这一迷宫，最终走到后殖民帝国主义的弥诺陶洛斯身边。如果说这就是结局的话，那么任何妇女，不管是白人妇女还是黑人妇女都能把"种族主义"作为"她的经历"来讲述，而不需他人代言，也不必感到内疚或屈尊。事实上她们有着很多有待讲述的经历。

在这种关系性/内省性社会分析的语境中，我们需如何理解既是认识主体又是政治行动者的经验与主体性呢？要想做到这一点，我们只有克服个人（或私人、个体）及心理与社会（或集体、公众）及政治之间的错误的两极对立，并在两者间找到一个构成性的中介。这就需要修改马克思术语中的"唯物主义"在一些女权主义思想中的不够成熟的表现。如果不但从机器和生物学方面来定义"唯物主义"，而且评价其历史性及社会性的话，我们就能够表明"存在"即为"社会"存在，能够揭示出社会组织是一种主体的创造——是"感官性的、实践性的人类活动"，尽管并不是常为她自身而创造。

马克思在《德意志意识形态》中提到这么一种历史文化唯物主义，它设想了精神性和社会性之间有一种相互组成性的关系，通过意识劳动这一概念将思想和表达理解为人与人之间的社会关系及人的创造性，同时也暗示了两者存在于社会关系及创造性中。社会性从根本上而言是交际性和构成性的，它反对唯我论及自我中心主义。正是通过语言的存在，马克思才清楚地认识到意义总是作为"实践意识"隐含在组织及实践中的。马克思这一认识既是其具有"社会性"的产物,也是其具备"社会性"的条件。因此,具有"社会性"的一切事物都有一个有意识的生产者或主体,这一主体既创造了思维和活动,又充当了两者的中介,就好比既产生了个人与社会,又在个人与社会之间架起了桥梁。

就个体而言,其知识从直观意义上(即我们所称的"经验")而言是本土的、片面的。然而,不管怎么样,这知识既不是"错误的",也不是荒唐的。它不仅是身体的本能反应和情感的原初资料,还是知识的发源地,是一种诠释,一种相关联的意义生成过程,其中包括了社会意义。这种经验可以创造也可以进行转换,是持续不断的联系社会[即"我们的世界"(不一定是"好"世界)]的过程。要克服传统的以性别为基础的脑力和体力劳动的二元对立及其哲学形式,我们得要承认我们自己的经验能力,并对之加以证实,而且还需承认和证实经验本身就是创造性的环节,且是构成性关系而非二元对立关系的体现。因而,"经验"仿佛是一座熔炉,自我与世界融入其中,筑成一个被称为"社会主体性"的创造性整体。

经验与主体性在形成"科学"知识及革命性政治过程中的作用,在学者和正统马克思主义者之间一直颇具争议。即便是社会主义女性主义者或马克思主义女性主义者,都没有赋予经验主体以中心地位(经验主体在其经济职能之外)。她们主要倾向于依靠"科学"的政治经济观,把经验及主体性视为资产阶级个人主义及唯心理论的产物而予以否定。我们主要是在马克思主义文化理论(关注文化表征问题及文化中的唯物主义)以及马克思主义现象学(以安东尼奥·葛兰西思想为基础)等相关著作中,才找到了证实经验及主体性的理论。在那些传统理论中,创造性的直接动力这一概念是建立在知识的过程及内容之上的。在此,经验起到了支点或中轴的作用,使我们既能向里,也能向外移动。

马克思主义女性主义传统中"经验"（也许是最大程度地在做拓展）的一个非常重要的用法，体现在多萝西·E.史密斯的著作中。史密斯并没有就"经验是什么"对"经验"作太多的理论性说明，而是更多地从方法论的角度来使用"经验"这一概念，论述在组织社会调查时"经验做了什么"。[①] 她没有把经验当作世界观或内容主体，也没有视其为社会统治组织中的一系列社会关系以及那些分裂的关系。因此它成了研究的起点，并且以解构的方式得到了运用。它是（妇女）主体的直接经历，是妇女所处的那个世界，其中妇女被同时置于认识主体的主体地位和可供研究的社会客体的客体地位。史密斯将其方法命名为"知识的社会组织"。这种方法为我们提供了对笛卡尔理性主义话语的评论，同时也批判了体力劳动与脑力劳动的分工［作为权力的社会（制度）实践及概念应用］。史密斯从女性角度入手，揭露了这一话语的资产阶级意识形态特征及父权制特征，从而证实了一点：要想研究更大的社会组织，应从本土的、直接的事物——那就是我们的经验——开始。

这种经验的历史唯物主义观，视经验为一种阐释性的关系，而不是将任何个人或组织的经验看成是"真理的宝库"，从而提供了构建主动性知识的可能手段。[②] 通过合并，我们可以作为认知主体与参与者同时保留我们的直接动力及表征，还能为我们的具革命性知识潜力的经验赢得正当的地位。

在这一理论中，经验并没有被理解为表明完整主体性或精神总体性的内容主体，而是被视为主体构建意义过程中的一种意

[①] 见 Dorothy E. Smith, "A Sociology for Women", 载于 *The Everyday World as Problematic* (Toronto: University of Toronto Press, 1987)。

[②] 见 E. P. Thompson, *The Poverty of Theory and Other Essays* (New York and London: Monthly Review Press, 1978)。

图。运用经验这一概念的话,我们非白人妇女就可以着手讨论我们在教室里遭受的疏离经历,将其作为进行全面社会分析的出发点或一系列的参照。任何疏离经历都会包含主体作为"自我"及"他者"的双重意识,即存在的个人模式与公共模式。由此看来,我们课堂里的那些社会关系及推理论证很明显地成了支配我们、使我们他者化、客体化的行为与话语。我们已经明白,比如说,传统的社会理论是怎样(尽管并非有意也无任何恶意)发展成为疏离形式及观点,使我们远离了作为社会主体的自我。

因此,我们所需要的社会分析必须以主体性为出发点。主体性主张经验的动态性、矛盾性及结论模糊性,因此没有将自身具体化为一个固定的心理范畴——身份,因为这一范畴僵化了个体与她所处社会环境及历史的关系。以这种方式理解的话,主体性与经验主张感知与存在的一致性,并如后现代主义所倡导的那样,没有给主体性强加一个同质性,也没有强行将主体性割裂为片断。既然政治动力、经验以及知识三者之间存在着转换性的内在联系,那么不以我们自身及生活为出发点,我们还能从哪里开始进行解释和分析呢?除了我们自身真正的主体性以外,我们还能把什么作为革命性政治的基础呢?这一切使得谈论"错误意识"变得多余,相反,却标志着葛兰西所称的"常识的黎明地带"中的一个起始点。

社会主义革命显然并非受每个人的欢迎,也谈不上是什么民权事务,但是建立公正、平等、人道社会的根本需求要想被赋予任何合法性的话,我们只能努力推翻产生疏离和统治的社会组织。根除这样的社会组织,并不能通过强烈的反抗、种种的幻想以及毫无约束的言论来真正达到。我们需要一种社会分析,其理论及实践均涉及既产生知识又使该知识在组织上可付诸实施的政治行为者。就加拿大而言,这种社会分析的任务是揭露出组织我们社会空间及个体经验的帝国资本主义准则和形式。这种革命性知识只能是反种族主义/反帝国主义的，且只能在非白人妇女的经验与表述中创造。这并非意味着任何单个非白人妇女的个人经验及观点有什么作为社会"真理"的本体论上的优势，相反，我们应使用这许许多多的真理——种种差异的众多描述——来作为社会分析的最广义的切入点，来分析隐藏并表现为性别、种族、阶级的那些社会关系的中介。这就使我们获得了存在与理论、方法的一致，实现了经验与政治的联合。也正是朝着这一设想，我，无论是作学生还是当老师都在探索着，希望探索出一种实践，它产生于生活在发达资本主义社会丛林中的我们这些非白人妇女的卑微的生命。

希曼妮·班纳吉

女性主义话语/翻译的理论化[*]

> 真正完整的阅读是将书本转化到相互关联的即时网络中。
>
> （德里达，1978：24）

语言和性别问题，女性和语言之间的复杂关系，已经成为女性主义理论和女性作家作品翻译中的中心问题。① 法国女性主义理论家们，在其作品和译文中以一种游戏的姿态瓦解破坏了主流话语，这对广大译者而言越来越具有挑战性。如果要在语言、性别、意识形态的框架内，对法国女性主义理论家们的翻译加以讨论的话，就等于是质询他们作品中提出的话语理论与作品译为英文的翻译理论之间究竟有何关系。到底这些文本的理论是不是建立在等值论的基础之上？抑或译文的意义来自翻译的再分配功能，如转化？译文是否努力隐藏翻译这一过程，而使自身的英语语言显得很自然？抑或译文自身就起到了原文和写作的作用，使原文的意义在翻译过程中得到强调？

---

* 译自苏珊·巴斯内特、安勒·洛费维尔等编《翻译：历史和文化》（Translation: History and Culture），伦敦：费肯弗出版社1990年版。

① 衷心感谢谢利·西蒙（Sherry Simon）、洛兰·戈捷（Lorrnine Gauthier）和伊丽莎白·拉梅（Elizabeth Lameche）三人的对话。

无论是女性话语理论家们还是女性主义翻译理论家们，都在思考身份、差异、他者以及民族性等问题，其中他者是从性别角度进行语言学意义上的构建的。马德琳·加尼翁对魁北克的被殖民地位与女性的语言异化作了一个比较。她假设两种语言世界的存在，即男性语言世界和女性语言世界，主张女性应使用处于主导地位的语言，来取信于人并对之进行转换。在她看来，"女性应掌握这种既属于她们，但同时她们自身又感到陌生的语言，应使这种语言为她们所用"（Gagnon，1977：69）。

> 但是我们女性也有自己的语言，也有多种不同的表达方式，但同时，男性话语也可为我们所用。我们使用男性话语时应该筛掉所有的异化成分，应该识别那些话语的男性特征，增加其中所缺少的女性特征。这样一来，我们就有了自己的语言，一种被创造的语言。随之而来的就是我们女性性别意识的觉醒：因为如果说这种意识被男性所压抑的话，那么它也同时被我们女性自己通过某种方式遮掩起来了。（1977：82）

这种双重特征的语言，是一种被重新赋予女性言说多样性特征的男性话语，它将转变科学话语及其透明诗学。作为一种解放性的尝试，女性主义话语是试图建构新意义的政治话语，其讨论焦点是那些在语言中并通过语言创造自身的主体（埃尔希坦，1982：617）。女性主义话语想要通过信息扩展的方式来揭示观念的种种意识形态模式。在这一扩展过程中，个体与集体经验产生于反对父权制及其语言这一社会语境的批判立场。鉴于此，女性主义文本生成了一个文本理论，即批判性的转换。

女性主义在未来是否可能介入有赖于对行为及生产的符号学进行讽刺性的巧妙处理。从苏桑·拉米那里，我们得知女性主义话语影响主导话语，是通过两种话语间复杂而又模糊的运动实现的。女性话语具有着双重性，① 呼应了自我及他者，并不断地向两者之间转换。正如拉米所言："这种女性话语灵活多变，是对自我与他者的回应。"（Lamy，1979：16）② 女性话语在从言语到写作的循环过程中，动态性是非常明显的，不停地在两者之间转换。"怎样来描述、界定这个'两者之间'？它区分了话语和文字两个概念。作为一种言语方式，女性话语一直有着它的义务：它要完成的任务还很多。"（p.51）言语，如果是闲聊或女性间的私人交流则是没有意义的（p.33）：它无序地对语言起着作用，粉碎了一切。（作为无秩序的行为，闲谈是我所喜爱的，不过同时它也会令我饱受折磨，因为它击碎了所有与之相关的一切。）但是这种决裂也许会带来一个新的秩序意义，不再是"和谐与统一"，而是"变化与多样"（p.21）。在这种来回往复的运动中，写作是一种决裂，是多样性的创造。女性写作植根于女性这一集体中，蕴含着女性主义的行为事项，有着可质疑语言理论话语的特征，因此女性写作会产生如下情形："女性写作都是在分析某种区别，而这种区别表现为多个方面，如破裂性、多样性、中断性及封闭结构的缺失性。"（p.61）

多种形式的特点使得女性话语成为"一种具有双重功能的写作"（p.39），是"一个充满术语的对话"（p.45）。对话在巴赫金的复调文本中指的是"一个处于另一个之中"，而对话性的女性主义话语旨在颠覆主导话语的独语制。

---

① 桑德拉·哈丁（Sandra Harding）1983年2月在OISE的讲座中谈到女性主义话语的特点。和任何边缘化群体的话语一样，女性主义话语对待事物有着双重或多重性。所持观点既有横向平行性也有纵向等级性，这和仅知晓其自身意义的主导话语恰恰相反。

② 接下来的页码参阅 Lamy（1979）。

从变码和转换的比喻意义上来说，翻译是女性主义话语的惯用概念，女性作家常使用这一概念来提醒大家在沉默中爆发的困难，以便将新思想渗透进女性的各种经验及其与语言的关系中。话语的多样性是一种民族文化内或异质语言间的不同语言层次的混合，其中，女性话语相对于主流话语而言被边缘化了，面对这一现象，女性作家从异质语言或多种"外来"语言共现的角度用隐喻描述了这一点。语言的政治、社会特征突出的话——如同女性主义的情形一样——语言间的对抗性碰撞就会变得很明显。女性主义作家反对参与民族传统，并以这一特殊方式经历着异质语言间的冲突。这种冲突的语迹已被认定为是一种翻译效应，或是"对外国人的测试"。安托万·伯曼认为，像康拉德、贝克特这样用第二语言写作的外国人，会使语言产生位移或异位，这就如同用他国语言写成的文学作品被译成英语或法语后产生的置换一样，形成疏离效应或陌生化的效果，这便是翻译的作用（Berman，1984：18n.）。女性主义话语尽管被勾勒成从一种语言到另一种语言的转化，同时也涉及从一种文化现实到另一新语境的转化。在这一运作过程中，文学传统在碰到与之不一致的文本化模式时，受到了各种各样的挑战。

妇女几乎无处不在地通过写作试图获得主体能力，将自身置换。现在大家普遍感到有必要，发明一种新的语言来讨论那些被视为禁忌的事物。"未曾出版的"，即非书面的，是妮科尔·布罗萨德写作中频繁出现的一个术语，以此来形容她自己表达女性"不为人知"经历的努力。所谓"不为人知"就是在主导话语中，女性被置于毫无意义的境地。妮科尔在诗篇《拉维拉》（L'aviva）中表达了记载这种不为人知的情感的复杂过程。就翻译的双重运动而言，在《拉维拉》中，情感首先被说出来、被听到，进而在性的愉悦中被转换，并产生作用。① 在第二个阶段中，诗歌《拉维拉》中的情感就被从语音上转变为"I'en suite traduite"。② 妮科尔在这一组诗前面的序言中称："情感是一种标志，是一种意义上的反拨。"这些诗共同揭示出一点：情感不但被定位，而且被用语言表达了出来，然后又被诗人通过声音联想和文字游戏的过程进行了转换，最终以文本形式表现了出来。声音联想和文字游戏，正如回声的模仿和共鸣一样，影响了物质所指中的转换。"对于一秒钟的描述"（La peau de décrire un instant）转变成为与之发音相似的"对水的描述"（Iéan qui décrit car cést lent）。

小说《淡紫色的沙漠》里，中心要素便是翻译中的对话。在这部小说中，妮科尔·布罗萨德一直在转换自我，将女性写作的双重活动强调为读和写，强调为是对已写好文本的读和再阅读，以便感受并记载下为主流话语所忽视的情感。③ 通过对女性阅读效果的研究和置换，透明诗学以及通过直接书写自身经历来表明自身存在的整体性行为准则受到了质疑。这其中存在着涉及"他者妇女"的身份诗学。"生成转换"——这很可能是个不错的说法——强调了翻译这一行为，即强调了转换活动中建构意

---

① et partir de l'émotion, nuque et ga
une situation du genre, énoncée
dans la clarté, les plis, les intuitions
et s'appliquer pour en être
au bord et recommencer éprouvée.
toute d'éveil d'être en ses chevcux ouie. （Brossard, 1985：22—23）

② et l'émotion traduire nuque et là
une dévotion, entendre toute allongée
dans la clarté tu ris de la fagon
car conna? tre et rèver an gré
très tard c'est entamer l'éternité
d'être en ses chevenz jouie.

③ 自我翻译是过程的重复，这和翻译其他人的作品不一样。翻译他人的作品是对"产品"的再创造（Fitch, 1985：117）。

的过程，一种施为的模式。这使人想起了由彭尼·肯普朗诵的音乐诗《转换》（Kemp，n.d.）。使用这一术语正是要强调女性主义写作和女性主义翻译之间错综复杂的关系，其原因在于"生成转换"一词，也是妮科尔·布罗萨德和达夫妮·马拉特两人合作的有关写作和再写作（翻译）课题的一个统一标题（Marlatte and Brossard，1985，1986）。布罗萨德的转换生成行为，被认为是阅读与再阅读、写作与再写作以及两者的对话等过程中，女性主义话语/翻译的典范。

女性主义话语在两个方面可被视为翻译：一、女性主义话语是"手势"及其他代码的标志，这些手势及代码迄今为止"从未被听说过"，是一种沉默的话语（Irigaray，1985：134，132）；二、女性主义话语是对主流话语的重复以及相应的置换。女性主义话语的这两个方面都是试图通过模仿有意假扮女性角色，以此来"摧毁论证的机械主义"，将从属地位转变为主导地位，挑战无视性差异的旧秩序。这种"玩笑式重复"的影响使得那些所隐藏的事实趋于可见，即女性在语言中不但起着作用而且还很善于模仿，因为她们从不会对这个作用再次发生兴趣（p.76）。在这一"补充性"逻辑中，"他者写作必须要求他者的意义简约"（p.131）。女性主义话语以一种激进的意义质询方式作用于语言以及主流话语。"语言就应该使男性中心主义离开其赖以存在的支撑，以便让男性回归到自己的语言中，为另一种不同语言的存在提供可能性。这就意味着男性不再是'一切'。"（p.80）

在女性主义话语理论中，翻译是创造而非再创造，是"音乐王国"中的仿拟（p.131），这种仿拟通过"玩笑式重复的效应"——"女性还在别的什么地方"（p.76）——使遭受话语剥削的女性的地位凸显可见。要求产生唯一真理和单一意义的权利被搁置。这一理论重点探讨了女性主义话语中跨文本或超文本关系，针对身份、附属以及等值等有争议的概念，抹去其旧有意义，重新赋予新的意义。① 这一理论是模仿、重复，如同在镜中前进或后退时距离加倍一样的影响意义，在这具破坏性的超越的逻辑中，没有什么意义是曾被置放好的，也没有什么可被逆向倒转。在这具有颠倒的补充性的情形中，线性意义已不再可能存在（p.80）。鉴于此，女性主义翻译将转换描述为一种作为翻译模式的言语行为。文本的转换是在拓扑学的原理中被构想的，然而，这一点却和长期处于主导地位、基于透明诗学的等值翻译理论相矛盾。

几个世纪以来，翻译理论与实践一直都在变化着，每个时代都有自己的理论。现今处于主导地位的是建立在透明诗学基础上的翻译等值论。这种理论认为信息可从一种语言转换到另一种语言中去，这样一来，信息的意义得以保存，而且在两个文本中均有一内容认同："翻译的任务就是在目的语言中找到最贴切的原始语言的信息。这首先表现在意义上，其次在文体修辞上。"（Mounin，1963：xii）在这一理论中，所指与能指之间不存在对立，而是一种内容与表述、形式与意义之间完全平行的同形关系（p.97）。这种翻译有如下特征：一些文化踪迹和某些自我观照因素被从文本中剔除，这样一来，翻译后的文本便失去了历史文化等事实根基。自我观照因素的消失导致了作者功能符号与译者功能符号的抑制，因为作者或译者对这些因素的处理在两文本的合并过程中看起来并不那么明显。因此，译者的读与（重）写的双重活动便被抹去了。译者被理解为服务员，用一双看不见的

---

① Hélène Cixous 总结道，有着双重声音的话语是置换和再置换，是动态的介入：要承认写作恰恰是从中间起作用，是观察二者的作用过程，没有它一切都无法生存，写作正是解除死亡的作用——要承认这些，首先就需要不但两者之合而且两者双方都不陷入一连串的斗争、驱逐或者其他的死亡形式，而是通过双方不断的交流过程而产生无限的活力。这是一个不同主体之间相互了解并且重新开始的过程，它只能始于对方的生命疆界：这是一个多样重合、永不竭尽的过程，其中有无数的冲突和变革。妇女从中获得其形式（男人也会轮到的，不过那是他的另一部历史）。

手机械地将一种语言文字转换为另一种语言文字。翻译也被视为是复制而非创造性的劳动。在20世纪，这种翻译理论曾起到了促进进行机器翻译试验的作用。

这样一种基于等值论的翻译理论，忽视了由不同文本关系及文本中语境关系而带来的意义翻译上的巨大困难（Catford, 1965: 36）。最近的翻译理论开始关注这些关系并有了新的转向，将译者的工作强调为解码员和重新编码员。翻译并不只是个代码转换工作：英语中"Yes"和法语中的"oui"不完全等同，因为法语中也有"si"。译者们各自都有着自身喜爱的与语境相关的对象，这一点可以用来证明语言并非透明这一现实。每一种语言都对世界进行了分类和整理，而译者则创造性地介入了其中。

当代翻译理论强调，翻译中的等值不应作为寻求相同性的方法，而应被视为符号和结构间的辩证关系。符号和结构既存在于原文本和译文之中，也显现于其周围（Bassnett-McGuire, 1980: 29）。等值存在于两个文本系统的编、解码的操作过程中，而不是存在于两种信息的内容或词语中。巴斯内特－麦圭尔列出了这样一个等式：作者—文本—接受者 = 译者—文本—接受者（p.38）。和作者一样，译者也是文本的生产者。巴斯内特－麦圭尔同时还引导我们从互文性的角度来思考两个交际系统的关系（1980: 79）。

互文性是翻译理论中的新概念。诸如生成性和置换（互交性）的文本理论，已经在文学理论的符号学方法中广泛应用，而在文学理论中，也开始出现从作者到文本、再到读者和阐释行为这一研究重点的转向。在翻译理论中，语用学是这样看待译者的：在写作之前，译者是个积极的读者，他/她既是文本的接收者，也是文本的发送者，是两条不同但又相互联系的交际链的终结和开端。在奥克塔维娅·帕斯看来，其结果成了"翻译的翻译的翻译……每个文本都互不相同,同时,它又是另外一个文本的译本……每次的翻译到了某种程度后便是创造,便形成了一个不一样的文本"(Bassnett-McGuire,1980:38)。译文在结构安排上同原文一样,和原文起着同样的作用,是阅读/写作的写作,是对主体的历史性探索。就原先的文本而言,翻译并非是透明的,而是作为一种"转换",影响作用了原先的文本,抹去了其中心(Meschonnic,1973:307;此句为笔者所译)。这里,翻译理论在对译文的复调性的强调方面和女性主义文本理论不谋而合,因为它突出了译者/重写者话语的自我观照因素,张扬了翻译这一过程以及翻译的文本性。

　　文学体系中有很多重写文本的方式,且种种不同的文学体系将这些方式经典化,使之发展到一定程度。翻译便是重写文本的方式之一。① 从其他重写体系中衍生出来的新理论模式需要被用来更加准确地描述这一翻译范式,需要将这一翻译范式表述为文本的一种处理,其意义来自于文本间的转换。无论是引用还是戏仿都蕴含着内在的重复,这种重复被视为是一种固有存在,是语言的客观事实。引用和戏仿都涉及重复的模糊性,都针对了一个事实,即没有什么比两个命题的等值更易于反驳了。一方面存在着这样一个现实,即事物都在重复;另一方面,人们意识到重复是语言的固有现象,正如叠句和押韵一样,语言的重复会产生意义。在引言中打乱单词的顺序,造成引语与原文之间、意义与所指之间的语义混乱,这牵涉到语言的两个层次上的区分,即语言客体与无语言。两种语言层次的紊乱所产生的结果便是词语意

---

　　① 诸如解释、历史研究、序言或书评等文学批评影响某一特定文学发展再创作的其他形式。这些再创作过程受到了各种限制,如赞助商、诗学以及借以创作的话语和自然语言的范畴。如果是翻译的话还要受到原作的限制(Lefevere,1985:235)。翻译(文学)理论尝试阐释这些限制如何运作以及写作与再写作的相互作用如何影响某一特定文学。

的替代,置换了词语重复的意义(Compagnon,1979:86)。重复的价值在于意义的增补。作为对他人话语的重复,引言在柏拉图模仿论体系中仅仅是幻影——心像,要么形式不完整,不是幻象的完全复印,要么有着完整的形式,是摹本,但不是真理本身(1979:125)。这样一来,引言就是一个悖论,既像又不像真理。

同样,戏仿也是既像又不像原先的艺术作品,如同歌唱一样,既跟随公众一起唱,又独自唱出反调,是对原先艺术作品的再语境化或跨语境化(Hutchcon,1985:11)。同引用和其他形式的重复一样,戏仿是对现实成形过程的起因镜子般的"映照",因此戏仿便有了元小说的功能(Payant,1980:29)。和翻译一样,戏仿也包含两个文本世界,即戏仿前的原文和戏仿后的文本。这两个文本世界在不同的时间、地点为读者所接收,并将基础建立在两个相互关联的交际模式上。原始文本由戏仿者作为读者来解码,然后在文本转变为另一种形式的过程中重新为其编码,让另外的解码者,即其他的读者来阅读此文本,然后进行解码(Rose,1979:26)。戏仿有赖于读者在认知上的"侧向一瞥"来激活增补状态(Bakhtin,1984:199)。读者的"侧向一瞥"揭露了小说的虚构性,强调凸显了小说的创作技巧,从而使这些技巧可以为了别的新目标再次发挥作用。这里,需要强调转换,需要将艺术家/译者的角色强调为积极的读者和作者,因此还需强调这一交际体系内复杂的阐释活动。即使翻译的超文本形式可能是虚幻的,隐藏于再创作之中,但翻译仍可被归为一种"仿造",可被定义为"忠实于原文的模仿"(Genette,1982:37)。作为一个中性特征的词(Hutchcon,1981:149),戏仿成了所有模仿的定义,用来定义各种形式的复制。根据这种重写,翻译的概念已被扩大,包括了模仿、改编、引用拼贴以及戏仿——所有不同的重写模式:简而言之,包括了作品与话语相互渗透的所有形式。

　　当翻译不仅关注两种语言间的关系同时也关注两种文本系统之间的关系时，文学译文就成了当之无愧的文本了，将原始文本和译文区别开来的传统界限也就不复存在了。梅斯考尼克这样写道："原文与译文的传统区别呈现为一种理想化的范畴，这一区别在这里被取消。"（1973：365）忽视文本操作中意识形态关系和内涵的翻译理论，过分强调了原始文本的价值，这一切必然导致对原始文本地位的重新定位。①

　　尽管从传统意义上来说，"差异"在翻译中是个消极概念，但在女性主义翻译中，它已成为一个积极词汇。正如戏仿一样，女性主义翻译意味着差异，尽管也存在相似性。正如女性主义理论一直想要表明的那样，差异是认知过程中以及批判实践中的关键因素。原始文本和译文意义不一致或译文意义多于原文意义会使这两种文本分离，而此时译者所理解或添加的意义就会显露出来（Brisset，1985：207）。女性主义译者坚持其批判性差异的观点，声称其在不断地再阅读，再写作过程中的愉悦，凸显其在文本处理时的痕迹。在翻译过程中，女性处理文本时将会一改从前谦虚、自我贬抑的女性译者形象，取而代之的是一个积极参与意义创造的译者，主张对条件进行分析的译者。这里出现的是持续的暂时性，译者开始意识到过程，开始在实践中关注自我观照因素。女性主义译者毫不谦虚地到处展示自己的签名，包括斜体的使用，在脚注里——甚至在前言中。

芭芭拉·戈达德

---

　　① 这种道德化所必然带来的明朗的概念、逐渐被忘却的译者的谦逊都属于公众的舆论。它缺乏理论的支撑，是一种近似唯心主义的愚昧无知。它不同于翻译，翻译是对于一个历史主题的特别说明，属于两种诗学的相互作用和碰撞。而它是一种语言的表里，是语言的内部阐释。

参考文献

Bakhtin, M. M. *Problems of Dostoevsky's Poetics.* trans. Caryl Emerson; intro. Waync Booth. Minnesota: University of Minnesota Press, 1984.

Bassnett-McGuire, Susan. *Translation Studies.* London: Methuen, 1980.

Berman, Antoine. *L'épreuve de l' étranger.* Paris: Gallimard, 1984.

Brisset, Annie. "Transformation para-doxale." *Texte* 4:205—218, 1985.

Brossard, Nicole. *L'Aviva.* Montreal: nbj, 1985.

Catford, J. C. *A Linguistic Theory of Translation: An Essay in Applied Linguistics.* London: Oxford University Press, 1965.

Cixous, Hélène. "The Laugh of the Medusa." trans. Keith and Paula Cohen, in *New French Feminisms.* ed. Elaine Marks and Isabelle de Courtivron. Amherst, MA: University of Massachusetts Press, 1980.

Compagnon, Antoine. *La seconde main: ou le travail de la citation.* Paris: Editions du Seuil, 1979.

Derrida, Jacques. *Writing and Difference.* trans. Alan Bass. Chicago: University of Chicago Press, 1978; 1st published 1967.

Elshtain, Jean Bethke. "Feminist Discourse and 1st Discontents: Lauguage, Power, and Meaning." *Signs* 7 (3) (1982): 612—628.

Fitch, Brian. "The Status of Self-Translation." *Texte* 4: 114—122, 1985.

Gagnon, Madelcine. "Mon corps est mots." in *La venue à l'écriture.* ed. Hélène Cixous, Madelcine Gagnon and Annie Leclerc. Paris: 10/18, 1977.

Genette, Gérard. *Palimpsestes.* Paris: Editions du Seuil, 1982.

Hutchcon, Linda. "Ironie, satre, parodie." *Poétique* 46: 140—155, 1981.

——. *A Theory of Parody: The Teachings of Twentieth-century Art Forms.* London and New York: Methuen, 1985.

Irigaray, Luce. *This Sex Which Is Not One.* trans. Catherine Porter. Ithaca, NY: Cornell University Press, 1985.

Kemp, Penny. n. d. *Trance (dance) form.* Victoria: Soft Press.

Lamy, Suzanne. *d'elles.* Montreal: l'hexagone, 1979.

Lefevere, Andre. "Why Waste Our Time on Rewrites? The Trouble with Interpretation and the Role of Rewriting in an Alternative Paradingm." in *The Monitylation of Literature.* Studies in Literary Translation, ed. Theo Hermans. London: Croom Helm, 1985.

Marlatt. Daphne and Nicole Brossard. *Mauve.* Vanconver and Montreal: Writiong/nbj. , 1985.

——. *Character/Jen de letters.* Vancouver and Montreal: Writing/nbj, 1986.

Meschonnic. Henri. "Poétique de la traduction." in *Pour la poétique* II. Paris: Gallimard, 1973.

Mounin, Georges. *Les problèmes théoriques de la traduction.* Paris: Gallimard, 1963.

Payant, René. "Bricolage Pictural: Part a propos de Part I: Question de la citation. II: Citation dt intertextualite." *Parachute* 16; 18: 5—8, 25—32, 1979; 1980.

Rose, Margaret. *Parody' Metafiction.* London: Croom Helm, 1979.

知识的建构和带有显著主体性的认识论[*]

　　毋庸置疑，那些曾对后现代运动作出界定的作家和学者，如雅克·德里达、米歇尔·福柯、让·博德里亚、让-弗朗索瓦·利奥塔、理查德·罗蒂，他们的理论阐释不但引发了很多争论，而且向传统的西方哲学假设，提出了实质性的挑战。虽然认为这些评论家的作品形成了一个统一体的看法可能是误导性的，但不管怎么样，指出他们论点中很多反复出现的主题和动机却是可能的。以后现代理论著称的那些论著，对认为中立客观的理性能够系统地阐述精确的知识而将理性推崇至上的西方做法，提出了质疑，对任何关于人类的理性具有同质性、普遍性且不受单个认识主体的具体经验影响的假设表示了怀疑；对知识只产生于智力的自由活动的预设存有异议，不相信知识和权力形式及宗主统治体制毫无关系，且不隐含于其中的说法。笔者指出这些问题，意在表明知识的目标、目的以及正当性，再也不能被想当然地界定为一种对绝对、永恒真理的追求。

　　后现代主义对西方理性主义传统批判中的很多主要观点，女

---

[*] 本文选自《多伦多大学季刊》（*University of Toronto Quarterly*） Vol. 61 （Summer 1992）。

性主义者非常乐意地表示赞同。① 似乎在众多女性主义理论家看来，西方认识论在谈论知识和认识时，时而隐含、时而清晰地采用了一个假设：男性才具有从事研究的头脑。女性主义和后现代主义似乎结成了联盟，来推翻关于推理和知识构成之间的相似观点，然而认为女性主义毫无保留地接受了后现代主义理论的看法则可能是不正确的。丽塔·费尔斯基认为，女性主义作为一种对抗政治以及对现存准则的彻底批判，仍然不断地依赖于真理、价值、伦理等范畴，而后现代思想家们却拒斥这些范畴。她提出这样一个问题："一旦女性主义意识到存在着一个更为一般的正当化危机，质疑所有形式的知识的根基和权威时，它将如何再去证实和保留自身对父权制的批判？"② 南希·哈索克也提出了类似相关的观点，她奇怪为什么"恰恰就在我们这么多曾遭受压制的人开始要求为自身定位的权利，要求做历史的主体而非客体的时候……主体身份这一概念却开始'让人怀疑'起来？为什么就在我们致力于建构我们自身关于世界的理论时，却出现了世界能否被充分理论化的不确定性？"③ 同样令人困惑的问题使得费尔斯基和哈索克有了上述相同的关注，即如何才有可能既能够吸收后现代主义批判中的独特见解，又能够坚持标志着女性主义批判伦理主张的对抗政治改革。对一些评论家而言，答案似乎已涉

---

① 下面的论著是关于后现代主义和女性主义文学理论非常重要的代表：Craig Owens, "The Discourse of Others: Feminists and Postmodernists." in *The Anti-Aesthetic*, ed Hal Foster (Port Townsend: Bay Press 1983); Chris Weedon, *Feminist Practice and Poststructuralist Theory* (Oxford: Basil Blackwell 1987); Linda Hutcheon, *The Poetics of Postmodernism* (New York: Routledge 1988), 第四章 和 *The Politics of Postmodernism* (New York: Routledge 1989), 第六章; Linda J. Nicholson, ed, *Feminism/Postmodernism* (New York: Routledge 1990).

② Rita Felski, "Feminism, Postmodernism and the Critique of Modernity." *Cultural Critique* 13 (1989), p. 35.

③ Nancy Hartsock, "Rethinking Modernism: Minority vs. Majority Theories." *Cultural Critique* 7 (1987), p. 196.

及后现代主义的"政治化"。南希·弗雷泽和琳达·尼科尔森认为,后现代主义思想要纳入女性主义理论中,就必须要补充它现在正缺乏的政治主张。① 在接下来的讨论中,笔者将厘清后现代主义和女性主义讨论中的一些潜在问题,并以南希·哈索克在《后现代主义和政治变革:女性主义理论面临的问题》一文中就这些问题提出的重要观点为出发点。②

哈索克对弗雷泽和尼科尔森提出的论点有所保留。在她看来,支持后现代主义对西方理性主义批判的认识论假设中有一些隐含的论断,不能轻易地将它们融入女性主义政治的整个理论中。在对罗蒂和福柯复杂深奥的分析中,她指出,他们批判西方启蒙运动时期的理性主义时,不知不觉地再次吸收了他们本来力主拒斥的一些理论要点。后现代主义坚持认为,所谓"真理"只是因着社会制度而获得合法存在的一种观察问题的视角而已。这对知识的客观主体的批判已经演化成这样一个结论,即"如果一个人不能够从不知道的地方观察出什么的话,那事实上他根本什么也不能明白"(21)。哈索克这里提出的问题,似乎重点关注了知识和权力的内在关系,福柯后期作品对此作了充分的阐述。福柯通过对监狱、医院和精神病院(同时也包括一些教育和工作机构)的历史性分析,概括出了普遍存在于政治、文化和心理结构中的权力经济概念。权力无处不在,这一观点就其本身而言,并没有否认也没有否定对抗的可能性,而且福柯也的确认为两者是紧密相连的:"哪里有权力,哪里就有反抗。"但是如果这种反抗争夺种种权力形式,那么与其把这种做法看成是一

---

① Nancy Fraser and Linda Nicholson, "Social Criticism without Philosophy." in *Feminism/Postmodernism*, pp. 19—38. 可参阅 Laura Kipnis, "Feminism: The Political Conscience of Postmodernism?" in *Universal Abandon? The Politics of Postmodernism*, ed Andrew Ross (Minneapolis: University of Minnesota Press 1988), pp. 149—166.

② Nancy Hartsock, "Postmodernism and Political Change: Issues for Feminist Theory." *Cultural Critique* 14 (1989—90), pp. 15—33。近一步了解,请参阅括号内注释。

种转换实践的策略,不如把它看成是"权力的同胞",① 是总体系中的一个必要的对应术语。尽管有关反抗的个别或局部观点还在福柯的理论模式中不断发展着,但是这些反抗已经放弃了改造或改变权力的总体运转的努力。理性隐含于权力体系中,这一后现代主义意识已导致了对知识可能性的拒绝;后现代主义理论家对超越和接替的不信任,已经产生了他们在政治上的停滞不前,除了编编征服史之外,他们不愿再做什么。哈索克于是得出这样一个结论:后现代主义理论必须视为"欧美群体、男性群体以及享有种族和经济特权的那些群体"(23)的一种"特定的知识"。②的确,后现代主义思想中因认识主体而导致的无能为力,可以被理解为启蒙运动时期理性主义传统所做的一种努力,它们试图解决 20 世纪中叶至晚期时思想根基转换问题。哈索克提醒道,我们一定要小心谨慎,千万不可不加批判地接受后现代认知主体的局部主观性,视其为无可争议的普遍准则,这些后现代认知主体常常是一副游戏的姿态但最终却是无能为力、不起作用的。因此她主张,女性主义的理论模式应探索她所提出的"带有显著主体性的认识论"(24)。

那些因"遭受沉重的压迫而被扭曲,进而进行颠覆以至最终消灭压迫"(24)的人,由他们所构建以及为了他们而构建的知识将不可避免地打上这一经历的烙印。鉴于此,显著主体性的认识论便不可避免地被牢牢地置于某一特定历史和社会环境中,能强烈地意识到自身所处的位置。这些主体所产生的知识,是一种"特定知识"。这种知识并不那么反对"真理"、"事实"等

---

① Michel Foucault, *Power/Knowledge*, ed and trans Colin Gordon (Brighton: Harvester 1980), p. 142.
② "特定的知识"见 Donna Harraway 的论文 "Situated Knowledges: The Science Question in Feminism and the Privilege of Partial Perspective," *Feminist Studies* 14: 3 (1988), pp. 575—599.

概念，但在它眼里，真理是个不完全、临时性的建构，而"事实"则要和历史环境相联系。正如哈索克所描述的，"显著主体性的认识论没有从不知道的地方观察事物，但是却从某个地方看到了一些东西"（29）。福柯式的理论否认主体可以充分观照自我，而显著主体性在知识建构过程中则可被看成是达到了某种充分性（当然这一观点并不完整且有待修正）。这并非要恢复知识来源和知识主体的原来地位；而只是要表明这样的主体正着手现实改造，而知识正是现实改造的其中一部分。

但是这些显著主观性所产生的是种什么样的知识呢？这种认识论将采取什么形式呢？在我看来，辛西娅·弗勒德在短篇小说《一位年轻的打字员姑娘跑向斯摩尔尼：一部影片的注解》中，对这些问题和争论已做了探讨，在读者和主人公的头脑中展现了知识的建构。① 故事是以这样一条主线展开的：一位叫凯特的年轻姑娘，在伯勒比的温哥华郊区试图挨门逐户推销一份不知名的社会主义报纸，她挨家挨户地走着，有时卖了几份，多半情况是卖不掉。她边卖报边想象着标题上的那个年轻的打字员姑娘。A. J. P. 泰勒在为美国记者约翰·里德1917年俄国回忆录《震惊世界的十天》所写的序言中，提到过这个打字员姑娘。他记述道，"一位年轻的打字员姑娘跑向斯摩尔尼"（65）去告诉布尔什维克领导人列昂·托洛茨基，即使报纸已被查封，报社印刷工们也仍然愿意印刷他们的报纸。一个在历史上几近消失的妇女，只有通过一些简短提及她为托洛茨基提供消息的零散文章（如泰勒的"年轻女打字员"和多伊彻的"不知名的女工人"等）才有机会被凯特所知晓。尽管是她促成了那位男性领导人采取了行动，但是她无名无姓，也无任何具体介绍，身份只是一片空

---

① Cynthia Flood, *The Animals in Their Elements* (Vancouver: Talonbooks 1987), pp. 65—75。近一步了解，请参阅括号内注释。

白。甚至她那份传统的妇女工作都有可能是杜撰的：因为她在印刷厂工作，她本来很有可能是名排字工人，但结果却被改写成打字员，因为这工作更适合女性去做。在凯特竭力想象年轻的打字员的时候，她不但要具体详尽地再现男性史学家们的零星记述，而且还要突破那些过于熟悉和常规化了的有关"俄国"、"革命"、"东欧"的意象，这些一股脑地涌进了她的大脑：

> 然而，1917年的俄国……大草原上呼啸的飞雪、列宁对群众讲话的情景、洋葱似的尖顶、彼得和保罗……这些零散地形象断断续续地出现在凯特的脑中。她摇摇头，对自己的无知和浪漫感到很烦。她挥了挥胳膊，想将这些意象抹去。"我不明白该如何看待此事，"她说道。

这里，凯特在尽力想象这位历史上不知名的妇女的形象时又一次遇到了障碍。她试图拼凑出打字员姑娘的具体模样，但她所用的那些意象，只不过是充斥着当代加拿大人意识中的那些陈旧泛滥的媒体表征：怒号的雪（将俄国当作荒凉的冬天）；列宁和群众（1917年革命的社会主义现实主义的传统形象）；洋葱似的尖顶（莫斯科旅行纪录片中的镜头）；彼得和保罗（历史书中的伟人）。在上述所有有关"俄国"的描述中，没有一个和那位1917年的年轻妇女的形象相干。由于这位年轻的打字员姑娘无名无姓，再加上一系列蜂拥而至的刻板印象，凯特在想象中要想再现打字员的形象似乎不太可能。她陷入了和俄国革命的情境毫不相干的胡乱联想中。她模模糊糊地想到了20世纪头几十年的"欧洲妇女"：乌克兰农民的舞蹈服装；正接受培训的加拿大海军妇女学员的制服，其海军图案无意间（颇具讽刺意义）使人想起波将金的海员们；20世纪20年代荒唐夸张的反传统服装。凯特越来越想不出这位年轻的女打字员的形象，最后她想到了被神话了的那些妇女奔跑者，戴安娜也好，亚特兰大也好，"有着一头金黄的长发，编成辫子盘在头上，迈着强健有力的大步跑着"（68）。

或许现在该是评论弗勒德故事结构的时候了。故事的副标题为"一部电影的注解"。弗勒德在叙述中形象地再现了每一个动作，就像一部电影正在读者面前放映。凯特要去敲门的时候，弗勒德是这样来对她进行描述的："于是我们看见了她的背影，因为她缩在门口的一角以免冒犯开门的人……"（67）媒体的双重性使人想起爱森斯坦（Eisenstein）蒙太奇艺术手法中的分层技巧。这种合二为一的功效旨在使读者自然而然地意识到叙述者对人物的巧妙处理和安排。正如下令拍某一镜头或在脚本空白边上做注解的电影导演一样，弗勒德在一个一个不同的事件中描述凯特。对读者而言，这种叙述使他们不再可能轻松地认为现实是毫无意识地、不知不觉地在文本中呈现出来的。叙述者在文本中"导演"的叙述模式，被形式主义评论家们称为"手段的暴露"。正是通过对这一模式的强调和凸显，弗勒德使读者完全可以意识到人物和情景是如何被安排的。

但是这还不是全部。这部作品还包含了一系列的脚注，共48个，既有详尽的评论、细节的增加，还提供了其他可供选择的版本以及相关的历史资料。从视觉上来说，脚注打破了正文的连贯性，使读者不太可能很顺利地每行每页的阅读。比如说，在小说结尾，凯特想象着一个"迈着强健有力的大步跑着的女人"，这句话是这样加以注释的：

24 凯特想起了现代图书馆的馆徽，接着又联想到男人图书馆（Everyman Library）的名言："我将与你同行，做你的向导/在你最需要的时候与你同在。"女人（Everywoman）却未被提及，尽管她们中很多人也用书来保护自己。比如那个刚从凯特处缴费阅读的女人:结束自己婚姻的那天,她去了温哥华公共图书馆的金斯盖特分部完整地读了一遍迪克·弗朗西斯的《鼠赛》(Rat Race)。读完了 150 多页冗长而又廉价的惊险小说后,联系自身的经历以及早晨刚发生的事,她感到自己可以回家告诉孩子们所发生的一切了,当然还是会有所保留。1975 年,不列颠哥伦比亚的天才诗人帕特·劳瑟在东温哥华家中和丈夫一起居住的卧室里(你可以这么说)被其丈夫(对于此人,没有任何相关描述)用榔头打死。在她最需要帮助的时候,埃拉托,你在哪里?(68)(埃拉托为九缪斯之一,司爱情诗的女神——译者注)

把这个脚注理解为一位全知叙述者的进一步评论是非常有趣的。这位叙述者能够揭露凯特意识中的心理变化过程,然而这一解释策略不会完全说明该注释开始谈论帕特·劳瑟之死时语调上的惊人突变。作者究竟在建构什么呢?年轻的女打字员、凯特、阅读惊险小说的那位妇女以及帕特·劳瑟这四者之间究竟是什么关系呢?

如果我们思考一下男人图书馆(Everyman Library)题词的内在含意的话,我们便可以着手厘清这一脚注的多重意义了:此题词允诺图书馆中那些经典文章的智慧不仅仅是用来冥想的,而是和世人的行为密切相关的。然而,这一观点却仅代表了那些历经数个世纪的经典"著作",而没有将那些流行一时的文化作品,如神秘小说、惊险小说以及浪漫小说包括在内。然而,正如塔尼亚·莫德莱斯基所表明的那样,这些作品的读者主动地利用其阅读经历来解决他们日常生活中的矛盾和压力,并对任何将其安排成被动消费者的模式表示怀疑。① 显然某一特定的知识由认

---

① Tania Modleski, *Loving with a Vengeance* (London: Methuen 1982).

识主体在现实世界的行为产生，且暗含于其行为之中，然而知识本身并不能改变被压迫的局面，这一点也是显而易见的。这样一来，帕特·劳瑟之死就是一个再明显不过的提示了，即书面文字和写作行为本身在蛮力面前无能为力，毫无价值。这个高深莫测、谜一般的脚注中的种种描述所要展现的，正是知识和实践之间多重而相互矛盾的内在关系。

这一点也在凯特身上得到了印证。小说通过使用注解、旁白以及评论展现了凯特的思维过程。当凯特想象那位年轻女打字员时，她同时也在创造那个女打字员的生活，准确地说，是再创造那种生活。通过自身卖报纸的经历，她最终建构出了她一直寻找的那个形象。这一形象形成于凯特自身和打字员姑娘共同拥有的生活经历。因此，正是具体的政治活动，且是最平凡、最世俗的那种，才促使凯特能够想象出另外一位年轻女性的形象。凯特所从事的工作常常不尽如人意，且看似无足轻重，正是通过这一点，凯特最终意识到自己和这位在历史上不为人知、无名无姓的妇女不无相似之处。这样说并非意味着自我压倒了他者性，也并不是要表明自我和他者之间有着不可逾越的鸿沟。凯特所获取的知识并非经验的（她永远不可能知道这位女打字员的名字，也不可能在档案里发现她的照片），但是这些知识却成功地对陈腐传统的种种错误观点以及纯属主观臆测的各种幻想进行了清理。如果说，对于一个逝去的历史时刻，要想恢复其具体细节已是不太可能，那么通过凯特自身的行为来获知某一集体性时刻仍然是有可能的。这一集体性时刻形成于经验的某一共同基础，这里同时也需要加以强调的是，获得这种经验并非通过移情的想象性投射；恰恰相反，它是在一项共同参与的劳动过程中完成的，该劳动是一项不受重视、令人乏味的政治任务，可能会在一个更大的计划中完成，也可能完不成。

应该声明一点，这里的知识只是一种"特定的知识"，它产生于一位年轻妇女的生活世界和日常实践，并在其中得以建构。由此它必然表达了现实经历在人类主体性上所刻下的烙印。这些烙印常常相互抵牾，具有多样性和层次性。但是值得一提的是，这是知识的社会和集体形式。这种知识在支配、反抗、冲突、干预以及转换等集体经验模式中得以建构和详尽的阐述，不管这些模式是读者对叙述的处理，还是凯特力图恢复在主流历史中消失的一位年轻妇女形象的努力。他们所假设的主观性具有多元性、异质性和断裂性，但这并不表明虚无主义的怀疑论破坏了批判和干预的可能性。在这个意义上，显著主体性的认识论对无能和被动提出了质疑，这两者曾是西方认识论中合法化危机中的产物。显著的主体性不会宣称一种普遍化的、统一完整的、超历史的知识，而是试图掌握部分真理来认识和改造某一具体情境。正是凭借这种方式，有着显著主体性的认识论不仅为女性主义理论提供了能够发挥作用的一席之地，也为那些女性主义希望与之建立联盟的理论铺设了有用的平台。

帕梅拉·麦考勒姆

光明的红色道路：土著女性写作的归家之旅[*]

总有一些人说我像个白人女士，他们认为这是对我的溢美之词。然而，我的追求、快乐和自豪是赞扬我自己民族的伟大和辉煌……我们所属的种族曾告诉世人任何形式的贪婪都是一种罪恶，我们的民族同样拥有蓝天碧树，坚信人应该无私地活着，然后无畏地离开。[①]

这段话出自艾米莉·波林·约翰逊。她是莫霍克族的作家及演员，父亲是莫霍克人，母亲是英国人。她曾发起过一场具有排山倒海之势的运动——第一次土著妇女运动。这场运动记录了我们的历史与革命，铭刻了我们的热爱与悲愤。

船桨之歌

八月在空中欢笑，

---

[*] 本文译自阿贾伊·赫布、唐纳·帕尔马蒂尔、佩内、J. R. 斯特拉瑟斯等编《加拿大批评的新语境》(New Contexts of Canada Critism)，佩特道柔：布罗德韦出版社1997年版，第175—187页。

[①] E. Pauline Johnson, 摘自 Betty Keller, Pauline: A Biography of Pauline Johnson (Vancouver: Douglas & McIntyre, 1981), p. 5.

我独自划着木筏,
一边欢笑,一边泛舟河上,
荡漾着,荡漾着,
在这群山环绕的河流上。①

这是波林·约翰逊的一首家喻户晓的诗,收录在儿童教科书及白人儿童教科书中。诗中她对故土的眷恋使她名噪一时。然而,当一位外国人读完约翰逊的诗时,可能会形成这样一种印象,即她只写一些歌颂自然的抒情诗,只涉足"高贵的野蛮人"、"绝迹的红种人"等世纪之交流行的主题。现在该是用另一种眼光重新审视波林·约翰逊的时候了。

偷牛贼

你如何偿付我们的猎物?你如何偿付我们的土地?
用一本书,你从你一手制造的罪恶中拯救我们的灵魂。
带着你的新宗教离开吧,我们从来就未曾搞懂过,
你掠夺印第安人的身体,却用施舍的食物来嘲弄他的灵魂,
带着你的新宗教离开吧,去寻找——如果你能够找到的话——
从被你饿得奄奄一息的人中找个最忠实的人。
你说你的牛不是我们大家的,吃的肉也不是我们大家的;
当你偿付了你所居住的土地,我们就会偿还我们所吃的肉。②

---

① E. Pauline Johnson, "The Song My Paddle Sings." *Flint and Feather* (1912; Toronto: Musson, 1917), p. 31.

② E. Pauline Johnson, "The Cattle Thief." *Flint and Feather*, p. 15.

我们应该能意识到约翰逊身上所具有的革命性了。约翰逊在众多的巡回朗诵会中,被公众称作"莫霍克公主"。约翰逊对那些非土著人对其本族人民的误解感到很反感,她的愤怒和她本人敢于表达愤怒的勇气也使她成就为一名诗人。她决心要打破这些界定,摧毁贬低她本族人民的那些刻板印象。约翰逊冲破了当时的维多利亚式的华丽藻饰的文艺风格,为所有女性作家指明了道路。她政治上坚定,思想上忠诚,是一位真正的革命者。

理解土著女性作家的诗歌、散文的关键是要坦然地热爱我们自己的民族。波林·约翰逊写出了这种热爱。在她的短篇小说里,女主人公都有精神上的勇敢,充满了尊严和自豪、愤怒和力量。①

波林·约翰逊是位民族主义者。加拿大试图宣称她是加拿大人,但波林·约翰逊只属于一个民族,即莫霍克民族。她在诗歌、小说以及其他文章中大量表达了她的这种民族主义情感。她对加拿大有着强烈的热爱,热爱加拿大的大海和群山,加拿大的松林和湖泊,加拿大的牲畜和鸟兽,但却痛恨企图规范她的民族生活的加拿大政客与种族主义。

1892年,约翰逊写了一些关于文化挪用的文章,特别对当时小说中土著妇女的描写作了批判。她驳斥了当时两位受欢迎的白人作家——查尔斯·梅尔和海伦·亨特——把土著妇女描写为俯首帖耳、为爱不能自拔、自取灭亡的美洲印第安女人。她还不乏幽默地怒斥了这些作家缺乏想象力的语言以及坚持称土著女性为"威诺娜"或其他相关形式的做法。②

波林·约翰逊是我们中那些参加第一次土著运动的妇女作家的精神祖母。不过她却被时下的评论家和女性主义者们所忽视,

---

① E. Paline Johnson, *The Moccasin Maker* (1913; Tucson: U of Arizona P, 1987).
② E. Paline Johnson, "A Strong Race Opinion on the Indian Girl in Modern Fiction." 首次出版于 *Toronto Sunday Globe*, 22 May, 1892; 后由 Betty Keller 再版, *Pauline: A biography of Pauline Johnson*, pp. 116—121.

但这仅算是土著妇女写作遭到排斥的漫长历史中的一小段。

波林·约翰逊1913年离世，但她的精神却一直和我们这些土著妇女作家保持着交流。她是我们文学创作的开路先锋。当每次有土著女作家提笔写作时，这条文学道路就会变得越发宽广和清晰。

我视土著妇女写作为一种礼物，一种真正意义上的馈赠。我们的精神与汗水，眼泪与欢笑，热爱与愤恨，以及我们的身体都被提炼成文字，从而汇聚成一股力量。不是超越一切的力量。力量，是那种能深入心扉、与思想对话的力量。

故土。精神。过去，现在，未来。所有这些都用世俗的语言表达出来。我们在创作时使用与我们的语言大相径庭的英语，结果产生了一种新的写作风格。我有时候认为，我们的作品不被评论界归为文学作品的原因之一（明显的种族歧视除外）是我们的作品与所谓的"文学"背道而驰。我们的作品，被认为是"政治性太强"，我们没有安于自己的现状，没有老实地待在北美人、白种人认为我们应该接受的地方。因此，绝大多数土著女作家的作品只能发表在一些很小的出版社是绝非偶然的。这些出版社不是女性主义出版社就是左派出版社等，它们完全不符合占支配地位、定义好作品的主流权威规则。这里面有个关键字眼"不符合"。有一场运动正在进行中，向原有的写作信念及原信念支持下的作家们发起了挑战。因此，我们的作品也被搞妇女研究的导师和教师讲解就是很正常的事了。他们是运动的发起者，坚信应向主流文化作品发起挑战。当然，这并不是说所有的妇女研究都像我们想象的一样具有前瞻性。在妇女研究会议上，讨论往往会集中在欧洲白种人对文学及理论的规定和定义上。我已不愿再听到把弗吉尼亚·伍尔芙和艾米莉·狄金森说成是女性主义和（或）世界文学之母一类的讨论了。伍尔芙是个种族主义者，狄金森是个很有优越感的女人，从不走出家门，除了想想在某一天该穿哪件白衣服之外其他什么都不必操心。然而阶级和种族是必须要拿出来评论的；或者如果这些曾被讨论过，那只是他们的一面之词，而不是我们的观点。

那些符合主流的出版社告诉我们，我们的作品并不太好销售。用切弗·西尔斯的话来说，是"谁能卖掉天空和风？谁能卖掉土地和造物主？"打破种族主义体系的少数几个有色人种女性站了出来，成了我们种族的代言人。这意味着只有这少数的几个人足够"优秀"，能"取得成功"，而这些女性被兜售为有着异国情调的怪人。（毕竟，我们都明白有色人种的女性都没有文化，不是吗？）

波林·约翰逊时常碰到种族主义。这位"莫霍克公主"被认为是反常的，我想至今这种观点也没有多少改观。我经常想起波林·约翰逊，特别是我睡醒起来读我自己写的故事的时候。因为像她一样，"我的追求、快乐和自豪是赞扬我自己民族的伟大和辉煌"。

由于我们口语传统的历史非常悠久，而文字历史却较为短暂（在欧洲历史框架下），因此，书籍及其他书面材料的数量相对较少。然而，对我们而言，这些都是我们这一群体小心滋养呵护的珍品。从事写作并获得出版的土著女作家越来越多。如同一切发展的事物一样，存在着一定的需要和欲求来保证这种增长的日趋成熟。你会发现这些硕果滋润着我们的民族，而这种繁荣则为我们提供了生存的工具。我敢说土著女性的作品是安抚我们这个民族的一剂良药。当我们从镜子中审视生活时，我们会同时发现镜子外的文化对我们造成的影响。对我们而言，学会自我安抚、自尊自爱是完全有可能的。

我清楚地明白土著女性作家的作品可以慷慨地让我们共同品味历史，憧憬未来。这种共享是一种集体经验，或许这就是土著作家作品与以欧洲文化为根基的文学作品的最大区别吧。我们写作时并不是在和缪斯交谈的写作个体，而是作为一种古老文化意识中众多成员之一。我们的"缪斯"是我们自己，是我们的祖先。我们的缪斯是我们的儿女和孙儿女，我们的配偶和爱人们。我们的缪斯是我们的这方土地，是她在山岩、树林、飞鸟、鱼虾、走兽及河流中孕育的许许多多的故事。我们的语言来自我们的生活，来自充斥我们周围的精神，正是这精神教导并劝诱着我们，惩罚并同时爱护着我们。

第一部举世公认的土著女性小说是奥卡那干族的胡姆·爱苏·玛于1927年写的《科吉韦：混血儿》。①该小说描述了被称为混血儿的种种遭遇。胡姆·爱苏·玛主要记叙了女主人公和其印第安祖母的关系，讲述了科吉韦得到白人的求爱，一时被诱入歧途，但最终是如何没有背叛其民族的过程。胡姆·爱苏·玛没有固定工作，到处打工，无论去哪儿，她都带上她的打字机，抓紧一切可以利用的时间写作。这里，又使我想起了波林·约翰逊以及她的那些印第安妇女。她们坚守着土著人的信念，时刻在精神上与她们的土地和民族保持联系，时刻都渴望着将这一真理公之于众。

五十年后，玛丽亚·坎贝尔发表了一部具有开拓意义的小说《混血儿》，② 所采用的主题是种族主义及贫穷在民族内产生的不平衡而导致的人的绝望。玛丽亚有一个祖母，祖母的话语和力量给了她莫大的鼓舞和勇气，并为她指明了光明的归家之旅。光明的红色道路是土著人一种拥有平衡和持续性的生活方式。这可能又像是土著作家在作品中所体现的强烈的信息，即她们在作品中的主人公世界中创造了一种平衡，同时不忘记前人的教诲，逐渐从殖民主义的阴影中走出来。当然，这并不是说土著女性作品都有"圆满"的结局。实际上，把很多事情整齐地罗列在一起并

---

① Hum-Ishu-Ma (Mourning Dove), *Cogewea: The Half-Blood* (1927; Lincoln: U of Nebraska P, 1981). Hum-Ishu-Ma 的导师是个白人，我对 Hum-Ishu-Ma 的理解深受其导师的影响，而非其本人。

② Maria Campbell, *Halfbreed* (Toronto: McClelland and Stewart, 1973).

不是在走光明的红色道路——这是个谬误。或许这就是惹恼那些白人评论家的原因——他们说我们的作品没有情节！如果我们不遵守规则的话，这些墨守成规的评论家们又怎么写评论呢？或许问题应该是：为什么这些评论家在他们的文章中如此缺乏想象力呢？他们为什么对我们姐妹们写的东西如此无知呢？为什么一个欧洲白种人制定下的标准要用来衡量所有的作品呢？为什么种族主义在文学界还是如此肆虐呢？

莱斯莉·马蒙·西尔科在1977年出版了小说《典礼》，[①] 1991年又出版了《死者年鉴》。[②] 在那些年前后，其他很多作家也都出版了各自的小说，有葆拉·冈恩·艾伦、路易斯·埃德里奇、让内特·C. 阿姆斯特朗、安娜·李·沃尔特斯、埃拉·卡拉·德洛里、贝亚特丽丝·卡勒顿、鲁比·斯利普杰克、辛迪·巴斯金、贝蒂·路易斯·贝尔、李·马拉克、卫尔玛·沃里斯和琳达·霍根等。[③]

自传文学领域，土著女作家的作品数目也很突出，有明妮·奥德娜·弗里曼、玛丽亚·坎贝尔、鲁比·斯利普杰克、艾丽丝·弗伦奇、伊格纳特·布罗克、李·马拉克、马德琳·卡特塞里奥特、韦尔娜·帕特罗内利·约翰逊、弗洛伦斯·戴维森、

---

① Leslie Marmon Silko, *Ceremony* (New York: Viking, 1977).

② Leslie Marmon Silko, *Almanac of the Dead* (New York: Simon & Schuster 1991).

③ Paula Gunn Allen, *The Woman Who Owned the Shadows* (San Francisco: Spinsters/Aunt Lute, 1983); Louise Erdrich, *Love Medicine* (New York: Holt, Rinehart and Winston, 1984); Jeannette C. Armstrong, *Slash*, rev. ed. (Penticton, BC: Theytus, 1988); Anna Lee Walters, *Ghost Singer* (Flagstaff, AZ: Northland, 1988); Ella Cara Deloria, *Waterlily* (Lincoln: U of Nebraska P, 1988); Beatrice Culleton, *In Search of April Raintree* (Winnipeg: Pemmican, 1983); Ruby Slipperjack, *Honour the Sun* (Winnipeg: Pemmican, 1987) 以及 *Silent Words* (Saskatoon, SK: Fifth House, 1992); Cyndy Baskin, *The Invitation* (Toronto: Sister Vision, 1992); Betty Louise Bell, *Faces in the Moon* (Norman: U of Oklahoma P, 1994); Lee Maracle, *Ravensong* (Vancouver: Press Gang, 1993); Velma Wallis, *Two Old Women: An Alaska Legend of Betrayal, Courage and Survival* (Seattle, WA: Epicenter, 1993); Linda Hogan, *Mean Spirit* (New York: Atheneum, 1990).

玛丽·约翰、格特鲁德·博南等。① 她们都将自己的故事以自传的形式诉之于众，我们也因此成为土著人真实生活的见证。纵观这些作品，其中丰富的女性形象和个性化的人格魅力非常明显。沙伊安部落（北美阿耳冈昆印第安人的一个部落）有句谚语："当一个国家的女人也俯首称臣时，这个国家才算是真正的被征服了。"这句话已成为土著女性写作的一则预言。第一次土著妇女运动的女性没有被征服，我们同鸟儿一同翱翔，我们的作品也同我们一起翱翔，因为它是我们内心深处的东西。

我们的作品中所表现的另外一个事实便是我们同我们的女性长辈和祖先有着密切的关系。祖母们、母亲们、阿姨们都出现在我们的作品中。对女性智慧的这种尊重可以见证于我们的生活，因此也见证于我们的作品中。

诗歌好像是多数土著女作家叙述的最好的形式。我们用充满力量的双手把诗歌从那些学术统治者、白人以及装腔作势的男作家手中抢了过来，让它重新拥有鼓儿诗一般的奏鸣声，小乌龟"唑唑"的爬行声，重新回到光明的红色道路上和大地的平衡

---

① Minnie Aodla Freeman, *Life Among the Qallunaat* (Edmonton, AB: Hurtig, 1978); Maria Campbell, *Halfbreed*; Ruby Slipperjack, *Honour the Sun*; Alice French, *My Name Is Masak* (Winnipeg: Peguis, 1977) and *The Restless Nomad* (Winnipeg: Pemmican, 1991); Ignatia Broker, *Night Flying Woman: An Ojibway Narrative* (St. Paul: Minnesota Historical Society, 1983); Lee Maracle, *Bobbi Lee: Indian Rebel*, rev. ed. (1975; Toronto: Women's, 1990); Madeline Katt Theriault, *Moose to Moccasins: The Story of Ka-Kita WaPa No Kwe* (Toronto: Natural Heritage/Natural History, 1992); R. M. Vanderburg, *I Am Nokomis, Too: The Biography of Verna Patronella Johnston* (Don Mills, ON: General, 1977); Janet Campbell Hale, *Bloodlines: Odyssey of a Native Daughter* (New York: Random House, 1993); Wilma Mankiller and Michael Wallis, *Mankiller: A Chief and Her People* (New York: St. Martin's, 1993); Bonita Wa Wa Calachaw Nuñez, *Spirit Woman: The Diaries and Paintings of Bonita Wa Wa Calachaw Nuñez*, ed. Stan Steiner (New York: Harper & Row, 1980); Ida S. Patterson, *Montana Memories: The Life of Emma Magee in the Rocky Mountain West, 1866—1950* (Pablo, MT: Salish Kootenai Community College, 1981); Helen Pease Wolf, *Reaching Both Ways* (Laramie, WY: Jehn Mountain, 1989); Zitkala-Ša, *America Indian Stories* (1921; Lincoln: U of Nebraska P, 1985).

中。我们所写的诗中有悲痛和力量，有古老的信仰，有肉欲的爱，有背信的违约，还有被玷污的美丽。我们以人类的声音和灵魂来进行创作。我们歌颂先辈，赞扬世人，鼓励我们民族的继承人。我们歌颂每一天，赞美食物，甚至把食谱带进作品中。克里斯托斯、玛丽·托尔芒廷、诺拉·马克斯·道恩豪尔、玛丽·莫兰等人①都曾写过关于做油炸面包、三文鱼、玉米羹、鲸鱼肉的乐趣，还转告其他人如何准备这样的美味！对我来说，这些极具印第安特色。对着这些基本食谱流口水的读者会从我们亲身实践的无私奉献中获益。毫无疑问，这会在评论家们那里惹很多麻烦：食物如何也变成了艺术？如果这些土著女人把食谱都写进诗歌里，那么文学如何还继续成为"精英们"的专属？如果诗人赞美食物就像意大利文艺复兴时期威尼斯画家提香，喜用橙红色、赞美红头发一样，世界将会变成什么样子？

　　土著女作家出版了大量的诗集。② 我们的诗歌都发表在一些具有前瞻性的报刊和杂志上。但是仍然会有一些文学刊物希望把我们的作品集中到"特别"期刊上，这样的事——如果你留心的话——会每十年左右发生一次。而这些文学刊物的编辑通常都是白人，接受的是占主流地位的欧洲诗学思维的教育。

　　1983年，我应邀去为女性主义杂志《邪恶的智慧》编辑一期土著女性专辑。我没料到《精神汇集》会引发那样的动荡。

---

① Chrystos, "I Am Not Your Princess." *Not Vanishing* (Vancouver: Press Gang, 1988); Mary TallMountain, "Good Grease." *The Light on the Tent Wall*: *A Bridging* (Los Angeles: American Indian Studies Center, U of California, 1990); Nora Marks Dauenhauer, "How To Make Good Baked Salmon From the River." *The Droning Shaman* (Haines, AK: Black Current, 1988); Mary Moran, *Metisse Patchwork*, 尚未出版。

② 包括Beth Cuthand、Joy Harjo、Marie Baker（Annharte）、Janice Gould、Wendy Rose、Diane Glancy、Marilou Awiakta、Elizabeth Woody、Joanne Arnott、Carol Lee Sanchez、Paula Gunn Allen等诗人。

最终，这些作品编辑成书，出版于1984年。1988年和1989年分别由费尔布兰德出版社和妇女出版社再次出版。① 也许这里有个经验：当土著人有机会亲自写作并编辑时，一个引人注目的事件就会发生。这叫"为自己说出真相"，是个可行的新思想，培育我们这一群体中新声音的关键。我和整个北美的土著女作家们一起举办了写作研讨会，研讨会中大家共同的呼声就是治愈伤痛。这种伤痛不是单个人的，而是整个国家里出现的整体的破裂。因此，写作确实成了一剂良药，帮助我们继续成为一个整体。当我们成为一体的时候，我们的声音也就变成了整个人类的经验。当然其中的一些连锁反应也在所难免，而且有时大大的超乎寻常。

有些女作家用双语进行创作。萨利·本尼迪克特、勒诺·基西格-托拜厄斯、丽塔·乔、贝亚特丽斯·麦迪辛、安娜·李·瓦尔特丝、卢奇·塔帕洪索、玛丽·托尔芒廷、涅·弗兰西斯科、奥费利娅·塞佩达、唐纳·古德里夫②等土著女作家就属于这种情况。当英语不足以表达出完整的意义时，她们就会使用她们本族语言。我觉得这是我们发起的运动中一个令人兴奋的进步。因为这将带来令人振奋的结果，那就是我们自己的评论家及双语出版社的发展。我们的语言丰富多彩，有很多比喻、微妙之处，充满活力。我们的语言并不是一潭死水，也没有被征服——

---

① Beth Brant, ed., *A Gathering of Spirit* (n. p.: Sinister Wisdom Books, 1984; Ithaca, NY: Firebrand, 1988; Toronto: Women's, [1989]).

② Lenore Keeshig-Tobias, *Bineshiinh Dibaajmowin/Bird Talk* (Toronto: Sister Vision, 1991); Rita Joe, *Poems of Rita Joe* (Halifax: Abanaki, 1978); Beatrice (Bea) Medicine, "Ina, 1979." *A Gathering of Spirit*; Anna Lee Walters, *Talking Indian: Reflections on Survival and Writing* (Ithaca, NY: Firebrand, 1992); Luci Tapahonso, *Seasonal Woman* (Santa Fe, NM: Tooth of Time, 1982.); Mary TallMountain, *There Is No Word for Goodbye* (Marvin, SD: Blue Cloud Quarterly, 1981); Nia Francisco, *Blue Horses for Navajo Women* (Greenfield Center, NY: Greenfield Review, 1988); Ofelia Zepeda, 未出版; Donna Goodleaf, 未出版。

像女性的心灵一样在翱翔,向年轻一代及未来一代传播着自己的文化。

波林·约翰逊一定是在微笑了。她的莫霍克语很流利,但是她那些用莫霍克语写成的诗却不能出版。在她的一次巡回朗诵会上,曾发生过这样一件事:当她试图用莫霍克语来朗诵时,却被听众轰下了台!然后,她不失尊严地提醒道:她一直都不得不学习他们的语言,难道他们不也应该礼貌地听听她的语言吗?不用说,那一天听众还是坚持了不礼貌的表现。

从波林·约翰逊到玛格丽特·萨姆－克罗马蒂,① 土著女作家写的几乎都是土地。这片土地使我们得以生存,掩埋了我们祖先的尸骨;这片土地遭到掠夺,失去了我们的关爱而日趋衰竭;这片土地在梦幻中呼唤着我们;这片流血,哭泣的土地已深深地融入了我们的身体。

从波林·约翰逊到玛丽·贝克,土著女作家们都保持了幽默的写作风格。即使在悲痛中,我们也能找到笑声。我们笑人类的弱点,笑会耍花招的骗子,笑世人对我们的成见。库那/拉帕汉诺克族的莫妮克·莫伊察在她的戏剧《波卡洪塔斯公主和蓝点》中,② 揭穿了强加于土著女作家身上的谎言。她的控诉夹杂着怒骂和笑声——在土著女作家的笔下,两者有效地结合在了一起。阿尼沙勒比族的玛丽·贝克写了一部发生在印第安肥皂剧中的一个短剧《当燕麦饼烤熟的时候》。贝克的剧中角色不多,只有肥皂剧中的土著女明星和另一个新明星,这个新明星也是土著女人,在剧中为那些萨满教追随者授课。在一个独幕剧中,这个新明星告诉那些要加入萨满教的信徒自己在黑人妇女合唱时众目睽

---

① Margaret Sam-Cromarty, *James Bay Memoirs: A Cree Woman's Ode to Her Homeland* (Lakefield, ON: Waapoone, 1992).

② Monique Mojica, *Princess Pocahontas and the Blue Spots* (Toronto: Women's, 1991).

睽之下犯下的错误。贝克不但嘲笑了剧院中希腊合唱队的观念，而且把这种欧式的表现手法以尖酸刻薄而又令人喜爱的方式转变为她自己以及我们自己的娱乐，使萨满教的追随者对自身及自身的传统有了深刻的理解。

莎拉·温内穆卡、叙泽特·拉·弗莱施①以及波林·约翰逊也都在她们的写作中留下了笑声。要讲好故事，自己必须是个好演员。记得小时候，祖父给我讲故事时，常会夹杂着动作和手势，不断变换着表情和声音。我们可以再来分析一下更多的土著女作家的剧作品。马托·凯恩曾试图以作品《月亮屋》涉足剧本创作。薇拉·曼努埃尔创作的《圈子里的心灵》主要讲述了寄宿学校悲惨的过去、酗酒主义令人痛苦的现状以及家庭功能出现的失调。但从这些暴力现实中作者仍旧描绘了对未来的设想。蜘蛛妇女剧院多年来一直在编写、制作、上演自己的剧本。穆列尔·来格尔，蜘蛛剧院的成员之一，将女同性恋的幽默、土著骗子、女性历史三者巧妙地融进一个由一个女人独自表演的剧本中。土著女作家们自己创作剧本，并且自己导演、制作。波林·约翰逊在世的话，该会多么喜欢录像啊！

同为土著女作家，我们已经形成了自己互援互助的圈子。至少一周一次，我都会从信箱里收到一些来自我认识的或不认识的女作家们的诗歌和小说。读来自姐妹们的文字，激动不已。这是我们创作的另外一种方式——带有责任心地去支持那些奋力开始真理之途的姐妹们。妙语创作社（The Wordcraft Circle）的建立，是推动有经验的老作家与年轻的兄弟姐妹多进行沟通指导的一项举措。它产生于1992年于俄克拉荷马州举行的一次土著女作家的聚会上。眼下，我正和一位年轻的土著女同性恋者一起工作。

---

① Sarah Winnemucca and Suzette La Flesch（Bright Eyes）和 Pauline Johnson 是同时期的作家，她们曾在美国巡回表演，谈论其民族的诗歌及小说。

我深感如今土著女同性恋者可以向全世界的人宣布我们的存在。为了发表文章或出名而隐瞒自己的身份不免会对我们这个社会群体和渴望同性恋榜样的年轻的兄弟姐妹们造成伤害。我为那些迅速发展的土著女同性恋者们的创作感到自豪，因为它向人们展示了什么是土著女作家的作品。

我的一些姐妹们，已经患上了在主流文化中无处不在并已侵入我们领空和家园的同性恋恐惧症。她们深感恐惧，我完全可以理解，但我呼吁她们要拿出更大的勇气来战胜这种恐惧，要拿出勇气来展现真正的自我，为年轻的后辈们做榜样，也给我们的先辈们增光。许许多多的作家都曾表现出这样的勇气，如：康妮·法伊芙、克里斯托斯、芭芭拉·卡梅伦、沙伦·戴、苏珊·比弗、妮科尔·坦盖、吐·费热斯、唐娜·古德里夫、贾尼斯·古尔德、维基·西尔斯、唐娜·马钱德、玛丽·莫兰、伊莱恩·霍尔、莉娜·迈尼阿罗斯、雪莉·布罗佐以及其他一些作家。① 以一个完整的自我来进行创作是重新构想我们的世界的一种行为。

土著同性恋者作品中使用色情联想成了我们用来治疗伤痛的工具。在这些女作家手中，这一工具展现得强大有力且得心应手，特别是贾尼斯·古尔德和克里斯托斯的诗。在我本人的作品中，

---

① Makeda Silvera, ed., *Piece of My Heart*: *A Lesbian of Colour Anthology* (Toronto: Sister Vision, 1991); Will Roscoe, ed., *Living the Spirit*: *A Gay American Indian Anthology* (New York: St. Martin's, 1988); Connie Fife, ed., *The Colour of Resistance*: *A Contemporary Collection of Writing by Aboriginal Women* (Toronto: Sister Vision, 1993); Cherrie Moraga and Gloria Anzaldua, eds., *This Bridge Called My Back*: *Writing by Radical Women of Color* (1981; Latham, NY: Kitchen Table/Women of Color, 1983). 以上四部作品均收集了土著女同性恋作家的作品。见 Connie Fife, *Beneath the Naked Sun* (Toronto: Sister Vision, 1992); Chrystos, *Not Vanishing* (Vancouver: Press Gang, 1988), *Dream On* (Vancouver: Press Gang, 1991), 以及 *In Her I Am* (Vancouver: Press Gang, 1993); Janice Gould, *Beneath My Heart* (Ithaca, NY: Firebrand, 1990).

我尝试了诸如自慰、两个女性间性行为①等主题，以此作为对我个人生活圈中的不如意的一种弥补方式，同时也希望给那些正在寻找新的生活蓝图的其他女性给予帮助和指引。然而土著女同性恋者作品中并不只是有关性行为和/或性的主题，对其发生，这里还有一个更为广泛的文化定义。同大地及其生灵的紧密联系才是我们大多数描写情欲的作品的最重要的着手点。像我们异性恋的姐妹们一样，土著同性恋姐妹们也敢于在写作中揭露我们生活中的种种压迫。同性恋恐惧症是种族主义的最早产物，不管是内在的还是外在的，两者都共演一台戏。土著同性恋者在写作中称同性恋恐惧症和种族主义是一对双胞胎恶魔，将会给我们带来毁灭。

维基·西尔斯，切罗基族人，其作品中一个最主要的主题就是国家对儿童身体的压力。② 性猥亵，肉体摧残，情感虐待等在维基的短篇小说中是发生在小女孩身上的"常事"。维基自己在福利院长大，通过在对大地的热爱和女性之间的爱情中找到慰藉和自信。她在短篇小说中一直强调着这些自我恢复的种种可能。事实上，可以说多数土著女同性恋的作品都将大地赞美为女性、情人及同伴。反之，女性、情人、同伴也被歌颂为大地。有着双重思想的作家们正愈合着被殖民主义分裂的自我。

复苏作品（recovering writing）是土著女性作家运动的另一个组成部分，其中主要是从现实中的凌辱、种族歧视、性别歧视以及同性恋恐惧症中恢复自我。卡尤加族的吐·费热斯，奥吉布瓦族的沙伦·戴都是这种复苏作品的杰出代表。③ 还有默诺默尼族的诗人克里斯托斯，她非常擅长于描绘服用各种东西而上瘾以

---

① Beth Brant, *Mohawk Trail* (Ithaca, NY: Firebrand, 1985; Toronto: Women's, 1990); Beth Brant, *Food & Spirits* (Ithaca, NY: Firebrand, 1991; Vancouver: Press Gang, 1991).

② Vickie Sears, *Simple Songs* (Ithaca, NY: Firebrand, 1990).

③ Sharon Day 和 Two Feathers 的作品未出版。

及沉湎于其中不能自拔的准确感受,因为这些东西可以缓解在20世纪身为土著人的痛苦。复苏作品既包含了作者满腔的愤慨,又充满了作者对走向光明的红色道路之困难的关切。作者在叙说我们的人民时,既努力保持清醒和冷静又充满了同情和怜悯。同时作者还强烈地谴责了国家在过去和现在一直都在用麻醉人民的方法来试图消亡我们的文化。我的许多短篇小说都着重描写了保持清醒与微醉之间那一刻的情形。小说中的主人公时而保持着传统的土著思维,时而又通过麻醉而被殖民化,进入一种非自然的状态中。如同在我的生活中一样,在我的这些小说中,造物主赐予了这些角色坦然"讲话"的天分。这因而也成了我们的一个抉择:要么选择走光明的红色道路,要么死于心理失衡——一种与真实、自然相反的"虚拟现实"。

波林·约翰逊是最清楚这种文化毁灭的影响的。她的父亲,莫霍克族的一位首领,在政治上是行动主义者,强烈反对酒类走私贩,认为这些人会大大削弱自己民族的力量。他多次遭到这些走私贩和凶手的暴行,因而寿命也大大地被缩短了。波林的很多小说中都含有对白人的义愤,因为他们不但想掠夺我们的土地,而且企图以酒精为武器来麻醉我们,从而将我们征服。我想波林会欢迎这种复苏作品,并会给它一个恰当的称号——印第安人反对文化破坏的战争宣言。

口述传统需要有认真、热情的讲述者和听众,且要有意识地去完成。付出,然后收获,再付出,这才构成了内在真理的一个完整的循环。第一次土著妇女运动的创作像口述传统一样,利用故事的力量和帮助来表现历史、教训、文化和思想。或许我们内心里表现最强烈的本能就是爱。我要说的是,土著创作一直在把爱当作礼物奉献给世人。然而爱这个字眼在主流文化中已被滥用,变得很空泛。事实上,字母 L—O—V—E 已变成了纯粹的字母与字母的拼接,可以被轻率地使用,以便掩盖人内心深处的东西。

我40岁的时候才开始写作。我想我的心灵知道，直到我足够成熟和包容，懂得爱的真正含义时，我才能接受这件馈赠。我相信第一次土著运动的妇女们的作品也是集体意识的产物。单个实体对我们而言是毫无意义的概念和观点。即使我们被迫离开我们的精神家园，任由别人盗取祖先的名字来提高运动队的知名度，或推销汽车及服装；即使在寄宿学校中我们的语言被禁止；即使我们的思想被玷污或亵渎，我们的家庭因"合法"的暴力和屠杀而被迫分离；即使经历了这漫长的战争之后：我们仍然坚持自己的信念，紧紧地团结在一起。

　　我们的联合有多种形式。作为一个莫霍克人，我深感自己与那些不属于我们民族的许多人也保持着思想上的紧密联系。这些民族，如卡里尔族、默诺默尼族、克里族、彻罗基族、拉科塔族、伊努伊特族、艾贝那基族，连同其他很多民族一起就像交织编排的一缕缕线一样。莫霍克族和其他众多民族有着根深蒂固的联系。每一缕线的颜色和美丽都是非常独特、不可或缺的，编织在了一起，它们便形成了一个牢固、持久的共同体。我们的创作亦是如此，因为这就是我们的信念。写作可以由单个作家独立完成，但是有关历史、文化、土地、民族的记忆却总是恒在的——像另一个实体一样。我们就是这样进行创作的。用我们共有的意识写作，用那还不曾被命名或殖民化的——我们集体创造的——意识写作。

　　迈杜族的贾尼斯·古尔德曾写道："我宁可相信有大量的沉默得以保存，可以永远不用**被迫**讲话，一直保持神圣而不可侵犯的状态。"① 我感到这些神圣的沉默正是我们的创作源泉。那是块尚未被仇恨和帝国主义触及或践踏的地方。那是个神圣的地方。那个地方。

---

① Janice Gould, "Disobedience in Language: Texts by Lesbian Natives." MLA Convention, New York, 1990.

像波林·约翰逊一样，混血作家们在我们身体中流淌的血液里发现了那块神圣的地方在低语："回家吧！回家吧！"虽然我们从未离开过这个家园，但从某种意义上而言，我们已被迫接受有关我们印第安人的一些谎言。对于我们中那些与传统土著人形象不符的人，确认我们土著人的特征便成了种族主义的一项功课："咦，你看起来不像个印第安人？""咦，我不知道印第安人也有长蓝眼睛的！""我的高祖母是彻罗基公主，那我是不是也是印第安人？"一会儿后，即使令人厌倦，这也会变得有趣起来。也许我们感到我们正失去什么，陷入到某种未知的力量中，而我们没有权力知道。主流文化是多么喜欢把灾难和痛苦予以量化！它是多么善于把我们彼此分开，把我们与自我隔离。有色主义是种族主义的另一副面孔。在作品中我们显露出害怕被抛弃的恐惧，我们担心被我们所爱的人抛弃，害怕那些观点意见对我们很重要的人离开我们，害怕在我们梦中不断低语："回家吧！回家吧！"的那个人舍我们而去。混血作家也是我一直研究的对象，因为我们中大多数人都是很多血统和民族的混合。奇克索族的琳达·霍根称我们为"新人民"。新人民是五百年殖民统治下的幸存者。尽管我们祖母们的身体曾被征服者们占用，但我们却没有忘记她们，也没有忘记她们留下的精神财富。在墨西哥，有一个关于拉·娜诺勒的故事。据说娜诺勒在大地上一直游荡，寻找她丢失的孩子，她的声音就是风。她一直在哭泣、呼唤流淌着她的血液的孩子。她是印第安人，和我们流淌着相同的血液，是我们的精神祖母。她呼唤着我们："回家吧！回家吧！"她低语着，哭泣着，向我们呼唤着。她进入我们那块未被侵犯的神圣的地方，在那儿孕育了我们。"回家吧！回家吧！"这是脐带的声音，是胎盘的低叫。"回家吧！回家吧！"我们聆听着，我们创作着。

贝丝·布兰特

拯救：当代女性主义创作中对主流文化的颠覆[*]

1991年秋，我接到新不伦瑞克大学做讲座的邀请，开始着手为该大学的女性研究所撰写本文。1992年1月我开了以本文为题的讲座。此文经修改之后，投到了不列颠哥伦比亚大学性别关系研究中心，最后发表在《语法、修辞、伦理》(1992,20)杂志上。在我写作过程中，出现了许多值得关注的问题。比如，正确的女性主义理论日益成为女性主义者中间的一支分化力量，一股反对女性主义被关注的社会抵触情绪也在日益增长。这些问题见证了1989年发生在蒙特利尔理工学院工程专业女学生被屠杀的事件。

引　　言

以十年或更长时间的斗争为妇女运动辩护，这事实很明显地证明了一点，即在当前以我们的名义写点什么是非常困难的。第一人称的复数形式经掩饰而表现为一种包括形式，而事实上却隐

---

[*] 译自达夫妮·马拉特《曲折的解读》(*Readings from the labyrinth*) 埃得蒙顿：尼韦斯特出版社1998年版，第155—171页。

藏了其作者的一种特殊的忠诚，因而，由这一复数形式引发的怀疑完全是理所当然的。而面对这一怀疑，我们怎样来讨论我们呢？这个不受欢迎、且具有概括性的我们，只会将某物隔离开来而非包括在内。

然而，我身上的某种力量使我无法放弃对我们加以讨论的可能性，抑或是无法放弃"我们"所代表的一些希望，如共同体、公认的共性以及对女性主义的理解。这种理解以各自不同的被压迫经历来达成团结一致的基础（是的，就是这个政治术语），以超越个人的名义来支持积极的行动。

正　　文

在这三个术语——拯救、颠覆、加拿大的女性主义创作中，——拯救似乎是最不可能使用的。拯救与从海滩上抢救货物船只等相关事情有着各种各样固定的联系，如何可能来认识女性主义的拯救呢？我们所指的拯救，是那些尽管毁坏得无法弥补以致要被勾销但事实上却仍然有用的东西。回收场有报废汽车场、零部件仍可回收利用的沉船残骸等，还有从漂浮的水栅中漂走的木头。拯救回收人员则几十年如一日地把这些漂在水面的木头捞上岸，捆起来，然后当做有用的木材来卖。拯救是使人联想到废弃物的一个颇为前卫的词。作为一个女性主义作家，我所感兴趣的是"拯救"这一概念本身，其中包含着从已被注销的东西中找回价值，从垃圾中翻出些有用的东西。

垃圾。我，一个女人，女同性恋者，能够从我所处的文化中拯救出什么价值呢？如果不是时不时地完全由厌女症的激烈行为所逼迫，我又怎么能和这一文化的边缘保持些距离呢？

视野的他者化可导致价值的转向。"垃圾"、"残骸"、"毁灭"等词被应用到女性身上时，性政治的回声依然可辨。根据这些回声，可以发现从前的双重标准（维多利亚式的标准，即使在我们这个所谓进步的时代仍大行其道）所流露出的种种标准。我们在成长过程中经常听到这样的话，如"她简直是垃圾"；"她看起来那么像垃圾"；"难道她看起来不像个废物吗"；或是那个表示道德败坏，久已过时的概念"一个毁了的女人"。即使是在当代，当我们说对方为"垃圾"时，我们便是在损毁对方，把对方贬得一钱不值之后将其注销，包括其观点及个人特有经历的注销。

如果女性主义者们随时准备像主流文化对待我们那样彼此相待的话，这在一定程度上是由于我们仍然不假思索地保留了一种二分法的思维模式。而这种思维模式又是由主流文化通过一整套使我们彼此分裂的、关于什么是可接受、什么不可接受的价值判断标准来灌输给我们的。在这种二元对立的价值判断标准中，所有那些关于性别主义、阶级依据以及种族主义的价值标准及三者的交叉处都未予以考虑。要想打破这些二分法的力量，需要付诸拯救行动。在拯救过程中，我们可以正视并识破主流文化中的消极面，在可选择的价值体系中，将消极面转化为积极有用的方面，就像把垃圾转变为可用的木头，成为对建筑有用的东西一样。

加拿大用法语和英语创作的女性主义者们，已经在不停地讨伐大众文化中对女性的消极放置，以便颠覆该位置的意义。在这些拯救式的讨伐中，其中的策略之一便是向人们展示因语言的力量而引发的对语言的密切关注是如何颠覆和消解了那些语言游戏的意义的。这些语言游戏被人为地灌输进意义而产生了不同的观点。弗朗斯·西奥黑在故事《魔镜，魔镜，告诉我谁是最美丽的》中，探索了一个身体被监视的女孩对毁灭的恐惧。弗朗斯·德奥黑将这一恐惧作为该女孩未来的一个有效换喻，从而将这种恐惧转变为一种文化批判。

智慧毁灭了，肉体也同时毁灭了。两者同时共存，缺一不可。

"我处于严密的监视之中，可我什么也看不到，"她自言自语道。

酒吧女招待只能表现得规规矩矩的。从城里来的那位年轻女郎穿着红黑相间的羊毛外套，看起来实在是太时髦了。她的那个毛皮领子就更不用提了。看起来她和这一带可以谈婚论嫁的姑娘们年龄相仿。从可以结婚的女儿到结了婚的少妇，从 16 岁到 18 岁：几乎人人都要完成这个过渡。从和父母居住到和丈夫住在一起，她很想说，她无法像她父母那样生活得井井有条。明年她就要平生第一次穿上黑色或森林绿的锦缎外套。

酒吧女招待也到了结婚年龄。酒吧老顾客们感到口渴的话，她就按照妈妈说的那样，来为他们服务。他们一轮一轮地开始喝起来，还打着各种各样的手势。18 岁的机械工们则会通宵达旦地喝下去。一点点地假想空间都会受到威胁。所有的手势都被打断。第一个到酒吧的人不开口的话，片刻的暂停都不会有。她想开口说话吗？这个问题可能吗？正确吗？是不是不太明智呢？旅馆不是教室，她妈妈常这么对她说。

显然，这是个充满活力的地方，工人们可以在此放松放松。卡车司机，推土机司机，砖瓦匠，建筑工地的工人，还有拿着链锯时刻担心失业，惦记福利的伐木工人，他们都时常光顾此处。"生意真好啊！"收银员不停地说着。

镜子在吧台的后面，酒吧里挂有马奈的油画，装修也有年头了，看上去已过了八十，甚至一百年。昔日的辉煌现已衰落，这也是文明和新世界的衰落！在纯文学的世界中，她记得她曾在19世纪的法国逗留了一年。那就是他们使我们最容易明白的事情。是思想的错误，还是日期的错误？此时，我们的头脑中开始无法摆脱那个永远思念过去的社会精英，渐渐沉溺于法兰西爱国、怀旧的主题之中。

精英都有着两副面孔。

这是谁的抵押物品，他要去哪儿？她要去哪儿？她要和谁断绝关系？酒吧里的女郎，一个到了结婚年龄的姑娘，她的生活难道只是为了生孩子或法……法……法国的19世纪？两副嬉笑调情的面孔贴在了一起，难分彼此。一个人转身对着另一个，任由对方为其解开衣服，撕开缝线，一口气的把衣服脱光。他所有重量的中心进入了她的阴部。躲在玻璃后，在两次惩罚之间去和异性睡觉，这便是她为自己辩解的方式（55—57）。

叙述策略：在酒吧女招待的外表和内心活动的有限范围内来回穿梭；不停地转换，将人物内心的所思所想置于一种与外在环境不太和谐、间断分裂的关系中。

*　　*　　*　　*

在父权制价值系统中，被视为没有用处的东西（即不能满足具有竞争性的男性利益的等级制的需要）就等于是毫无价值，不足为取的。这些东西再大幅度地下降以后，就和不干净的或肮脏的东西相等同起来了。多罗西·狄勒斯泰因在《美人鱼与弥诺陶洛斯》一文中，在谈到家务劳动（清扫浴室以及给婴儿洗屁股）以及大多数男人是如何视其为"女人的事"时，对上述情况作了很有说服力的阐述。

按照我们所处的市场经济中那些获得认可的社会标准，漂亮的女孩一般都是嗓音甜美，有着棕褐色的年轻身体，她们的手似乎从未碰过厕所的刷子，化妆得魅力十足的脸庞似乎从未对孩子们大声吼叫过——这样的女孩才能当销售汽车的模特。家庭主妇不能当车模，街头拾破烂的女人不能，残疾女人也不能……（还可以继续列举下去）只有那些身体没有任何疲倦、悲伤迹象，努力摆弄造型使自己看上去如身旁的汽车一样"完美无瑕"的女人才配当车模。显然，被人认可的标准即是符合市场需要的标准，是被提供来随时准备使用的。这种标准一直是被注视"崭新轿车"及"崭新女人"（如未成年妓女）时发现自身权力魅力的父权制立场所规定的。崭新及品牌是使用者获得上乘质量的保证。

盖尔·司各特在小说中经常从大众文化中采摘一些女性形象，并探索了这些形象对一个为了自身积极形象而作拯救斗争的年轻女性的影响。和德奥黑一样，在故事《美因·布赖德忆起哈利法克斯》中，她也在外在形象和内心活动之间作了迅速的转换，将记忆和故事叙述结合了起来。

    谢天谢地，火车终于开始起动了。车窗上印出的她那苍白的面庞使她若有所思。她拿出唇膏，使自己从一个刚涉入社会有着本真外表的女孩变为一个通晓世事的40多岁打扮的中年妇女——就是通过用红红的唇膏毫不吝啬的重重一抹，把嘴唇描得颜色很深而已。这样一来，即使她穿的那件粉红色的无肩带晚礼服也由原先的娴静端庄变得俗不可耐了。这便是她——可能还没到结婚的年龄。然而她对性的大胆和自信到了无以复加的地步，可以跟男人做任何事情，因为她始终和逢场作戏的那个她保持了相当的距离。

    她冲着车窗玻璃上自己的脸庞笑了。她忽然想起了自己的这一外表最先是在哈利法克斯后面的一个尘土飞扬的棒球场上被构想成的。大村庄和小城市的那些黄昏尚能使人产生幻觉时,有一处地方,可满足人们对任何事情的需求。她站在那儿,嘴上称是在观看男孩们玩耍,而事实上她心里却在对其他那些女孩评头论足。埃莉诺·P. 太胖了,她父亲公开地与别的女人上床,其中还包括埃莉诺那些同性朋友。弗朗索瓦斯·M. 的父亲经常打她的母亲,弗朗索瓦斯本人很漂亮,但却很令人讨厌。还有忧郁的桑德拉·M.,她父亲经常用不同的办法粗暴地待她。和这些人相比,她,阿德拉(由一位法国诗人的女儿而想到的一个笔名),则感到在家庭方面很是幸运:她父亲经常不在家,而且由她自己来决定这种境况是否持续下去。逢场作戏,保持距离。正是在那时,那个地方,她决定只用低沉沙哑的嗓子说话,这是法国小说中那些高级妓女惯用的一个办法,她们也从不会从一而终。

问题是用以谋生的一个可行办法。

(1992,102—103)

叙述策略:选择女性社会现状中的种种父权制形象,在女性的失语经历中,并且通过这些经历对父权制形象重新语境化;同时使这些形象戏剧化,从而将他们所塑造的形象加以变异后再使用。通过现实与小说的交叉指涉,来进一步拓宽角色选择的余地。

* * * *

将符合市场需要的或被人认可的规定为每个女性都应遵守的女性规范,这是主导价值体系中令人反感的一点。这一规定使不合乎这一狭隘标准的众多女性处于什么位置呢？将我们的自我形象（更不用说我们的欲望了），我们对现实的理解和认识，以及我们的真理置于何处呢？在我们大脑的蒙昧处，这一规定和文化垃圾一起，在我们发现自己处于标准之外时使我们开始怀疑自我。这里我所指的垃圾是真正的不能利用的废物。

在进行拯救的任何行动中，必须要密切关注所谓的已损物品。既要从概念的层面加以观察，也要从语言的意义层面来进行分析。同时还必须对规定何为垃圾、何为有价值之物的价值尺度进行质疑。

作为一个公开的美国同性恋组成的无器乐伴奏组合，"调情"乐队唱了一首名为《我们生活在战争年代》的歌曲，歌词中的"我们"不仅仅只包含他们同性恋群体。这种战争其中的一个方面，便是对医疗以及艾滋病患者支持的资金长期投入不足，这些艾滋病患者起先曾作为"唯一"的同性恋者遭到驱逐和抛弃（被当作可为社会某一特定目的而牺牲的社会成员）。在家中或在未成年妓女卖淫的大街上，对少女实施的性猥亵以及针对女性的家庭暴力，因和社会规范相悖而成为公众关注的焦点。与此同时，还存在着单亲母亲及其孩子日益严重的贫困化问题。随着上层中产阶级生活水平的日益提高，这些单亲母亲及孩子变得有点"不太显眼"了。现在我们开始明白我们所处战争的范围了。尽管诸如蒙特利尔屠杀事件的爆发使战争变得格外引人注目，令人恐惧，但是这种战争每天都以更为隐匿、更为危险的方式在发展。这是一场关于名称、价值观的战争，同时也是各种现实的战争。这些现实表面看来各不相同，以至彼此都难以辨认出对方。那双在一名女性主义教员的门上用粉笔写上"杀"标语的无名之手，是对我们的一种莫大的不人道，以至今后署真名发表的女性作家，必须时刻记住粉笔后的那只手。对于这两种不同人性概念之间的鸿沟，又怎么去作解释和处理呢？在我们谋生过程中，这就是我们女性现在所处的环境以及过去的经历。

马莱尔·努比丝·菲利浦，由于一些其他的原因，敏锐地意识到了那种经过过滤的历史，因为曾经历了黑人刚来美洲时所遭受的令人窒息的奴隶制之痛。她的诗歌中常伴随着一种异常细密的意识，即她是如何被动地与英语单词（如"历史"、"记忆"等词汇）中载有的文化内涵变得意见不一致的。在诗歌《她试着开口说话，慢慢地打破了沉默》中，当诗人试图建立一系列可以与之共存的主张时，每一行都表现了她对待差异的一个特定的视野。

> 我们紧握着记忆的中心
> 单词及其原义的切断
> 永不忘记
> 过去和现在经过的
> 零碎分裂言谈的见证
> 永远记起
> 打破文化的沉默
> 在十诫的苦难煎熬中
> 在历史的车轮下
> 每一个点都存在于
> 这种循环之中
> 直径或半径
> 每一个单词都创造了一个中心
> 在记忆中……历史中循环
> 期待着永远休眠于
> 仍然在
> 这个中心

(96)

创作策略：运用重复、连续粘连（从右边的"悬崖"边向下）的技巧，来反对受沉默限制的状态；即使"历史/期待"总是〔用"仍然"（still）一词进行意义重复〕位置不变，处于所有圆的正中心，仍然指出十诫的每一个词都将创造一个自身的生存中心。仔细阅读的那些人是没有办法理解意义的，特别是无法明白努比丝·菲利浦对加拿大白人丑恶行径的谴责。这些白人将不言自明的种族主义糅进标准英语中，从而切断了黑人移民与他们的西印度母语方言以及那一方言所讲述的历史的联系。

* * * *

如果有色妇女不得不经常遭受"黑婊子"的辱骂和攻击以及其他对她们人格的公开侮辱，那么这些语言攻击中表现出来的种族主义，会给在加拿大主流文化中仍起作用的厌女症增加一层更为痛苦的层面。在此，厌女症可被理解为性别化了的殖民主义，是保持优势愿望的体现。布赖恩·福西特在题为《性探密》一文中，描述了他青少年时在北不列颠哥伦比亚的小镇文化中，所获得的典型的性条件反射作用。和一些比他大的男性讨论了性之后，他开始接受男性中的一个流行观点，即女性是性工具，是为性而服务的，因此是"肮脏的"。他还谈到那些男性针对女性的种种言谈都可被概括为"不洁净"。那些男性不假思索地谈论着那个肮脏的洞、污秽的外阴等。布赖恩·福西特的文章，帮助我们理解了男性的那种性条件反射作用，但是通过对女性在主流文化中如何"被看"的描述，该文为主流文化的陈腐过时、消极该死的一面提供了证据。

面对这一状况，我们可以求助于理论。我们可从弗洛伊德那里找到相关论述。弗洛伊德将女性描述为结构上及文化上遭到破坏的物品。他认为女性是缺乏阴茎的人类，因而缺乏菲力斯这一主流文化的象征。而菲力斯决定价值，只要我们拥有它，我们就会变为完全意义上的人类，即那个具有普遍意义的"人"（men）。所以，根据弗洛伊德的理论，我们只是有"洞"的女人，是一种负人类（minus-men），前面有着"wo（e）"作前缀。我们不是完全的人，相反，是一个罪恶的东西。

简而言之，这便是我们所继承的文化垃圾的"基本"事实。如果妇女在父权制体系中被视为是已毁损的垃圾，那么再进一步地将我们伤害、破坏也不是什么大不了的事，就算在我们看起来获得了比我们应该得到的更多时将我们谋杀也没什么。妇女因涉足传统上为男性所保留的教育领域而惨遭杀害，若是有人认为这一事件着实罕见而不能一概而论的话，那么我们只需看一看每天在我们周围充斥着性别诋毁的言语气候就够了。

正如在日常生活中时常都会碰到的情形一样，我们又回到了原先的问题：怎样在所有这些中拯救出一点自我价值意识呢？怎样去看待、看透这个无处不在的概念糟粕呢？女性主义者所采取的策略因对口语用法的轻视而显现出强烈的严肃性。贝齐·沃兰在诗歌《乳房的拒绝》中，采用了一个对女性的口语化的污辱"月经带"（red rag），从而拯救了其自身的领地：

> 他贬低道："在来月经？"
> 他斥责道："红带子，红带子！"
> 她看着红色
> 然后
> 发——现
> 红色带子是
> "舌头的老式俚语"
> 他的意义
> 得以转变

她打着拍子
笑容荡漾在脸上
红带子
他的话语是权威
(陈腐过时,"辱骂戏弄")
她每月双手沾有红色
她的舌头可以作出决定
他坚持道,语言是中性的
她查了查——
中性,ne-, no + uter,都可以(见 ne, 见 kwo-)
ne-no, 没有 kwo-, 证据
语言没有证据!
她冥想着他对红色的闲扯
语言
对她而言有了新的——意义

(1990, 22—23)

创作策略:从人们通用的习语中根据"字面意义"选出单词,通过对其词源及相关意义的分析来颠覆他们的消极意义,从而寻回该词的另外一部能产生积极意义的语言史。

* * * *

女性主义作品打破读者对正常语言用法、形式及体裁的期望时,就可被视为是颠覆了蕴含于这些期望中的传统或父权制的现实。这样一种为主流文化声称为现实的现实,既否定了女性实际生活现实的许多方面,同时也嘲弄、扰乱了这些现实。拯救女性的某个特定现实,不仅仅只是拾起我们所经历的垃圾残余,然后放在一起变得完全符合标准,而是需要从无言的岸边拯救出碎片,甚至是整根被抛弃的木材(logs)[逻各斯(logos)],把它当作可用的木材重新组成一个集体,这便是一个不同的文化视角。

若是我们用字母"W"代替"woman"(女性),从破碎之物中拯救出些价值,那结果会怎样呢?字母"W"中已有不止一个字母在其中了,包含了两个"V",而字母"V"则象征着女性的阴部——如果我们把"W"视为我们潜在能力的符号,视为我们女性的团结纽带(而不是束缚我们的绷带),情况又会怎样呢?我们应是铭刻自身经历的主体,而不是那个男性注视下的被贬客体——"洞"。如果我们把这个被赋予力量的首字母"W"作为我们文化缺席的添补,把"洞"(hole)变为"整体"(whole),成为一个集体存在,像盖尔·司各特一样,从对女性的性别主义诋毁中拯救出一个有着积极意义的集体女性存在的整体(w+hole),情况又会怎么样呢?我们应该在我们可以想象的一个尽可能大的视野中书写自我。

新的价值体系中,我们将不得不把旧的含贬义的词擦抹掉,以便刻写新的价值理念。这些新的理念产生于我们感到我们自身能够变成的那个带有字母"W"的整体(whole-with-a-"w"),这种价值观由两种力量同时塑造,即我们作为个体存在的自我整体感和我们与其他女性的良好关系。从这些女性中,我们产生了自我存在价值的积极意识。原因在于,当我们以任何形式——在妇女领导人秘密会议中,在厨房的餐桌旁,在游行示威的大街上,在共同参与的疗养康复圈中,甚至是在出版物中——聚在一起,为了一个不同的前景而参与讨论、支持彼此的观点时,我们就是在拯救我们自己的价值,实现自己的权利来创造一个不一样的、更为智慧的经济体。这个经济体的高明之处在于它对联合、团结的珍视。

散文本身，作为写作的一种体裁，可在其句法关系中为这种联合提供隐喻。在散文组诗《超声波》中，妮科尔·布罗萨德根据"她"（而不是它）作为这样一种"联络员"的潜力，歌颂了散文的力量。"美丽的联络员"中，一个单词接着一个单词，一个意象接着一个意象，一个女性接着一个女性：

  散文的真理就在于陈词滥调的肮脏混乱，其精华则在于唤醒我们沉睡意识的那突然来临的难解晦涩。这样的话，如同很多镜子、手稿、生殖一样，散文提供了划时代的诸多时期，从而减轻了我们对已成为我们性感部位一部分的价值及情感的解读痛苦。因此，散文能用来达到多种目的，其中主要的一个就是展现童年的记忆，观察情感的慢动作，即情感的缓慢移动及其起伏变化，同时塑造充满欲望的自我。散文认为没有什么是真正消亡了的。散文驱散了我们忧伤的阴影，将我们生活不尽如人意的部分吸去，从而在我们起初既大度又苛刻的审视中将生活更好地展现给了我们。

  散文，散文，这在本质上代表了一个幸福的联络员，往来于"我"的丰富个性和已成为"真实"一部分的大量想象之间。漂亮的联络员，很多女性对她都充满了感激，因为她们看到了一种可能，即她们的性感部位可能会比通常认为的那样要多得多。散文，散文，从耳朵开始，从性感的耳垂开始（耳朵对各种各样的声音都很敏感，它极易接受最为奇怪的观点和最大胆的言辞，假如这些观点和言辞中伴随某种可以激发愉悦的意象的话，就更是如此），我们内心主张的倾向从叙述主线转移到了那个耳垂。散文有着极强的韧性，没有她，其他也不会随之出现。(23—24)

从最广泛意义而言的叙述策略：创作时，通过将我们的语言相互连接，并使其彼此叠加，来实现女性想象结构的丰富和充实，从而使该结构如同其展现的那样真实。"大量"、"丰富"的词语连接和叠加：这个和这个，两者都，还有这个……

*　　*　　*　　*

西方思维的建构模式，是一种基于不足和排除原则之上的"要么这样/要么那样"的二分法。"既这样/又那样"的思维则不同，它来源于大量的直觉，并以一种足以容纳一切的意识发挥作用。"既这样/又那样"的思维模式认为价值属于绝对观点的两个方面。或者正如卡罗尔·吉利根在讨论女性伦理时所言，这种思维模式是"语境化的"，"依赖于持续不断的联系"（19；59）。一旦价值下降，一旦出现一个实体被认为有价值而另一个实体则被勾销的情况，这种联系就会中断。我们很清楚这一点，但是建构了等级思维、享有着特殊地位的二分法会不断地发起进攻，一旦面临这一点，对情境化思维的坚持就会时常使我们无言以对。然而，如果我们想到我们不是孤立无援的，还处于所有拯救的群体之中，我们就能努力消解我们周围令人压抑的文化的单一视野，并颠覆其等级制度，同时还能以一种包容而非排除的包容视野看到另外一片更好的风景。

事实上，在加拿大这个国家，许许多多具有颠覆精神的女性主义作家都能找到门道出版作品。下面的名单绝没有将所有的作家列举完毕。

在魁北克，女性主义作家将叙述与理论分析及诗性语言相结合，创造了一个崭新的文学类型，除了弗朗斯·西奥黑和妮科尔·布罗萨德，还有其他一些作家也创作小说和理论界限模糊的作品，其中包括洛基·贝尔西尼克、路易斯·科特洛尔、路易斯·杜普雷等人。在加拿大英语诗歌中，诸如像利比·沙伊尔和迪·勃兰特的作家，把有着消极否定意义的"歇斯底里"转变为表示欣喜若狂的极限，从非神圣的、更为全面的角度重写了父权制社会对女性的看法。洛拉·勒米尔·托斯特文、佩恩·肯普、贾姆·伊斯梅尔从文字游戏中获得愉悦，并以此来表明意义的多价性，或是通过语言间的语义双关来消解单语意义所处的主导地位。迪翁·布兰德和斯凯·李将口头方言与书面方言糅合在一起，使社会评论中充满了女性在各自文化中遭受历史压迫这一深刻意义。和魁北克作家一样，埃兰·穆雷和贾尼斯·威廉森超越了原有的体裁界限，打破特权文学（如诗歌、小说、批评理论等）与所谓的二等文学（如日志、梦的叙述、菜谱、信件、宗族轶事等）之间的区分和对立。玛丽·梅格斯把自传作为文学的一种文类来研究时，把和她本人相近、有利于自我观照的那些女性在小说中的描绘和画家日记中的细节相提并论。诸如热奈特·阿姆斯特朗和李·马拉克等土著作家们在创作诗歌、小说和非小说时，则消解了土著传统口述体和当代社会批评的界限。

当前，从事创作的女性作家比我已经列出的这些还要多。很多人崭露头角，刚刚出版出她们的第一部作品。事实上，她们之间存在着极好的对话，而女性写给女性的这种创作本身则为一场重大的文化变异提供了铺垫。

达夫妮·马拉特

"踏上北去之路"

——论黑人散居族裔话语的局限[*]

> 我们缓缓前进,前进,
> 拖着沉重的脚步,
> 我们不堪重负,
> 踏上北去之路。
>
> (德拉尼,142)

加拿大黑人民族(Black Canadas)① 在当代黑人散居族裔及大西洋沿岸各黑人民族的话语中占据何种地位?本文拟对此问题作一些思考。笔者在此无意于传达一个能包括一切的概念,因为这一概念没有存在的必要,不足以说明问题,况且我也不需要这样去做——加拿大黑人民族不但存在着,而且会继

---

[*] 译自里纳尔多·沃尔科特的著作《与谁一样的黑人?——对加拿大黑人民族的思考》(*Black Like Who? Writing Black Canada*),多伦多:伊索姆尼亚克出版社1997年版。

① 使用加拿大黑人民族一词,笔者主要是指从加拿大地理意义上而言的各黑人民族的多样性,是为了关注各民族差异之间的张力。我认为这一点很重要,而且我还关注到单一民族国家的一些政策正希望通过使之单一化的做法使得各民族的差异丧失。然而加拿大民族(Canadas)这一概念表明人们有能力在单一民族国家的语境中继续在一定程度上定义自己。

续存在下去。① 相反，笔者想关注一些为评论界所忽视的问题，通过这些问题，如果我们再借助加拿大作些分析的话，我们现今对散居族裔的思考就会获得持久的活力。当前的一些对话已经通过加拿大黑人民族这一迂回路线对非裔美国人进行了分析，从而使得美加地下交通网成为"自由"问题的一个关键。

我所做的一些侧面分析既讨论到历史和现在，又涉及文学和音乐，既是大众化的，也不是大众化的。我把绕道迂回当作一种思维模式，通过采用黑人散居族裔文化以及它们之间的联系和差异这一迂回路线来完成我的分析。迂回分析是了解黑人文化的一种已被认可的（或未被认可的）途径，可以直接反映黑人文化的深层本质。迂回既可以反映出黑人散居族裔文化中散居族裔那永无固定不断变化的生活模式，也可以表现出他们永远处于一种没有归属的状态。不管是计划好的还是偶然出现的迂回，都是散居族裔文化中的一个重要方面。哥伦布航行可算是这里的第一次迂回，这一点为美洲各民族的黑人民族性讨论奠定了基础。

保罗·吉尔罗伊对大西洋沿岸各黑人民族的全面考察使我产生了浓厚的兴趣。对于涉及散居族裔中知识分子财产和种族绝对主义（ethnic absolutism）的一些观点和争论，吉尔罗伊坚持认为也应该包括欧洲以及英国的黑人，这对我的论题非常重要。鉴于此，笔者很有兴趣和吉尔罗伊商讨一点，即其他的旅行路线是否也应该用地图标示出来。吉尔罗伊把大西洋各黑人民族比作船，比作他用来旅行和接近了解非裔美国人的一个工具，那么，对于陆地上的旅行，挣扎前行就可能是一个很好的比喻，可以生

---

① 保罗·吉尔罗伊（Paul Gilroy）已经受到了罗伯特·里德－法尔（Robert Reid-Pharr）的谴责，他的船的比喻被认为是男权主义的比喻。爱德华滋也指责他没有采纳既定的路线。笔者同意里德－法尔和爱德华滋的观点，在此就不赘述了。相反，我倒要谈谈有关种族绝对主义或社会身份空白的文化政治。这两点目前正在控制着学术界，特别是当法宝似的词"散居族裔"被有民族主义倾向的人移用或操纵的时候。

动地描绘加拿大黑人民族的往返行为,形象地展示出它对散居族裔话语做出的贡献。

1905年,在尼亚加拉运动的旗帜号召下,一群非裔美国人在安大略省的福特·埃里(Fort Erie)和他们的总组织者、领导人 W. E. B. 杜波伊斯会了面。会议的地点福特·埃里并非是偶然确定的,而是由于作为美国居民的他们竟然不能在美国的边境找到一处寄宿的地方。最终发展成为美国全国有色人种协进会(NAACP)的尼亚加拉运动却没有邀请加拿大的黑人参加他们的会议,而加拿大的黑人们尽管遭受了排斥,却仍然希望和大会的组织者们进行对话。① 很多本应高高兴兴地参加成立大会的"加拿大"黑人其实要么出生于美国,要么就是那些逃亡到加拿大去的非裔美国奴隶的直系后代:这一不争的事实使得这一排斥现象很有趣。笔者认为这一事例中对加拿大黑人的拒绝认同正是当前散居族裔话语的历史局限,而散居族裔话语本身在我所感兴趣的两个语境(黑人研究和黑人文化研究)中正被反复地加以阐述。

对黑人散居族裔而言,美加边境是如何的宽进宽出?美国及加拿大对于黑人散居族裔可能采取什么样的政治认同态度?关系又是如何?就这些历史问题而言,加拿大黑人所遭到的排斥不应该等闲视之。当前众多争论中需予以考虑的一点是:非裔美国人把加拿大当作他们获取自由的地方,但这种态度非常矛盾。加拿大黑人创立了"有色人种进步联盟",② 成为跨边界的政治认同的一个重要阶段。这种政治认同对于理解散居族裔之间的交流活动以及其他民族的一些行为很有参考价值。然而,在第一次美国全国有色人种协进会举行的时候,非裔美国人在加拿大边境拒绝

---

① Robin Winks, *The Black in Canada*; Daniel Hill, *The Freedom Seekers*.
② Ibid.

和其他黑人同胞进行对话，这一疏忽导致了非裔美国人的族裔特殊性可能会从政治组织方面受到质疑。由于当前有很多关于散居族裔理论，大西洋沿岸黑人民族、黑人研究以及黑人文化研究等方面的论争，所以我们应充分重视非裔美国人这种做法背后的深远意义。

在某一特定民族的内部或外部，常有些难以管理、时常反抗的民众，为对付这一部分人，单一民族国家（nation-state）在有些方面保持了强硬的姿态。在这种情况下，为了提出后现代、全球化社会中最关键的问题，笔者主张综合考虑问题，既要看到散居族裔理论化的可行性，又要注意散居族裔理论化中的局限性。笔者旨在关注有关散居族裔、黑人研究及黑人文化研究的各种对话，以便设想一种超越民族疆界的对话。对于保罗·吉尔罗伊提到的"种族绝对主义"，笔者非常有兴趣。

目前有一点很清楚，即任何把加拿大的讨论推上桌面、有关黑人民族性的对话都会受制于下列两个方面：一是美国对加拿大的亲近和影响，而美国是世界上最强大的帝国主义和资本主义国家之一；二是美国文化生产对加拿大的支配和冲击。笔者认为，其影响正如加拿大民族主义者所言不光是美国化。事实上，上述两点产生的结果远不止是政治排斥，而是会助长民族主义话语的退步，导致这些话语相对于超民族政治认同而言，显得目光短浅，而超民族的政治认同在当前这一形势下是极为需要的。就黑人同胞而言，散居族裔的联合和亲密关系遭到了很大的威胁。鉴于此，笔者想再做一次迂回分析，转而去探讨一些历史记载。

在《美国有色人种的状况、发展、移民以及命运》一书中，马丁·罗宾逊·德拉尼表达了他对加拿大未来发展的担忧和迷恋。在他看来，在一个统一的黑人民族家园可能出现以前，加拿大是黑人出逃的最好目的地之一。德拉尼对加拿大的态度十分矛盾。他认为加拿大不但有可能被美国兼并，而且"大部分加拿大人都有着明显的美国化的趋势"（174）。德拉尼在观察到加拿大人对美国人的屈服之后敏锐地表达了他的这一矛盾态度。正是基于这一点，他不但相信自己的判断，而且感到"满意，因为加拿大说英语、法语的地区不再是美国有色人种的安全之地；否则，我们就会接受他们"（176）。

然而，德拉尼不断赞美、"提升"加拿大，称其为"自由"可能会存在的一个过渡的、临时的地方，直到其他某个地方的事物有出现的可能。他这样说道："自由，永远都有；解放，任何地方，任何时候——奴隶制之前。继续到加拿大去吧，去扩充那已是2.5万人口的队伍吧！"（177）如果仅仅认为德拉尼的建议具有移民特征的话，我们就不能完全理解他自己在安大略卡瑟姆的"放逐"。①

自由在加拿大的地位和发展很可能对德拉尼产生了一定的影响，这一点对我们的研究很有帮助。这里笔者绝不是说加拿大已经拥有了自由，相反，加拿大获得自由的条件是非常明显的。卡瑟姆是反奴隶制的一个温床，里面既有从美国逃亡来的奴隶，也有以前当过奴隶的那些人，这些人要么是从加勒比移民而来，要么以前就是加拿大本土的。② 马丁·德拉尼曾参与了资金的筹集，想把小镇建设成一个黑人居民自己拥有、自己管理的独立居住区。③ 据说，他曾到英国为一些黑人家庭筹钱，帮助他们在当地购买地产。在理解德拉尼的作品时，要想解释他那泛民族化的黑人政治主张，就应关注和重视他在卡瑟姆的活动，还要考虑到黑人居住区存在的可能性。对德拉尼在卡瑟姆的政治主张的思考

---

① 参见 Miller 对 *Blake* 的介绍；有关 Delany 移民主义倾向的讨论，见 Gilroy, *The Black Atlantic*, 第一章。

② Robin Winks, *The Black in Canada*; Daniel Hill, *The Freedom Seekers*; Peggy Bristow, et al., *"We're Rooted Here and They Can't Pull Us Up"*.

③ Peggy Bristow, et al., *"We're Rooted Here and They Can't Pull Us Up"*.

可以帮助我们了解他有关黑人民族主义的一些论著。笔者在此想要表明一点：德拉尼讨论黑人民族主义时，卡瑟姆这个地方起了一个根本性的作用。

德拉尼对于获得解放的黑人所能完成的任务有很多设想，而安大略省的卡瑟姆以及德拉尼本人在该地区的活动肯定会对这些设想产生一定的影响。他在卡瑟姆对土地、学校、教堂以及其他一些市政组织建筑的争取，也许都可被理解为他旅居生活的一部分。而这一部分恰恰正是黑人民族主义阐述中那部分类似于"出埃及记"的叙述。有趣的是，德拉尼在黑人民族主义话语中对女性角色的限制可能是受到了他对卡瑟姆了解的影响。笔者认为，正是由于德拉尼去了加拿大，才可能有机会看到自己的一部分提议正被付诸实施。

玛丽·安·谢德是一名反奴隶制运动的女活动家，在报社工作。对于美加边境范围的扩大，她也做了一部分努力。当前在有关散居族裔的论述中却没有提到她所付出的努力。要想将黑人研究的兴起（或再次兴起）以及黑人文化研究的发展加以理论化和政治化，关注女性讨论的缺失就非常重要。① 正是那些在社区政治中有着公共角色的黑人妇女们组织实施并影响了有关卡瑟姆的提案。② 罗伯特·里德-法尔在讨论德拉尼和资产阶级施虐受虐狂时提到，德拉尼的民族主义主张指的是"非-美很多地方的归化以及其他地方的彻底灭绝"（87）。因此，德拉尼坚持把女性角色限制为母亲，这本应该和他对卡瑟姆的女性政治斗争的

---

① Manthia Diawara, "Black Studies, Cultural Studies"; Baker, *Black Studies, Rap and the Academy*. Diawara 和 Baker 两人都就黑人研究和黑人文化研究的关系作了不同而又相互补充的讨论。他们的讨论可被理解为是从黑人研究到黑人文化研究这一重心的转变。

② 见 Peggy Bristow, "'Whatever you raise in the ground you can sell it in Chatham': Black women in Buxton and Chatham, 1850—1865."载于"*We're Rooted Here and They Can't Pull Us Up*"。

了解有很大关系。① 了解加拿大黑人的语境也可以为我们提供更多的证据来证明 19 世纪黑人妇女在公众中的重要政治角色。

然而，笔者认为德拉尼在加拿大写成的一部小说《布莱克；或美国的小屋》对加拿大做了最好的描述。② 移民加拿大的行为表现了每一个加拿大人左右为难的矛盾情绪。一方面，他们要努力理解官方民族话语中奴隶制现象的缺失；另一方面，他们要分析那些出现在单一民族国家历史叙事中的那些事件。而那些事件都在说明加拿大和奴隶制的唯一关系就是加拿大曾是那些通过地下交通网逃亡的非裔美国人的避难所。这种进退两难的情形需要引起关注，因为国家已经在借移民行为来否认黑人凡近 500 年在加拿大存在的事实。

乔伊·曼内蒂强调必须要承认加拿大历史中黑人的存在，而且还提到了作战的英国士兵和那些抛弃祖先、反对共和党人的非裔美国人签订的协议。她认为这些最初的、非官方的协议就是条约，这一判断对于加拿大黑人可能如何宣称他们的定位尤为重要。"条约"这一词的使用无论从推理论证上、文本层面上，还是从法律意义上而言都是非常重要的，因为它不但涉及了加拿大国家早年的形成和加拿大黑人聚居之地，而且还对此进行了质疑。曼内蒂认为黑人民族性在早年单一民族国家的形成中起了重要的作用，从而为加拿大的黑人系谱及黑人性奠定了基础，使之不可避免地卷入到了目前关于民族的辩论中。

非裔加拿大诗人及学者乔治·艾略特·克拉克这样说道："在我看来，德拉尼虽然也是一名非裔美国人，但他是第一位非

---

① 见 The Black Abolitionists' Papers，特别参见 Delany 写给 Mary Ann Shadd 的信，信中希望 Mary 帮助他筹集资金来为一部分奴隶赎身。

② 见 Winks, The Blacks in Canada; Hill, The Freedom-Seekers; Bristow, et al, "We're Rooted Here and They Can't Pull Us Up"; Painter, "Martin R. Delany: Elitism and Black Nationalism"; Clarke, "A Primer of African-Canadian Literature"。

裔加拿大小说家。"（7）克拉克还强调了德拉尼是在加拿大完成了《布莱克》的写作（7）。他的这一观点是基于亨利·路易斯·盖茨对非裔美国文学经典的分析扩展而成的。他还在其他很多方面对盖茨的观点进行了发挥，并同样指出了美加边境的宽进宽出。笔者的兴趣主要在于小说《布莱克》中那些表明加拿大有解放可能的证据，以及这些证据对于已停止有关加拿大讨论的黑人散居族裔对话意味着什么。笔者一直认为，加拿大黑人文化的本质中有很多值得我们学习，特别是诸如多元文化主义的民族政策。这些文化观点不但为身份政治提供了依据，而且限制了政治想象和其他政治可能。黑人散居族裔理论中，到处都提到了他们自己的历史和其他地方黑人历史的联系。

小说《布莱克》中，安迪是逃到加拿大的一个奴隶，这个人物为德拉尼和黑人在加拿大面临的种族主义和种族隔离力量提供了对话的可能性。小说中的安迪对加拿大也是持矛盾的态度，主要是由于政府对黑人强行实施的管理和惩罚。这些行为促进了加拿大黑人民族性话语的建构：加拿大只是个避难所，而不是个黑人可以积极参与公共事务的地方。德拉尼在小说中体现出的矛盾态度使我们洞察到加拿大黑人一直和其他地方的黑人有着某种政治认同。他这样写道：

和安迪同种族的一些有着高智商、高学历的人居住在加拿大的各个地方，他们不但被剥夺了很多权利，而且他们的权利实际上根本就不被承认，而移民中没有一个权威机构对此作出调整和补偿……这些安迪都不知道。安迪到加拿大是来寻找自由的，但他却到了一个剥夺他任何权利的国家，就连一幢公共建筑的大厅他也进去不了，而这对于南方各个州的奴隶来说是很普遍的；在肯特县的一个小镇上，一些最受尊敬的有色妇女坐在那些法院专门留给妇女和其他参观者的席位上,却被粗暴地抓住,带下了台阶……可怜的安迪从来就没想过会发生这些事。任何一个意志坚定的奴隶心里都会充斥着一种难以言表的愤怒,这种情感几乎使他要诅咒这个国家对他们的接纳……但安迪却没有这种感觉,也不会感到愤怒……(153)

德拉尼又把加拿大当作希望之乡的矛盾情感目前在伊斯梅尔·里德的《飞向加拿大》中有所体现。里德不无讽刺地对奴隶历史进行了改写,讲述了他们渴望像飞机飞到加拿大一样通过地下交通网来摆脱奴隶制。他模糊过去和现在界限的做法表明了在非裔美国历史著作中一直以来对加拿大持矛盾态度的重要性。

上述从《布莱克》中摘选的这一段还显示了一些有关加拿大黑人(或者应该说是前非裔美国人)的政治激进主义观点。这些加拿大黑人非常乐于看到他们的同胞从奴隶制中解放出来,同时他们也对当地的种族主义和种族隔离状况提出了质疑,要求完全的公民权利。妇女们被赶出法院大厅的事件不应该像德拉尼那样仅做一些象征意义上的理解。正如笔者前面所言,在安大略黑人社区,特别是德拉尼居住的卡瑟姆,妇女们扮演了积极而又公开的角色,其中最负盛名的是玛丽·安·谢德。她的激进主义思想促使她创办了报纸,从而更好地传播了她自己及其所在团体的政治观点。[①]

在小说《布莱克》中,德拉尼安排亨利这个人物"花掉老年人的一部分钱来购买50英亩稍作改良的土地,并且让孩子们接受学校教育,直到他能作出其他的安排为止"(155)。土地拥有权和孩子上学这两个问题使妇女在公共领域起了积极的作用。她们既质疑了反黑人的种族主义,又对黑人父权制发起了挑战。因此,

---

① 见 Peggy Bristow, "*We're Rooted Here and They Can't Pull Us Up*"。

在《形式和条件》一书的最后总结里，德拉尼所倡导的那种立场必须联系他对美国、加拿大妇女的公共政治工作来加以考察，他的立场和他仅想让男人来扮演那样的角色的愿望有着密切的联系。目前就如何理解黑人研究和黑人文化研究展开了各种争论，因此德莱尼的这些立场对这两个范式的研究有着重要的意义。

现在让我们通过最近发生的一些事件来做些侧面分析。加拿大黑人曾为了音乐剧《演艺船》能在一个公众集资影院（即北约克艺术表演中心，后更名为福特艺术表演中心）[1] 的上演举行了示威游行，但他们的要求和主张却遭到了弃绝，其中一个原因是由于一些人强烈要求非裔美国人的权威性，另一个原因在于有些人认为一部计划在纽约上映的音乐剧并没有产生同样类似的反响。[2]

据说，《演艺船》的制作公司（利文特）曾邀请亨利·路易斯·盖茨来写些一些教育材料，告诉人们如何从历史角度理解音乐剧以及如何在当代好好利用音乐剧。整件事情中最令人感到麻烦的是盖茨在一次"公共"演讲中竟然对加拿大黑人的一些具体而又关心的问题提出了怀疑，他完全否定了历史差异的概念，从而消抹了两个民族的差异。[3]

盖茨将黑人研究和非裔美国人权威性问题进行了单一化的处

---

[1] 该中心位于加拿大黑人人口最多的城市北约克。

[2] 见 Leslie Sanders, "American Script, Canadian Realities: Toronto's *Showboat*"; 有关黑人民族性、加拿大单一民族国家、公共机构以及公共场所的进一步讨论，参见 Eva Mackey 的 "Postmodernism and Cultural Politics in a Multicultural Nation: Contests over Truth in the *Into the Heart of Africa Controversy*"; 也可见 Rinaldo Walcott 的 "Lament for a Nation: The Racial Geography of 'The OH! Canada Project'"。

[3] 反对《演艺船》上演的那些人借助美国人 John Henrik Clarke 来削弱 Gates 的影响。在我看来，他们的这一做法离不开他们所认可的一个观点，即非裔美国人评论音乐剧的立场不但重要而且极具权威性。我认为这一观点使他们适得其反，并不能有力地强调他们自己的立场，也不能有效地反对 Gates 的观点。对其他民族或超民族的政治认同的危险性和局限性在很多情形下表现得很明显——单一民族国家的惩罚力量仍然保存完好，矛头直指那些必须被打倒的"市民"。对《演艺船》上演的反对就是这其中的一个情形和例子。

理,企图否定当地黑人所关注的一些具体问题,这一做法直接关系到我们该如何看待散居族裔的关系。现在有一点是很明显的,即我们在归纳散居族裔或大西洋沿岸各黑人民族之间的交流、对话、会谈以及差异时,我们需要关注国家的权力以及其他形式的机构的权力。那些要求对散居族裔予以理解和保持亲密关系的人在表达跨民族观点时,需要注意某一具体国家内不同群体的各个具体问题。不过,有一个问题摆在我们面前:非裔美国人能代表加拿大黑人政治问题的本土性吗?在笔者看来,答案显然是否定的。

事实上,对盖茨的一些文章、背景材料及其所在机构的分析很多都借鉴了散居族裔以及黑人研究机构的一些观点。他/她们在这两者基础上得出的结论使得加拿大黑人的具体而本土化的问题毫无价值。这样一来,目前最关键的就是下面这个问题:如果那些行为可以被用来反对一些具体的黑人团体,削弱他们的权力的话,那我们如何来概括散居族裔呢?如何来解释散居族裔中那些跨民族的、对其他民族的重要政治认同呢?① 一想到散居族裔政治以及因此引发的其他相关问题(如黑人研究和黑人文化研究)时,我们可能就不得不提到帝国主义。目前存在的各个团体要么处于自身民族内,要么存在于其他的民族,在这种情形下,考虑帝国主义问题是很难办到的。

---

① Selwyn Cudjoe 在 *Transition* 中评论 M. Nourbese Philip 的作品时有些不太令人满意的地方。尽管我也同意 Cudjoe 对 Philip 最后两个论文集的一些批评,但对他的一些攻击我表示怀疑。比如说,Cudjoe 的评论中什么才是最关键的? 如果他能够承认,或者至少说认识到地方政治(如政治辩论和政治干预)的效力和作用,那结果又会是什么样的? 还有,什么才能帮助理解我所说的加拿大黑人民族性的地点和空间? 这对理解 Philip 所说的地方干预又有何作用? Cudjoe 认为 Philip 对于艺术(音乐剧《演艺船》)和种族主义之间的关系思考不够成熟,作出的判断也太草率,而这反过来也证明了 Philip 本人并没有理解艺术和种族主义之间的动态关系。显然 Cudjoe 并不能阐述加拿大地方化的黑人政治的特殊性,因为他对于加拿大的艺术和种族主义的了解也是相当肤浅的。恰恰相反,他是从美国人的视角来理解 Philip 的观点的。

笔者在前面提到了尼亚加拉运动、德拉尼、玛丽·安·谢德，讨论了盖茨在《演艺船》的争论中的卷入以及非裔美国人迁移过程中加拿大的地位等，但笔者并非想公开谈论加拿大黑人遭到排斥这一无趣问题，而是想通过迂回间接的方式提出更为重要的两点。笔者主要关注的问题是：什么可能是黑人研究中最不想去关注的？或者说黑人文化研究中可能允许我们去关注的是哪些？以哪种政治议题的名义我们才能关注到那些问题呢？① 笔者相信这些才是文化政治中最主要的问题，而这种文化政治在对散居族裔和大西洋各黑人民族进行理论归纳的同时避免了"旧瓶中新酒的变质"。

在最近的一些讨论中，瓦内玛·卢维亚诺和迈·亨德森道出了我们的忧虑，即黑人文化研究已经多少有点取代了黑人研究，而在这一过程中，我们并没有意识到将黑人文化研究定位成黑人研究的发展是多么的重要。亨德森特别提到"黑人文化研究的新议题应被放置在黑人研究的语境中"（64）。毋庸置疑，正是黑人研究原有的那些范围才使得黑人文化研究有了目前的轮廓。作为一名通过黑人研究和文化研究路线来讨论黑人文化研究的学者，笔者觉得他们的讨论既令人振奋（这在政治上很重要），又使人不安。

亨德森担心"黑人文化研究会导致（黑人研究）这一领域的重新边缘化，而黑人研究是通过黑人研究运动才从边缘走向中心的"（63）。她这样写道："我不太关心黑人散居族裔研究中非裔美国人支配权的丧失，我更为在意的是黑人文化研究的历史传

---

① 这些问题是由 Hazel Carby 在 *Reconstructing Womanhood* 中提出来的。她还特别就黑人女性主义提出了一些尖锐的问题。正如她所言："我认为应该把黑人女性主义评论看作一个**问题**，而不是答案；应该看作是一个需要加以质问的标志，看作是**各种矛盾的交织点**。"（15，黑体为笔者所加）笔者也同样认为应把黑人研究和黑人散居族裔理论化看作是需要质疑的对象。

统的消抹。这一传统至少可追溯到一个世纪前由 W. E. B. 杜波伊斯在其里程碑著作《黑人的灵魂》中正式提出的非裔美国政治文化批评。这本书中的观点后来在他很多其他研究、专著以及自传中都得到了进一步的发展。"（63）笔者同意亨德森所说的这一传统，但对于从黑人研究到黑人文化研究这一转换过程中什么才是最关键的问题，笔者持有不同意见。①

笔者认为，目前最关键的问题是黑人研究中有没有可能根据亨德森所说的去进行一些改造，使其"拥有多学科、跨文化、相比较的研究模式，能够实现美国、加勒比以及非洲的黑人历史、文化和政治的并置"（65）。黑人研究的这一视角也不太完善，因为它没有考虑到黑人文化的内在结构交叉，相反却过多地要求确定的地理空间。当所有那些位于不同地理位置的民族联系越来越紧密，越来越难分彼此，就更需要关注黑人文化的内在结构交叉了。黑人的分散居住的状况也表明了亨德森在黑人研究中的局限性，其结果可能会使黑人研究的方向偏离。黑人研究一直以来对本体论的依赖也使得它不太可能有黑人文化研究那样的视野，举例说来，不会像黑人文化研究那样去探索差异，不会去研究作为标志和所有论争交织点的黑人民族性，也不会去关注散居族裔联合中的矛盾和张力。

如果我可以借用一个对散居族裔理论和黑人研究都同样重要的比喻运动或变化的话，那么我脑海中就出现一种独特的静止状

---

① 把 The Souls Of Black Folk 看成是黑人研究和黑人文化研究的基础文本，这不但从历史上看来是正确的，而且从政治上而言也是明智的。尽管笔者持这种观点，但有关黑人研究和黑人文化研究的不同阶段观点的抽象概括从来就未得到完整的阐述。我们该如何把 Marcus Garvey 那些同样富有洞见的观点考虑进来（Du Bois 当然不得不对其中的一些观点作出反击）？C. L. R. James 的一些观点也应该作些适当解释；Stokely Carmichael（Kwame Toure）及其为争取市民权利和黑人权利参与的一些活动都表现了加勒比人在黑人研究一系列重要斗争中的地位：上述这些都很重要，因为它们隐含了散居族裔理论化中的各种悖论。

态，或者说我心里希望这一状态能够出现（如果我理解正确的话，我们离这种状态还很远）。如果再进一步思考美国学术界接受英国黑人的现象时，我们就会注意到一个奇怪的情形：美国人希望弥补他们自己由于简短的殖民历史而导致的缺乏。他们的这一愿望可以帮助我们理解他们对英国黑人的接受和肯定。保罗·吉尔罗伊对此也做了阐述："在这种种情形之下，人们很难不去思考最近对文化研究的国际热情中有多少是由于和英格兰及英国性的深层联系而产生的。"（5）然而英国黑人文化研究无论是过去还是现在都不能摆脱他们和加勒比知名学者（如C. L. R. 詹姆斯）以及非裔美国知名学者（如琼·乔丹）的内在联系。有关混合和杂种等问题已经通过加勒比人移民英国的途径在英国黑人文化研究话语中出现。然而，加勒比的理论家们（有一些除外）是如何在当代黑人散居族裔的辩论中销声匿迹的，英国黑人又是如何在这场争辩中占据了主动地位，这一点非常有趣。

笔者认为最近出现在黑人散居族裔研究中的各种论争都由加拿大各黑人民族引发而来。① 加勒比移民以及最近的非洲大陆移民的后解放运动和后民族独立运动都发生在加拿大；加拿大也是那些沦为奴隶的非裔美国人及其后代逃亡的避难所——但就是在这样一个地方，为了便于当前散居族裔的理论化，却消抹了加拿大黑人民族性的多样性。② 而且，国家支持身份政治，且出台了一系列多元文化政策，这种官方认可就把差异和联系问题放置到了一个不同的关系和构造中。单一民族独立国家的影响可以为有

---

① 要想了解 Clarke 从 20 世纪 60 年代晚期到 70 年代在耶鲁大学、布兰代斯大学、杜克大学以及奥斯丁的得克萨斯大学在黑人研究项目和黑人研究政治中的作用，可以参见 Stella Algoo-Baksh 写的有关 Austin Clarke 的传记，特别是 "Into Academia" 那章（pp. 78—104）。这部有关 Clarke 的传记只是讨论的一小部分，但却可以使我们想到一些全面考察黑人研究的其他方法，一些学者还可以借此开始黑人文化研究。

② 参见由一名加拿大人写的文章 "Black Like Them"。该文载于 *Black In America* 的最近一期特刊 *The New Yorker* 上。

意义的散居族裔对话提供潜在的政治可能。

有多种原因导致了黑人研究的边缘化，但主要是由于在最近的很多讨论中，黑人特殊性被以各种方式加以否认和拒绝。我们可能对1996年奥林匹克运动会还记忆犹新。简单回顾一下当时的民族主义者狂热的场面，我们就会益发清楚地看到黑人差异以及单一民族国家话语的种种特殊性。美国白人和黑人不但都没有赢得一百米赛跑，而且他们的接力队被加拿大黑人接力队击败，由此可见，美国白人和黑人之间的不信任是非常明显的。① 尽管通常赢得一百米赛跑的冠军选手才能获得"世界上跑得最快的人"的称号，但迈克尔·约翰逊本人和美国媒体都坚持认为约翰逊是世界上跑得最快的人，这种做法使得散居族裔话语在某种程度上更能让人接受。多诺万·贝莱最近宣称："迈克尔·约翰逊自称是世界上跑得最快的人，可他就算是在得州也算不上是最快的……"② 如今，在很多事件中，这一件可能非常地微不足道，但却触及了黑人研究中可能最不愿关注的那些问题的核心。

贝莱在评论中还提到了他在得州受到过的训练，这是加拿大黑人在加拿大和美国之间来回往返的又一个例证。很多逃亡到加拿大的奴隶在奴隶解放后又回到了美国，这就进一步证明了北美黑人经常穿越边界的行为。20世纪60年代有两种形式的边界穿越，一种是由一些反对越战的正义人士所发起的，而另一种则是几乎发生在同一时期的加拿大新斯科舍黑人的迁移。他们在人们

---

① 值得关注的是，加拿大接力队和很多国家都有联系，加拿大只是其中的一个，而加勒比人在接力队的发展史上发挥非常突出的作用。Donovan Bailey 常被引用来说明一点，即一旦出现种族主义行为时，美国和加拿大之间的差异就不甚明显了，因此，民族争论出现的时候，他们自己和加拿大单一民族国家的生疏关系就表现得非常明显了。

② 展示加拿大黑人及其成就是在插图中如何被巧妙地埋没的论文，参见 The Globe And Mail, 9.19, 1996。也可见 Leavy 的 "Blacks And The Biggest Olympics"，载于 Ebony。Bailey 的照片在文章最后出现，Johnson 的照片到处都有，而加拿大接力队根本就没有任何插图。

对非洲及非洲人的一些刻板印象渐渐消抹之后离开了加拿大，搬到了东部沿海一带。① 这两次迁移在黑人研究话语中都很难发现，这就表明我们不能脱离帝国主义结构来考察黑人研究。而黑人文化研究就与此相反，它在全球性的语境中对地方性给予了关注，从而为我们反观黑人研究中的一些问题提供了一定的理论空间。

加拿大黑人对 1992 年的洛杉矶事件、多伦多小规模的暴乱均持认同的态度，这又是一个值得关注的跨民族政治认同的表现。说唱歌手戴文充满激情的音乐就是一个适例。在他那些呼吁正义的歌曲中，戴文运用了所有具有黑人散居族裔特征的表现手法，如重复、引用、影射、往复等。他这样唱道：

不，不，不，LAPD；② 冷静，RCMP；③ 冷静
奥兰县；④ 平静吧
没有 OPP；⑤ 安息，52 个亡灵；安息吧
皮尔区；⑥ 平静吧
不要朝年轻人开枪 [。]

这首说唱乐（rap）对"梅特先生"中歌词和曲调的引用（"一个又一个去了/又一个倒下了"）使黑人民族性超越了民族主义界限，从而要求我们用超越二元对立的视角去归纳概括黑人民族

---

① 见 Robin Winks, *The Blacks In Canada*; Daniel Hill, *The Freedom-Seekers*。
② LAPD 是 Los Angeles Police Department 的缩写形式，表示洛杉矶警察局。——译者注
③ RCMP 是 Royal Canadian Mounted Police 的缩写形式，表示加拿大皇家骑警。——译者注
④ 奥兰县位于佛罗里达州境内。——译者注
⑤ OPP 是 Ontario Provincial Police 的缩写形式，表示安大略地方警察。——译者注
⑥ 皮尔区位于佛罗里达州境内。——译者注

性。戴文的说唱和表白提出了一个有关黑人民族性的更为广阔的定义,远远超出了宏大叙述所规定的范畴,因为戴文拒绝在说唱中建构黑人民族性时只提到一个民族。他不仅保留了本土性意识和历史意识,同时他的政治认同和艺术认同也超出了民族主义的范畴。

有关说唱节奏乐(hip-hop)概念的争论只是证明散居族裔理论化可能性和局限性的其中一个例子。坚持只在单一民族国家的范围内,只在单一美国的语境中来理解说唱乐(rap)和说唱节奏乐(hip-hop)已经妨碍和限制了关于说唱节奏乐各种讨论的可能性及其历史种类的可能性。① 我们中的一些人参与了大学中的知识生产,他们所创造和设想的各种关系已经带来了种种影响和后果。对黑人研究的长期不满可以使我们实现从黑人研究到黑人文化研究的转换。

笔者认为,散居族裔话语要求黑人研究认真考虑族裔间的交流、对话和差异。如果可以再举一例来结论本文的话,那么就让我们一起简单回顾一下其他一些加拿大人穿越边境的行为。马埃斯特罗·费雷西-韦斯最近一张专辑在纽约的发行使我们想到了很多的问题,其中之一就是黑人在加拿大遇到的困难。在出了两张非常成功的专辑之后,费雷西-韦斯认为他不得不离开加拿大,因为无论是加拿大唱片制作行业,还是其他媒体,特别是加拿大电台,都没有表示出对说唱艺术家的支持。费雷西-韦斯决

---

① 参见 Tricia Rose 的 *Black Noise*:*Rap Music And Black Culture In Contemporary America*。Rose 在这部著作中使用了一个非常流行的词"非洲族裔散居"(Afrodiasporic)来展示说唱音乐对其他形式音乐的借鉴以及和其他音乐之间的交流,但她却没有进一步阐明散居族裔的具体含义。相反,她是完全在一个单一民族话语的框架内来理解说唱乐的。至于和 Rose 相反的观点,参见 Juan Flores 的"Puerto Rican And Proud, Boyee!:Rap Roots And Amnesia"。Juan Flores 在这篇文章中认为要承认 Puerto Rican 对说唱节奏乐发展的贡献。也可参见 George Lipstiz 的 *Dangerous Crossroads*。George Lipstiz 提倡要从跨民族和多元文化的角度来理解说唱乐以及其他的通俗音乐形式。

定像塔科贝尔广告所宣传的那样到边境去（实际上塔科贝尔所宣传的是德拉尼所偏爱的加拿大边境），最后到达了纽约市。他发行的新专辑标题为《不——，这孩子不能从加拿大来?!!!》(*Naaab, Dis Kid Can't Be From Canada?!!!*)。显然，这一标题一语双关，有着强烈的暗示意义。

　　加拿大主流广播电台一直拒绝播放说唱音乐，这种做法将音乐的黑人民族性排除在了宏大叙述之外。费雷西－韦斯的新专辑的标题不但表明了这一点，而且还抨击了将说唱乐（rap）和说唱节奏乐（hip-hop）视为纯属非裔美国人创造的做法。借助这一标题，费雷西－韦斯指出"最精彩迷人的"（the dopest）音乐可以源于其他某个地方，这就打破了有关说唱乐故乡的种种表述。同时，在美国发行唱片，他还担心地理、文化以及民族界限的影响。当他跑到边境去希望说唱节奏乐（hip-hop）获得商业上的成功时，他用他那加拿大黑人的身份来混淆看似相仿的身份认同。到底家这一概念指的是不是单一民族国家，是不是黑人研究，是不是黑人文化研究，还是这三者全部？用加拿大黑人诗人迪翁·布兰德的话来说："家是一个永无安宁的地方。"黑人散居族裔的种种经历也恰恰证明了这种永无止境的焦躁不安。

里纳尔多·沃尔科特

超越民族主义：序言[*]

听到世间一片沉寂，世上不能发出有意义的声音，我们于是讲起故事："从前，有一个……""一八三几年，有个叫——的村庄……""今天晚上我开车回家的路上，看见一个女人坐在一辆蓝色的沃尔沃车里……"我们讲故事，然后听见我们的故事在讲着，于是扪心自问：故事内容有没有意义，或者讲述本身值不值得。我们这些当批评家的，总是竭尽心思，我们讲的故事是要包含意义的。

批评是文本的延伸，解放文本让它展现自身潜在活力。正如沃尔夫冈·伊塞尔在《阅读行为》里提醒我们的那样，探寻意义的努力"在相当程度上受制于历史的规范，即使我们完全没意识到这种影响也会如此"。② 在我们的时代，那种历史规范部分地反映在作家身上，他们站在一旁，略带不安，有些疲惫，颇感不确定性，很不情愿关注事物。作为读者的作家，听到了批评家的话，思量着文本延伸的仅仅与他的本意沾边的意思。然而，正是这仅仅沾上边的意思使他与世界联系起来。

---

* 本文译自罗伯特·克罗茨的《可爱的文字背叛：新选论文集》（*The Lovely Treachery of Words: Essays Selected and New*），多伦多：牛津大学出版社 1989 年版。

② Wolfgang Iser, *The Act of Reading: A Theory of Aesthetic Response* (Baltimore and London: Johns Hopkins University Press, 1978), p. 3.

在过去十年里,加拿大的文学创作潜心于加强与读者、批评家以至与其他文化之间的联系;一部又一部小说都在暗暗地甚至公开地追根溯源。

追根溯源是叙事文本的主要内容。一代又一代,玛格丽特·劳伦斯的《占卜者》、罗伯逊·戴维斯的《怪兽》和杰克·霍金斯的《发现世界》中的人物都在从欧洲寻找祖先渊源。一些小说家则从非洲、土著民族史和北美神话中找到了新的先祖。迈克尔·昂达杰和达夫妮·马拉特返回亚洲寻找家族谱系,写下了平实的纪事作为文学文本。A. M. 克莱因在《第二名册》(1951)里早就以一次带有宗教性、政治性和含义庄重的追寻预示了其后所有的追寻主题(一种返回故里的迁移)。

从旅程和追寻来考察,种种谱系模式的性质变得越来越精细,有不少几乎变得迷茫。珍妮特·吉尔特洛在旅行叙事中指出了一种模式,① 我们也可以在她的 19 世纪移居者的妻子(苏珊娜·穆迪)之外,指出一个四处巡游的男性兜售商人(大卫·汤普森)。源头不止一个,相反,存在多样化的可能性。

在加拿大 20 世纪 70 年代的小说中,谱系关系的混合多样性表现在等繁复叙事结构,这成了一系列重要小说的突出特征:戴维·戈弗雷的《新祖先》(1970)、鲁迪·韦伯的《大熊的诱惑》(1973)、玛格丽特·劳伦斯的《占卜者》(1974)、奥德丽·托马斯的《吹制的人物》(1974)、迈克尔·昂达杰的《经历大屠杀》(1976)以及杰克·霍金斯的《发现世界》(1977)。

在这些小说里,我们不仅有无数的隐埋故事,而且还有许多潜在的声音。我们能读到康拉德小说的复杂特征,里面有一个叙

---

① See "Painful experience in a Distant Land." *Mosaic* 14:2 (Spring 1981), pp. 131—144.

事时犹犹豫豫的马洛式人物。许多声音在一起大有盖过叙事者的声音之势。道德、思想和情感混杂在一起，拒不接受一个"理智"的述说。像《经历大屠杀》中那个担心（并忧心忡忡）的叙事者，在巴迪·博尔登的声音里丧失了自我的声音，未来的组织中心只能说道："我的父辈们是那些翻越铁丝网的人。在我看来，那是在滑入地狱地带。他们以自己的献身诱使我进入游戏。"①

我们的谱系是这样的叙事，表现了对一种向我们撒谎侵犯我们，甚至把我们抹掉的历史的不满。我们极想找到我们的失落之处，而这样做我们必须面对无法应付的无数多的传统准则。正像那些从他们身上我们学到了不少东西的西班牙裔美国作家一样，我们意识到只有通过可怕的反复不断的感悟，才有可能解脱出来过自己的生活。我们羡慕那些高大、粗犷、充满矛盾的文学家：博尔赫斯、马基内斯、富恩特斯、略萨、科塔萨尔。

米歇尔·福柯谈到尼采的朋友保罗·雷的时候这样说道：

> 他假定词语一直保持自己的意思，愿望仍然指定一个方向，各种概念仍然含有自己的逻辑，但他忽略了一个事实：言语和愿望的世界遭受了侵犯、受到了冲击、被人劫掠、受人欺骗、招人戏弄。然而，经历了这些之后，谱系学获得了一种不可或缺的谨慎。它必须摒除任何乏味的定论而只记录下独特的事件，必须从毫无模棱两可的地方去追踪它们，在情感、爱意、良知、本能里去感知——我们倾向于置身历史之外去体认；必须敏感于它们的反复出现，不去追随它们演变的渐进曲线，而要把不同的场景分离开来，它们在其中扮

---

① Michael Ondaatje, *Coming Through Slaughter* (Toronto: Anansi, 1976), p. 95.

演了不同的角色。最后，谱系学必须定义它们缺席的时刻，当它们不为人知的时刻……①

对加拿大作家而言，词语已经改变意思，愿望已经有了多个方面。今天批评的任务就是不再依循大众接受的词语定义，不再依循旧的词汇，而去考究词语的变化，各种新的意愿方向。令人感到似是而非的正是从差异（场景或特征）的辨认而得到启发，这种情形从以上小说中也可以见到。

近年来加拿大文学中总是有艺术家的形象出现，往往是女艺术家。开始时是艺术家，仅仅是在开始阶段。有所不同的是加拿大文学中这位艺术家形象通常是妇女。

从辛克莱·罗斯的小说《我和我的屋子》（1941）中的无名叙事者（本特利太太）到奥德丽·托马斯的《拉塔克娅》（1979）中的自我代叙人，我们看见两位女艺术家强人，前者钟情男性、依恋写人，后者钟爱写作、贪恋男人。我们看见女强人形象，她们忙于写游记，记日记或写书信，默认世界的形态和生存方式；看见男人坐在书房里，假装在写作、画坏了一幅画再画；待在卧室或浴室里，形容憔悴，思恋"妻子"，梦幻着消闲或自娱，在平淡的生活中需要有人来增添兴致或者柔情蜜意与他鱼水交欢。

玛格丽特·阿特伍德的《浮现》里也有一个没名的女叙事者，由一个假艺术家变成了真正的艺术家，对她的乔没有多少需求。《占卜者》中的女主人公是一位小说家，谢天谢地，她有个从不待在家里的情人。艾丽斯·芒罗的《姑娘和女人们的生活》则有意对应和仿效乔伊斯的《一位青年艺术家的画像》，其中有

---

① Michel Foucault, *Language, Counter-Memory, Practice: Selected Essays and Interviews*, ed. With an introduction by Donald F. Bouchard, trans. Donald F. Bouchard and Sherry Simon (Ithaca: Cornell University Press, 1977), pp. 139—140.

位刚成年的女小说家大谈性爱，却"避免"性关系。

罗斯的本特利太太在朱迪思·韦斯特这个人物身上塑造了一个与自己相对立的她者，托马斯的雷切尔则在她情人的妻子身上塑造了一个不成功的女艺术家。以三角恋爱导致的写作内容里，男人终究是不中用的，"她者"却又命运不佳。

欧内斯特·巴克勒的《山与山谷》为我们提供了一位最具说服力的青年男艺术家的形象，但即使在这部小说里，技艺最精湛的艺术家，完成过艺术作品的艺术家，却不是大卫·坎南而是他的祖母。

以上论及的一个又一个女艺术家大都身居乡村世界，近乎过着田园生活，这意味着小说关注的主题仅有两个：爱情和艺术。在加拿大文学中凸显女人置身田园环境的现象，至少可以追溯到那位老爱嘀咕发牢骚的人物——苏珊娜·穆迪。今天，这个人物却为加拿大创作在国际上赢得了道德居先的地位。

如果说斯丹达尔建立了年轻聪明的男青年成功地从乡间进入城市的模式，那么加拿大小说家诸如芒罗、阿特伍德和劳伦斯，则为我们描绘了年轻聪明的女青年步入城市的历程——一条不平坦的成功路。然而，故事情节很少真正地把我们带进城市。这就是福柯谈到过的一点，谱系学必须明确表示缺席。不同于美国文学中总是不厌其烦地把城市描绘成噩梦，加拿大文学将城市当做潜在的存在。故事是为城市读者而写的，含有隐喻的场景总是设定在乡村或小镇。

加拿大小说发生的地点常常是一幢房屋，一个孤立的社区，希拉·沃森在《双钩》（1959）里宣称这两者是两大范式。在这种地方，自我被想象成一个身在其中的个体（下意识的个体、意识的个体），熟悉周围的一切是或应当是理所当然的。而在城市，陌生感却是常理。但是在这个双钩上，这两个常理颠倒了过来。我们似乎能理解这个陌生者，反而会误读那个熟悉人。

加拿大要说旅行倒是特别在行的。游记文学中出发、开始和返回是叙事模式的基本环节。加拿大文学中的城市人物,一旦我们遇见他们(如在戴维斯、托马斯、阿特伍德、莫迪凯、里奇勒等人的小说里),他们总是在很典型地旅行。

将两种模式——身居小镇和爱好旅行合在一起的力量,与伊甸园的纠葛有关。自哥伦布和科尔特斯以来,美洲人一直卷进伊甸园的追寻(无论是在寻找丧失的东西或是要发现什么东西),正因为如此,总是有新意——新颖之意出现。

霍金斯的《发现世界》在从许多伪造品中苦苦探寻某种真物的赝品。托马斯的《拉塔克娅》带我们走近最古的文字(叙利亚乌加里特语),结果却发现它消失在一堆混杂着人、神、文字和赝品的遗物里。雷切尔的东方寻求(这与北美文学中众多的西方追寻相反)仅以她的(既在已丧失)情人的一句神秘话语结束——"这简直是胡闹";同时她自己还把许多发现的丧失物逐一记下来。

休伯特·阿坎《连锁插曲》里的主人公是个心理有病的囚犯,成了作家却又遇上难题,梦想写出十分独特的作品而表现的形式又必须采用叙事严谨的侦探故事。阿坎的主人公走上一条寻求多样的伊甸园之路,他善于想象却不能表现一个变革时刻;这一刻容易界定,会制造出个零起点,一个起始点,既宣告开始又表示结束。如果能这样,他这个加拿大人就会成为当代世界的一位主人公,而加拿大会成为一个隐喻。

加拿大人在寻找一个既已失去又永远常在的时刻,这时刻既紊乱不堪又秩序井然。他们寻找这个时间里不存在的分裂瞬间——这一瞬在变化之际已成另一瞬。在做这种梦的城市里这是不可能成为现实的;写某个场景的诗变成了无休无止的长诗,如毕索普·尼科尔的诗篇《殉难史》;又如玛格丽特·阿特伍德歌颂幸存的哀歌《苏珊娜·穆迪日记》。

无法加以定义让加拿大人十分兴奋。他是美洲人又与美国人不同。他是一个探寻人物,探寻的事物模糊却又必须寻到并紧紧捏在手里,如克莱因小说《第二名册》中的情形;他是所有这些小说里能听见多个声音的探寻者的集合体,他是奥德修斯在对着"不存在的听者"回答独眼巨人波吕斐摩斯提出的生死攸关的问题。

有两种后果证明了潜在于这一回答的含混性。

一方面表现在我们对自我嘲笑和自我戏仿的关注——自我暴露性的自嘲,自我保护性的自嘲。本特利太太既在接近又在回避愚蠢的自我。不相信英雄行为,模仿成了效颦。在芒罗的《姑娘和女人们的生活》结尾,被认为是疯了的博比·谢里夫在自己的屋里向即将成为小说家的年轻女人献上真实的糕点:他拿上给她的叉子、餐巾和空盘;这时,"他做了一个从未对我做的特别的动作:他双手捧着这些东西,像个舞蹈者踮起脚尖,一个身材发胖的芭蕾舞演员"。①

这个"疯子"技拙词穷,最后以一个暧昧不明的舞蹈动作来表白。这出现在最后一章,题为"尾声:摄影师"。而年轻女人注视着博比·谢里夫男性的②胜利表示,早已决定"我会尽力带些倾向性"(p. 249)。

另一方面表现在文献资料,一串串的名字,一个又一个的家庭实录,一幅又一幅的快照,既表明谱系同时又排除盖棺论定。权威性的炫耀受到嘲讽,采取的做法是业余之"举"。快照表明那是实有其事的,具有发现捕捉的神奇,形而上的时间概念没有了,艺术的确认又被艺术否定。由于缺乏真心诚意,这种做法甚

---

① Alice Munro, *Lives of Girls and Women* (New York: McGraw Hill, 1971), p. 249.
② 在罗斯的《我和我的屋子》里,西部竞技表演明星劳拉期盼着当代加拿大创作中男性人物重新出现。早在罗斯的小说问世之前,大卫·汤普森在他的《游记》里就描写过印度女预言家走进他营地令人激动的相遇场面,"显然他年轻,身穿皮甲,手执弓箭……"而这两个女人则旅游在北美的原野,是最早从天而降的徒步旅行者,无论她们是克鲁亚克的性感模糊的主人公或是汤姆·罗宾斯《西部妞仔也生趣盎然》中的西部妞仔和美洲鹤。

至承认我们实际并不知道自己了解的对象。

福柯说过,"谱系学是灰色的,严谨的,要细心收集大量文献资料"。① 它是一门命名的艺术,但以一种特殊的方式:搜集文献资料的行为排除了种种一般性的概括。文献资料开启了实地场景,这是一桩拒绝对历史做出笼而统之叙述的考古行为。

从《大熊的诱惑》中详尽的文献史料到蒂莫西·芬德利的《战争》既有真实也有虚构,再到《发现世界》全是虚构的文献,教训都是一样:关于世界的阅读最多也不过是误读而已。

叙事是如何产生意义的?

从间接方式开始:小说《山与山谷》是执著于赋予其意义的,小说家讲的故事既关注故事又同时关注叙事者,小说的架构不仅有赖于祖母的地毯而且有赖于一个反复出现的词。

在开头的一章里,大卫·坎南三次回答他祖母的问题,(你在观察什么?你在干什么?你看见了什么?)答案都是一个词"没有什么"(nothing)。在小说的结尾,祖母又重复了她提的问题,孙子的回答仍然是"没有什么"(nothing)。②

凭着"没有什么"(nothing)一词,小说家巴克勒设定了一个包罗人类一切行为的意象。他绝妙地宣称我们处于困境:我们生存在一个精致的宇宙里,它让我们把每一个物体、行动和表现理解为不单纯是一个隐喻而且是一个象征。或者可以说,我们只是活在一个毫无意义的世界里。

小说,在福楼拜逐字逐句(word for word)而不是逐字逐世

---

① Foucault, p. 139.
② 30 年以后,霍金斯在《发现世界》的一章"玛吉"的末尾,让丹尼·霍兰问他应当离开或是留下:
"没关系",玛吉说。
"什么意思?"霍兰问。
"没什么意思",玛吉说,"冰箱里有啤酒,如果你想喝的话。要喝就去取一瓶,但喝不喝没关系。"(p. 65)

（word for world）解释之后（一部小说最理想的境界是无），其自身故事产生了危机。① 达夫妮·马拉特把这种危机变成了她的写作内容，而且在这样做的过程中，描述过程的现象，结果几乎排斥了人物性格和情节的概念。她还试图对感知的身体作歪曲的记录。然而，即使如此激进的一本书《佐卡洛》，最终还是一部游记而已，一本探索叙事本身的墨西哥之行录。

特征性问题并非是加拿大独有的问题。这是一个已经有了自己的故事的民族该如何阐释的问题。我们宁肯这样提问：该如何阐释我们自己？有关我们自己的故事一直存在某种危机。诠释我们自己的本事就在于采用什么叙事模式：我讲述能反映我、我们和他们的故事。从整个世界的故事本体出发，我们陈述反复发生的事、执著追求的事以及筹划要做的事，这些事反过来就成了一种文化的陈述，即加拿大文化。

女人的故事往往以婚姻失败而告终。在小说《姑娘和女人们的生活》、《占卜者》和《拉塔克娅》里，我们看到女人最后独自一人生活，她们是女小说家，独自写作。谱系学不允许轻易解决难题。

结婚是小说《发现世界》的结尾模式，但结婚仪式是嘲讽式的模仿，死亡（养马人）带着新娘新郎骑马一程，戏仿于是成了一种结局方式。鲁迪·韦伯《大熊的诱惑》的结尾也许不明智地戏仿了该小说自身的道德和历史的抱负。马莎·奥斯滕索的《野天鹅》以一次结婚开头，但同时抹去了另一次婚姻。

绝非偶然，一些加拿大小说表明自身受惠于侦探小说模式，在一桩疑案的结尾有一个定论，一个答案，一个令人释然的了结。

---

① 在离开语境凸显语言之后，我们也许会情不自禁地离开语境突显故事。阅读马基内斯或霍金斯的时候，读者有时会有一种不安的感觉：发现的世界（或者甚至说得更具吸引力"创造的"）实际上是一个失去的世界。

小说《怪兽》以这样一个问题开始："谁杀害了博依·斯汤顿？"主人公是罪犯律师，于是他领着我们进入错综复杂的谱系迷雾。在《经历大屠杀》（标题带有生与死的含意）里，我们听见一个问题：是谁或者是什么害死了"第一位"艺术家巴迪·博尔登？在小说结尾，我们被神秘地告知，事实上（"没有任何奖赏"），让我们感到没有结局的做法完全不是有意而为。在阿坎的《连锁插曲》里，谁杀害谁的问题变成了有谁不可能杀害别人；失败的密探（又一次回到康拉德式小说）坐进的牢房已变成一处心理病人收容所，他既不在写下，也不在编造他探索自己的故事。

加拿大创作发生在两者之间：一是（封闭的）广阔宇宙，一是（开放的）发现了残留遗物的考古场地。加拿大文学是处于危险中间地带的文学，它在被迫地寻找属于自己的故事（可以预见，这种情形还将继续一个世纪），也被迫面对一个没有源头的谱系，一个坦然节制而又急切述说着巴别塔的噩梦和幻想的谱系。

罗伯特·克罗茨